태엽 감는 새 연대기 1

도둑 까치

NEJIMAKIDORI KURONIKURU Vol. 1
DOROBO KASASAGI-HEN
by Haruki Murakami

세계문학전집 372

태엽 감는 새 연대기 1

도둑 까치

ねじまき鳥クロニクル

무라카미 하루키 김난주 옮김

민음사

일러두기

1. 이 책은 무라카미 하루키가 직접 개고한 문고본(신초샤, 1997)을 기준으로 새로
번역했다.

차례

1 도둑 까치

2권 차례

2 예언하는 새

3권 차례

3 새 잡이 사내

1

도둑 까치

1984년 6월에서 7월

1
화요일의 태엽 감는 새,
여섯 개의 손가락과 네 개의 유방에 대하여

부엌에서 스파게티를 삶고 있을 때, 전화가 걸려 왔다. 나는 FM 방송에서 흘러나오는 로시니의 「도둑 까치」 서곡을 따라 휘파람을 불고 있었다. 스파게티를 삶기에 더없이 좋은 음악이었다.

전화벨 소리가 들렸을 때, 무시할까 하고도 생각했다. 스파게티는 다 삶기기 직전이었고, 클라우디오 아바도는 런던 교향악단을 그야말로 음악적인 절정으로 끌어올리려는 순간이었다. 그러나 나는 역시 가스 불을 줄이고 거실에 가서 수화기를 들었다. 새로운 일거리 때문에 지인이 건 전화일지도 모른다고 생각해서였다.

"십 분, 시간을 줬으면 해." 여자가 불쑥 말했다.

나는 사람 목소리를 상당히 잘 기억한다고 자신하는 편이다. 그건 알지 못하는 목소리였다. "실례지만, 어디 거신 전화인가요?" 하고 나는 정중하게 물어보았다.

"당신에게 걸었지. 십 분 만이라도 좋으니까 시간을 줘. 그럼 서로를 잘 알게 될 거야." 하고 여자는 말했다. 낮고 부드럽고, 특징 없는 목소리다.

"서로를 알 수 있다?"

"서로의 기분을."

나는 문밖으로 고개를 쭉 내밀어 부엌을 들여다보았다. 스파게티 냄비에서는 하얀 김이 오르고, 아바도는 「도둑 까치」를 계속 지휘하고 있었다.

"미안하지만 지금 스파게티를 삶고 있어서요. 나중에 다시 거시죠."

"스파게티?" 여자는 어이없다는 듯이 말했다. "아침 10시 반에 스파게티를 삶고 있는 거야?"

"당신과 관계없는 일이잖아요. 몇 시에 뭘 먹든 내 마음입니다." 나는 약간 화가 나서 그렇게 말했다.

"그건 그렇네." 여자는 감정 없는 건조한 목소리로 말했다. 사소한 감정 변화에도 목소리의 톤이 확 바뀐다. "알았어, 나중에 다시 걸게."

"아니 잠깐." 나는 얼른 말했다. "뭘 팔려고 이러는 거면 전화를 몇 번 다시 걸어도 소용없습니다. 나는 지금 실업 중인 몸이고, 뭘 살 여유도 없으니까."

"알고 있으니까 염려 마."

"안다고, 뭘?"

"실업 중이잖아. 알고 있다고, 그런 건. 그러니까 어서 가서 당신의 소중한 스파게티나 삶아요."

"여봐요, 당신 대체 — " 말을 하는데 전화가 끊겼다. 아주 갑작스럽게.

감정을 어떻게 처리하면 좋을지 모른 채, 손에 든 수화기를 잠시 바라보다가 스파게티를 떠올렸다. 그리고 가스 불을 끄고 스파게티를 체로 건졌다. 그 전화 때문에 스파게티는 알 덴테라고 하기에는 다소 부드럽게 삶겼지만, 치명적일 정도는 아니다.

서로를 알 수 있다? 하고 스파게티를 먹으면서 생각했다. 십 분이면 서로의 기분을 알 수 있다고? 여자가 무슨 말을 하려 했는지 나는 알 수 없었다. 그냥 장난 전화일지도 모른다. 또는 새로운 장사 수법일지도 모른다. 어느 쪽이든 나와는 관계없다.

그런데도 거실 소파로 돌아가 도서관에서 빌려온 소설을 읽으면서 전화기를 힐금거리자니, 그 여자가 말한 '십 분이면 서로 알 수 있는 무엇'이 뭘지 궁금해지기 시작했다. 십 분 사이에 과연 서로의 뭘 알 수 있을까? 여자는 처음부터 정확하게 십 분이라고 시간을 한정했다. 그녀는 한정된 그 시간 설정에 대해 무척이나 확신을 갖고 있는 듯했다. 구 분은 너무 짧고 십일 분은 너무 긴지도 모른다. 마치 스파게티를 알 덴테로 삶기에 필요한 시간처럼.

그런 생각을 하다 책을 읽을 마음이 없어지고 말았다. 나는 셔츠나 다리자고 생각했다. 머리가 혼란스러워지면, 나는 늘 셔츠를 다린다. 옛날부터 죽 그랬다. 내가 셔츠를 다리는 공정은 전부 열두 단계로 나뉜다. (1) 깃(바깥쪽)에서 시작해서 (12) 왼쪽 소매와 커프스에서 끝난다. 한 단계 한 단계 번호를 세면서 정확하게 순서대로 다림질한다. 그러지 않으면 잘 다려지지 않는다.

셔츠 세 장을 다림질하고, 주름이 없는지 확인한 후에 옷걸이에 걸었다. 다리미 스위치를 끄고 다림판과 함께 벽장에 집어넣자, 머리가 어느 정도는 정리된 듯했다.

물을 마시러 부엌에 가려는데, 또 전화벨이 울렸다. 잠시 망설이다가, 역시 수화기를 들기로 했다. 그 여자가 또 건 전화라면, 지금 다림질을 하는 중이라 말하고 끊어 버리면 된다.

그러나 전화를 건 사람은 구미코였다. 시곗바늘은 11시 반을 가리키고 있었다. "잘 있어?" 하고 그녀가 물었다.

"잘 있지." 하고 나는 말했다.

"뭐 하고 있었어?"

"다림질 했어."

"무슨 일 있어?" 그렇게 묻는 목소리에 희미한 긴장감이 섞여 있었다. 혼란스러울 때면 내가 다림질을 한다는 걸 잘 알고 있는 것이다.

"그냥 셔츠를 다렸을 뿐이야. 딱히 별일 없어." 나는 의자에 앉아, 왼손에 든 수화기를 오른손에 바꿔 들었다. "그래서, 무슨 일인데?"

"당신, 시 지을 수 있어?"

"시?" 하고 나는 깜짝 놀라 되물었다. 시? 시가 뭐지, 대체?

"아는 사람이 잡지사에서 십 대 소녀들 취향의 소설 잡지를 발간하고 있는데, 투고된 시를 심사하고 첨삭할 사람을 찾고 있어. 그리고 매달 첫 페이지에 들어갈 짧은 시도 써 줬으면 한대. 간단한 일인데 보수는 나쁘지 않아. 물론 아르바이트 수준이지만, 잘하면 편집 일을 시켜 줄지도 모르고 ─ ”

“간단?” 하고 나는 말했다. “아니, 나는 법률관계 일을 찾고 있다고. 대체 왜 시의 첨삭 같은 얘기가 나오는 거지?”

“당신 고등학교 시절에 뭘 썼다고 했잖아.”

“신문이야. 고등학교 신문. 축구대회에서 어느 반이 우승을 했다, 물리 선생이 계단에서 굴러서 입원했다, 그런 별거 아닌 기사를 썼을 뿐이야. 시가 아니라고. 난 시 같은 건 못 써.”

“시라고 해야 여고생들이 읽는 시야. 문학사에 남을 만한 멋진 시를 쓰라는 얘기가 아니잖아. 적당히 하면 되는 일이야. 알잖아?”

“적당히든 어떻든 시는 절대 못 써. 써 본 적도 없고, 쓸 생각도 없어.” 나는 단호하게 말했다. 내가 그런 걸 쓸 수 있을 리가 없지 않은가.

“흐음.” 하고 아내는 아쉬운 듯이 말했다. “그래도 법률관계 일은 찾기가 어려운 거 아니야?”

“여기저기 얘기해 뒀어. 이제 슬슬 무슨 반응이 올 때고, 안 되면 그때 가서 또 생각할래.”

“그래? 그럼 알았어. 그런데 오늘 무슨 요일이지?”

“화요일.” 잠시 생각한 후에 나는 말했다.

“그럼 은행에 가서 가스요금이랑 전화요금 좀 넣어 줄래?”

“조금 있다 저녁거리 사러 나갈 거니까, 가는 길에 은행에 들를게."

"저녁은 뭘 할 건데?"

"아직 안 정했어. 나가면서 생각할 거야."

"저 있지." 하고 정색한 투로 아내가 말했다. "좀 생각해 봤는데, 당신 서둘러서 일자리 찾을 필요 없지 않을까."

"왜?" 하고 나는 또 놀라서 말했다. 온 세상 여자가 나를 깜짝 놀라게 하기 위해 전화를 거는 것 같다. "얼마 있으면 실업수당도 끊길 텐데. 언제까지 건들거리고 있을 수는 없잖아."

"내 월급도 좀 올랐고, 부업도 순조롭고, 저금도 있고, 사치만 부리지 않으면 충분히 먹고살 수 있잖아. 지금처럼 당신이 집안일 하는 건 싫어? 그런 생활은 재미없어?"

"모르겠어." 하고 나는 솔직하게 대답했다. 모르겠다.

"그럼 천천히 생각해 봐." 하고 아내는 말했다. "그런데 고양이는 돌아왔어?"

그 말을 듣고서야 아침부터 고양이를 까맣게 잊고 있다는 걸 알았다. "아니, 아직 안 돌아왔어."

"그럼 근처를 좀 찾아봐 줄래? 없어진 지 벌써 일주일이 넘었어."

나는 건성으로 대답하고, 수화기를 다시 왼손에 바꿔 쥐었다.

"아마 골목 안쪽에 있는 빈집 마당에 있지 않을까 싶어. 새 조각상이 있는 마당이야. 거기서 몇 번 본 적이 있거든."

"골목?" 하고 나는 말했다. "그런데 당신이 언제 그 골목에 갔지? 그런 얘기 지금까지 한 번도 — "

"여보, 미안하지만 전화 끊을게. 이제 일하러 가 봐야 돼. 고양이 부탁할게."

그리고 전화가 끊겼다. 나는 또 잠시 수화기를 바라본 다음, 내려놓았다.

왜 구미코가 그 골목에 가야 했지 하고 나는 생각했다. 그 골목에 들어가려면 마당에서 벽돌담도 뛰어넘어야 하는데, 그렇게까지 하면서 골목에 들어갈 의미 따위는 전혀 없다.

부엌에 가서 물을 마시고, 툇마루에 가서 사료 접시를 살펴보았지만, 어젯밤 내가 거기에 담아 놓은 마른 멸치는 한 마리도 줄지 않았다. 고양이는 돌아오지 않은 것이다. 나는 툇마루에 선 채, 초여름 햇살이 비치는 우리 집의 좁은 마당을 바라보았다. 바라본다고 해서 딱히 마음이 푸근해지는 마당은 아니다. 하루에 아주 잠깐 해가 들 뿐이어서 흙은 언제나 검고 눅눅하고, 나무라야 한 구석에 볼품없는 수국이 두세 그루 있을 뿐이다. 무엇보다 나는 수국이라는 꽃을 그리 좋아하지 않는다. 근처에 있는 나무에서 마치 태엽을 감는 것처럼 끼이이익 하는 규칙적인 새소리가 들렸다. 우리는 그 새를 '태엽 감는 새'라고 불렀다. 구미코가 그런 이름을 붙인 것이다. 진짜 이름은 모른다. 어떻게 생긴 새인지도 모른다. 하지만 아무튼 태엽 감는 새는 매일 그 근처 나무로 날아와, 우리가 속한 조용한 세계의 태엽을 감았다.

허 참, 고양이를 찾아야 한단 말이지 하고 나는 생각했다 나는 옛날부터 고양이를 좋아했다. 그리고 그 고양이 역시 좋아했다. 그러나 고양이에게는 고양이의 삶이 있다. 고양이는 절대 멍청한 동물이 아니다. 고양이가 없어졌다면, 그건 고양이가 어딘가로 가고 싶었다는 뜻이다. 굶주리고 지칠 대로 지치면 언젠가는 돌아온다. 그러나 결국 나는 구미코를 위해 고양이를 찾으러 나가기로 했다. 어차피 달리 할 일도 없었다.

지난 4월 초에 나는 오래도록 일했던 법률사무소를 그만두었지만, 특별한 이유가 있어서는 아니었다. 하는 일의 내용이 마음에 들지 않은 것도 아니었다. 딱히 가슴 설레는 일은 아니었지만 월급도 그런대로 괜찮았고, 직장 분위기도 우호적이었다.

그 법률사무소에서 나의 역할은 한마디로 전문적인 심부름꾼이었다. 하지만 나는 나 나름대로 일을 잘했다고 생각한다. 스스로 이렇게 말하는 건 이상할지도 모르지만, 그런 실질적인 직무 수행에 한해서는 상당히 유능한 인간이었다고 생각한다. 이해력도 좋고, 행동도 신속하고, 투덜거리지 않고, 현실적으로 생각한다. 내가 일을 그만두고 싶다고 했을 때 노선생 — 그 사무소의 주인이며 부자 변호사 중 아버지 쪽이다 — 은 월급을 조금 올려 줄 수도 있다고 말했을 정도다.

하지만 나는 결국 그 사무소를 그만두었다. 그만두고 뭘 한다는 확실한 희망이나 비전이 있었던 것은 아니다. 어느 모로 생각하나 다시 한번 집에 틀어박혀 사법 시험 준비를 시작하기도 귀찮았고, 그보다 지금은 변호사가 되고 싶지도 않았다. 다만 나는 앞으로도 그 사무소에 다니면서 일을 계속할 마음은 없었고, 만약 그만둔다면 기회는 지금밖에 없을 것이라고 생각했다. 더 이상 오래 다니면, 내 인생이 거기서 어영부영 끝나게 된다. 나이도 벌써 서른이다.

저녁을 먹을 때 "일을 그만둘까 하는데." 하고 말을 꺼내자, "그러네." 하고 구미코는 말했다. '그러네.'가 무슨 뜻인지 나는 잘 몰랐지만, 그녀는 그 말만 하고는 잠시 말이 없었다.

나도 아무 말 않고 있자, "그만두고 싶으면 그만두면 되잖아." 하고 그녀는 말했다. "당신 인생인데 뭐, 당신 하고 싶은 대로 해." 그렇게만 말하고 그녀는 젓가락으로 생선뼈를 접시한 끝에 발라 놓는 작업에 들어갔다.

아내는 건강식품과 자연식 요리를 전문적으로 다루는 잡지사에서 편집 일을 하고 있고, 그런대로 나쁘지 않은 월급을 받고 있고, 다른 잡지사에서 일하는 동료 편집자가 간단한 일러스트 일을 의뢰하기도 하는데(그녀는 학생 시절 내내 디자인 공부를 했고, 그녀의 목표는 일러스트레이터가 되는 것이었다.) 그 수입도 쏠쏠했다. 나 또한 직장을 그만두더라도 한동안은 실업 수당을 받을 수 있다. 게다가 내가 집에 있으면서 매일 집안일을 꼼꼼하게 하면 외식비나 드라이클리닝 비용 같은 여분의 생활비를 절약할 수 있으니, 내가 일해서 월급을 받을 때와 별 다름 없이 생활할 수 있다.

그렇게 해서 나는 일을 그만두었다.

장을 보고 돌아와 냉장고에 식료품을 집어넣고 있는데 전화벨이 울렸다. 벨이 몹시 짜증스럽게 울리는 것처럼 들렸다. 플라스틱 팩을 절반쯤 벗겨 낸 두부를 식탁에 올려놓고 거실에 가서 수화기를 들었다.

"스파게티는 다 끝났으려나?" 하고 예의 여자가 말했다.

"끝났지." 하고 나는 말했다 "하지만 이제 고양이를 찾으러 나가야 돼."

"그래도 십 분 정도는 미룰 수 있잖아, 고양이 찾으러 나가는 건. 스파게티를 삶는 것과는 다르니까."

어떻게 다른지 몰랐지만, 전화를 끊어 버릴 수도 없었다. 여자의 목소리에는 뭔지 모르게 나의 주의를 끄는 것이 있었다. "그렇군, 뭐 십 분 정도는." 하고 나는 말했다.

"그럼 우리 서로를 알 수 있겠네?" 하고 여자가 조용히 말했다. 그녀가 전화 저편에서 천천히 의자에 고쳐 앉아 다리를 꼬는 듯한 분위기가 느껴졌다.

"글쎄 그건." 하고 나는 말했다. "시간이 겨우 십 분이라."

"십 분이라는 시간은 당신이 생각하는 것보다 길지도 몰라."

"당신, 정말 나를 아는 건가?" 하고 나는 물어보았다.

"물론이지. 몇 번이나 만났는데 뭐."

"언제, 어디서?"

"언젠가, 어디선가." 하고 여자는 말했다. "그런 걸 지금 일일이 설명하려면 십 분으로는 부족해. 중요한 건 지금이야. 그렇잖아?"

"그래도 증거를 보여 줄 수 있을까. 당신이 나를 알고 있다는 증거를."

"예를 들면 어떤?"

"내 나이는?"

"서른." 하고 여자는 바로 대답했다. "서른 하고 두 달. 이제 됐어?"

나는 대답하지 않았다. 그 여자가 나를 알고 있는 것은 분명했다. 그러나 아무리 생각해 봐도 여자의 목소리는 기억에 없었다. "자, 이번에는 당신이 나를 상상해 봐." 여자가 유혹하듯이 말했다. "목소리로 상상하는 거야. 내가 어떤 여자일지, 몇 살쯤 되었고, 어디서 어떤 모습을 하고 있을지, 그런 걸."

"모르겠어." 하고 나는 말했다.

"시도해 봐."

나는 시계를 보았다. 아직 일 분 오 초밖에 지나지 않았다. "모르겠어." 하고 나는 또 말했다.

"그럼 가르쳐 줄게." 하고 여자는 말했다. "나는 지금 침대에 있어. 막 샤워를 하고 나와서 아무것도 입지 않았어."

나는 잠자코 고개를 저었다. 이거야 거의 포르노 테이프가 아닌가.

"팬티를 입는 편이 좋겠어? 아니면 스타킹을 신을까? 그러면 더 느껴질까?"

"어느 쪽이든 상관없어. 당신 좋을 대로 하시지. 뭐든 입고 싶으면 입든지. 알몸이 좋으면 그렇게 하든지. 그러나 미안하게도 나는 전화로 그런 얘기를 하는 취미가 없어. 해야 할 일도 있고 ──"

"십 분이면 돼. 나를 위해 십 분을 쓴다고 해서 당신 인생에 치명적인 손실이 오는 것도 아니잖아? 아무튼 내 질문에 대답해. 알몸이 좋겠어? 아니면 뭘 입는 편이 좋아? 나, 다양하게 갖고 있어. 검은 레이스 팬티도 있고."

"지금 그대로면 됐어." 하고 나는 말했다.

"알몸이 좋은 거네?"

"그래, 알몸으로 그냥 있어." 하고 나는 말했다. 이제 사 분이 지났다.

"음모가 아직 젖어 있어." 하고 여자는 말했다. "수건으로 잘 닦지 않았어. 그래서 아직 젖어 있어. 따스하고 촉촉하게 젖어 있어. 무척 부드러운 음모야. 까맣고, 부드러워. 쓰다듬어 봐."

"저 말이지, 미안한데 —"

"그 아래쪽도 아주 따뜻해. 마치 데운 버터크림처럼. 아주 따뜻해. 정말이야. 나 지금 어떤 포즈를 하고 있을 것 같아? 오른쪽 무릎을 세우고 왼쪽 다리를 옆으로 벌리고 있어. 시곗바늘로 말하자면 10시 5분 정도."

목소리 톤으로 그녀가 거짓말을 하고 있지 않다는 건 알았다. 그녀는 정말 다리를 10시 5분 각도로 벌리고 있고, 성기는 따뜻하게 젖어 있으리라.

"입술을 애무해. 천천히. 그리고 벌리는 거야. 천천히. 손가락으로 천천히 쓰다듬어. 그래, 아주 천천히. 그리고 다른 손으로는 왼쪽 젖가슴을 만지는 거야. 아래쪽에서 부드럽게 쓸어 올려. 젖꼭지도 살짝 꼬집고. 그걸 여러 번 반복해. 내가 갈 것 같을 때까지."

나는 아무 말 않고 전화를 끊었다. 그리고 소파에 드러누워 시계를 바라보면서 긴 한숨을 쉬었다. 전화로 그 여자와 얘기한 시간은 오 분이나 육 분 정도였다.

십 분쯤 후에 또 전화벨이 울렸지만, 이번에는 받지 않았다. 벨은 열다섯 번 울리다, 그리고 끊겼다. 벨 소리가 사라지자,

깊고 차가운 침묵이 사방으로 내려왔다.

　2시 조금 전에 마당의 벽돌담을 뛰어넘어 골목으로 나갔다. 말이 골목이지, 그건 원래 의미의 골목이 아니다. 솔직히 말해서, 그건 뭐라 이름 붙이기 어려운 공간이다. 정확하게 말하면 길조차 아니다. 길이란 것은 입구와 출구가 있고, 그곳을 지나면 어떤 장소에 갈 수 있는 통로를 뜻한다. 그러나 그 골목에는 입구도 출구도 없고, 양끝은 막혀 있다. 그것은 막다른 골목조차 아니다. 적어도 막다른 골목에는 입구가 있기 때문이다. 동네 사람들이 그 좁은 공간을 편의상 골목이라고 부를 뿐이다. 골목은 각 집의 뒷마당 사이를 헤치고 이어지듯 약 300미터 정도 계속되었다. 너비는 1미터 남짓한데, 울타리 나무가 튀어나왔거나 온갖 것이 놓인 탓에 옆으로 걷지 않으면 빠져나갈 수 없는 곳도 몇 군데 있다.

　들은 얘기에 따르면 — 그 얘기를 해 준 사람은 우리에게 엄청 싸게 그 집을 빌려준 나의 삼촌이었다 — 예전에 그 골목은 입구와 출구가 있었고, 길과 길을 잇는 지름길의 역할을 했다고 한다. 그런데 고도 성장기에 접어들어 과거 공터였던 장소에 새 집이 줄줄이 들어서게 되면서부터 그 집들에 떠밀리는 꼴로 너비도 확 줄었고, 사는 사람들도 자신의 집 처마 밑과 뒷마당에 사람이 오가는 것을 달가워하지 않았기 때문에 알게 모르게 입구가 막히고 말았다. 처음에는 나무 울타리 같은 온건한 형태로 가렸을 뿐이었는데, 한 주민이 마당을 넓히면서 벽돌담으로 한쪽 입구를 완전히 막아 버렸고, 그에

화답하듯 다른 한쪽 입구에는 개도 못 지나다니게 튼튼한 철조망이 설치되었다. 원래 그 길이 통로로 이용되는 일은 별로 없었던 터라 양쪽 입구가 막혔다고 해서 불평하는 사람은 없었고, 또 방범을 위해서는 오히려 그편이 좋았다. 그래서 지금 그 길은 마치 버려진 운하처럼 통로가 아니라, 집과 집을 가르는 완충지대 같은 역할을 하고 있을 뿐이다. 땅에는 잡초가 무성하게 돋았고, 곳곳에 거미들이 끈끈하게 집을 치고 있다.

아내가 무슨 목적으로 그런 곳을 몇 번이나 드나들었는지, 짐작도 가지 않았다. 나는 지금까지 두 번 정도밖에 그 '골목'에 간 적이 없고, 구미코는 안 그래도 거미를 싫어한다. 뭐 어때 하고 나는 생각했다. 구미코가 골목에 가서 고양이를 찾으라고 하면, 나는 찾는다. 집에서 전화벨이 울리기를 기다리는 것보다, 이렇게 바깥을 돌아다니는 편이 훨씬 나았다.

유난히 또렷한 초여름 햇살이, 머리 위로 튀어나온 나뭇가지의 그림자를 골목 지면에 얼룩덜룩 뿌리고 있었다. 바람이 없는 탓에, 그 그림자는 지표에 고정된 숙명적인 얼룩처럼 보였다. 사방이 소리 하나 없이 고요해서, 풀잎이 햇살을 받아 숨 쉬는 소리마저 들려올 듯했다. 하늘에 점점이 떠 있는 조그만 구름은, 마치 중세 동판화의 배경처럼 선명하고 간결했다. 눈에 보이는 모든 것이 너무도 또렷한 탓에, 내 몸이 한없이 확대된 모호한 존재인 것처럼 느껴졌다. 그리고 몹시 더웠다.

티셔츠와 얇은 면바지에 테니스화를 신은 차림인데, 그래도 햇살 속을 오래 걷다 보니 겨드랑이와 가슴골에 땀이 송골송골 배어났다. 티셔츠와 면바지는 그날 아침에 여름 옷가지가 담긴 상자에서 꺼낸 것이라, 방충제의 싸한 냄새가 코를 찔렀다.

부근에 있는 집들은 오래전부터 있던 것과 새로 지은 것으로 확연하게 구분되었다. 새로 지은 집은 대개 작고, 마당도 좁았다. 바지랑대가 골목까지 튀어나와 있어, 수건과 셔츠와 시트 사이를 이리저리 빠져나가듯 걸어야 하는 곳도 있었다. 처마 밖으로 텔레비전 소리와 수세식 화장실의 물소리가 선명하게 들려오기도 하고, 카레를 끓이는 냄새도 풍겼다.

그에 비해 오래전부터 있는 집에서는 생활의 냄새를 거의 느낄 수 없었다. 집 둘레에는 가림막처럼 다양한 종류의 관목과 가이즈카 향나무가 효과적으로 배치되어 울타리를 이루고 있고, 그 틈새로 손질이 잘된 넓은 마당이 보였다.

어느 집 뒷마당 구석에는 누렇게 말라 버린 크리스마스트리가 덩그러니 놓여 있었다. 어느 마당에는 수많은 사람의 소년기 흔적을 쏟아부은 것처럼, 온갖 어린애 장난감이 널려 있었다. 세발자전거와 고리 던지기 링과 플라스틱 칼과 고무공과 거북 모양 인형과 조그만 배트 같은 것들이다. 농구 골대가 설치된 마당도 있었고, 멋들어진 가든 체어와 도기 테이블이 놓인 마당도 있었다. 하얀 가든 체어는 벌써 몇 달이나(혹은 몇 년이나) 사용하지 않았는지 흙먼지가 뽀얗게 쌓여 있었다. 테이블 위에는 비에 젖은 보라색 목련 꽃잎이 들러붙어 있었다.

또 다른 집은 알루미늄 틀의 유리문을 통해 거실이 훤히 보이기도 했다. 가죽 소파 세트가 있고, 대형 텔레비전이 있고, 장식장이 있고(그 위에는 열대어 수족관과 무슨 트로피가 두 개 놓여 있다.) 화려한 스탠드가 서 있다. 텔레비전 드라마의 세트장 같았다. 대형견이 사용하는 커다란 개집이 있는 마당도 있었지만, 그 안에 개의 모습은 없고 문도 활짝 열려 있었다. 펜스의 철망은 마치 누군가가 몇 달 동안이나 안쪽에 계속 기대어 있었던 것처럼 밖으로 둥그렇게 휘어 있었다.

구미코가 말한 빈집은 그 개집이 있는 집에서 조금 더 간 곳에 있었다. 한눈에 빈집이라는 것을 알 수 있었다. 그것도 두세 달간 빈 정도의 멀쩡한 집이 아니었다. 이 층짜리 비교적 새 집인데, 단단히 닫혀 있는 나무 덧문은 유난히 해묵었고, 2층 창문 앞의 난간도 뻘겋게 녹슬어 있었다. 아담한 마당에는 아닌 게 아니라 날개를 펼친 새 모양 석상이 서 있었다. 석상은 사람의 가슴 높이 받침대 위에 놓여 있었지만, 그 주위에는 잡초가 무성하고, 특히 웃자란 양미역취의 줄기 끝이 새의 발을 가리고 있었다. 새는 — 어떤 종류의 새인지는 나도 알 수 없었지만 — 이렇게 불쾌한 장소에서 한시라도 빨리 날아오르려 날개를 펼치고 있는 것처럼 보였다. 마당에 그 석상 말고 장식물다운 다른 것은 없었다. 처마 밑에는 다 바스러져 가는 플라스틱 가든 체어가 포개져 있고, 그 옆에는 묘하게 현실감은 없는데 색감만 선명한 빨간 철쭉꽃이 피어 있었다. 그 외에는 잡초밖에 눈에 띄지 않았다.

나는 가슴 높이까지 오는 펜스 철망에 기대어 잠시 마당을 바라보았다. 고양이가 정말 좋아하겠다 싶은 마당이었지만, 고양이의 모습은 보이지 않았다. 옥상에 서 있는 텔레비전 안테나 끝에 비둘기 한 마리가 앉아, 꾸룩꾸룩 단조로운 소리로 울고 있을 뿐이었다. 석상의 그림자는 무성한 잡초 위로 늘어져 갖가지 모양으로 나뉘어 있었다.

　주머니에서 레몬 사탕을 꺼내, 포장지를 뜯고 입안에 넣었다. 일을 그만두면서 담배를 끊었지만, 그 대신 레몬 사탕을 한시도 놓지 못하고 있다. 아내는 '레몬 사탕 중독'이라고 말했다. "그러다 이가 다 썩겠네." 그러나 나는 레몬 사탕을 먹지 않을 수 없었다. 마당을 바라보는 동안, 비둘기는 텔레비전 안테나에 앉아, 마치 사무원이 전표 다발에 번호를 매기는 것처럼 규칙적이고 한결같은 목소리로 계속 울어 댔다. 얼마나 오래 그 철망에 기대어 있었는지, 나는 모른다. 입안에서 사탕이 달짝지근하게 녹아, 절반쯤 남은 사탕을 뱉어 버린 건 기억한다. 그리고 나는 새의 석상 언저리로 시선을 돌렸다. 그때 뒤에서 누군가가 나를 부르는 목소리가 들린 듯한 기분이 들었다.

　돌아보니, 건너편 집의 뒷마당에 여자가 서 있었다. 자그마한 몸에 머리는 한 가닥으로 묶었다. 갈색 테의 짙은 선글라스를 끼고 밝은 하늘색 민소매 티셔츠를 입고 있다. 소매 밖으로 튀어나온 가느다란 두 팔은 아직 장마가 끝나지 않았는데도 햇볕에 고르게 타 있었다. 그녀는 한 손은 짧은 바지 주머니에 밀어 넣고, 다른 한 손은 허리 높이의 대나무 문 위에 올려놓은 불안정한 자세였다. 그녀와 나 사이에는 1미터 정도의 거리밖에 없었다.

　"덥네요." 하고 소녀가 내게 말했다.

　"그래, 덥군." 하고 나도 말했다.

　그 말만 하고 그녀는 똑같은 자세로 나를 잠시 쳐다보았다. 그리고 짧은 바지 주머니에서 호프 담뱃갑을 꺼내 한 개비를 빼서 입에 물었다. 입은 조그맣고, 윗입술이 약간 위로 말려 올라갔다. 그리고 익숙한 손놀림으로 종이 성냥을 그어, 담배에 불을 붙였다. 소녀가 고개를 기울이자, 귀 모양이 분명하게 보였다. 매끈하고 예쁜 귀로, 조금 전에 막 생긴 느낌이었다. 귀의 갸름한 윤곽을 따라 짧은 솜털이 빛났다.

소녀는 성냥을 땅에 버리고, 입술을 오므려 연기를 토해 낸다음, 생각났다는 듯이 내 얼굴을 올려다보았다. 색이 짙고, 그런 데다 빛을 반사하는 렌즈라서, 그 안에 있는 눈은 볼 수 없었다. "동네 사람?" 하고 소녀가 물었다.

"응." 하고 대답하고, 자신의 집이 있는 방향을 가리키려 했지만, 정확하게 어느 방향에 있는지 알 수 없었다. 기묘한 각도로 굽은 모퉁이를 몇 번이나 지나왔기 때문이다. 그래서 나는 적당한 방향을 가리키며 얼버무렸다.

"고양이를 찾고 있어." 하고 땀에 젖은 손바닥을 바지에 비비면서 변명하듯 말했다. "일주일 전쯤에 집을 나갔는데, 이 부근에서 봤다는 사람이 있어서."

"어떤 고양이?"

"덩치가 큰 수고양이야. 갈색 줄무늬고, 꼬리 끝이 약간 굽었어."

"이름은요?"

"노보루." 하고 나는 대답했다. "와타야 노보루."

"고양이 이름치고는 엄청나네요."

"아내의 오빠 이름이야. 느낌이 비슷해서 장난 삼아 그렇게 붙였어."

28

"어떻게 비슷한데요?"

"그냥 좀 비슷해. 걸음걸이나, 퀭한 눈빛 같은 게."

소녀는 처음으로 싱긋 웃었다. 표정이 누그러지자, 그녀는 첫인상보다 한결 어린애처럼 보였다. 열다섯이나 열여섯쯤이리라. 살짝 말려 올라간 윗입술이 신기한 각도로 튀어나와 있었다. 애무해 하는 목소리가 들려올 듯한 기분이 들었다. 그건 그 전화 속 여자의 목소리였다. 나는 손등으로 이마에 돋은 땀을 닦았다.

"갈색 줄무늬에, 꼬리 끝이 약간 굽었단 말이죠." 하고 소녀는 확인하듯이 천천히 되풀이했다. "목줄 같은 건?"

"벼룩 퇴치용 검은색 목줄은 하고 있어." 하고 나는 말했다.

소녀는 한 손을 나무문에 올려놓은 채, 10초나 15초 정도 생각에 잠겼다. 그리고 짧아진 담배를 발치에 버리고 샌들로 밟았다.

"그 고양이, 혹시 봤을지도 몰라요." 하고 소녀는 말했다. "꼬리가 어떻게 굽었는지 그것까지는 잘 모르겠지만, 갈색 줄무늬 고양이고, 덩치가 크고, 아마 목줄도 하고 있었을 거예요."

"언제쯤 봤지?"

"글쎄, 언제쯤일까? 그래 봐야 지난 사나흘 사이겠죠. 우리 마당은 동네 고양이들이 지나다니는 길이라서, 고양이들이 종종 오가거든요. 다들 다키타니 씨 집에서 우리 마당을 가로질러, 저기 있는 미야와키 씨네 마당으로 가요."

소녀는 그렇게 말하고, 건너편 빈집을 가리켰다. 그 마당에는 여전히 돌 새가 날개를 펼치고 있고, 양미역취가 초여름 햇살 속에서 너울거리고, 안테나 위에서는 비둘기가 단조로운 목소리로 울고 있었다.

"우리 마당에서 한번 기다려 봐요. 어차피 고양이들은 모두 여기를 지나서 저기로 가니까. 그리고 괜히 이 부근에서 얼쩡거리면 누가 도둑이라고 경찰에 신고할 수도 있어요. 지금까지 그런 일이 몇 번이나 있었으니까."

나는 망설였다.

"괜찮아요. 우리 집에는 지금 나밖에 없으니까 둘이 마당에서 일광욕하면서 고양이가 지나가기를 기다리면 돼요. 나, 눈이 좋아서 도움이 될걸요."

나는 손목시계를 보았다. 2시 36분이었다. 오늘 하루 내게 남겨진 일은, 해가 지기 전에 빨래를 걷어들이고 저녁 준비를 하는 것뿐이었다.

나무문을 열고 안으로 들어가, 소녀를 따라 잔디밭을 걷다가 그녀가 오른쪽 다리를 약간 절고 있다는 것을 알았다. 그녀는 몇 걸음 걷다 멈춰 서서, 나를 돌아보았다.

"오토바이 뒤에 타고 가다가, 휙 날았어요." 하고 소녀는 별일 아니라는 듯이 말했다. "얼마 전에요."

잔디밭이 끝나는 곳에 큼지막한 떡갈나무가 있고, 그 밑에 캔버스 천 덱 체어가 두 개 나란히 놓여 있었다. 한쪽 등받이에 커다란 파란색 타월이 걸쳐져 있고, 다른 한쪽에는 새 호프갑과 재떨이와 라이터와 대형 카세트 라디오와 잡지가 어지럽게 놓여 있었다. 카세트 라디오의 스피커에서는 하드 록이 조그만 소리로 흐르고 있었다. 그녀는 덱 체어 위에 널린 것들을 잔디밭에 내려놓고, 거기에 나를 앉으라 하고 카세트 라디오를 껐다. 의자에 앉자, 나무들 사이로 골목 건너 빈집이 훤히 보였다. 새의 석상도 양미역취도 펜스도 보였다. 보나마나 소녀는 여기 앉아 내 모습을 관찰했으리라.

　넓은 마당이었다. 잔디밭이 비스듬하게 펼쳐져 있고, 군데군데 나무가 배치되어 있었다. 덱 체어 왼쪽에는 콘크리트로 만든 꽤 큰 연못이 있었다. 물은 오래전에 뽑아 버렸는지 엷은 녹색으로 변한 바닥이 햇살 속에 드러나 있었다. 등 뒤에 선 나무들 뒤로는 오래된 서양식 안채가 보였지만, 집 자체는 그렇게 크지 않았고 외양도 화려하지 않았다. 그저 넓은 마당만 손질이 꽤 잘되어 있었다.

　"이렇게 넓은 마당을 관리하려면 힘들겠군." 나는 사방을 돌아보면서 말했다.

　"글쎄요."

　"옛날에, 잔디 깎는 회사에서 아르바이트를 한 적이 있어." 하고 나는 말했다.

　"호오?" 하고 소녀는 별 관심 없다는 목소리로 대꾸했다.

　"언제나 너 혼자 있니?" 하고 내가 물었다.

　"응, 그래요. 낮에는 늘 혼자 여기 있어요. 오전과 저녁때는 가사 도우미 아주머니가 오지만, 나머지 시간에는 늘 나 혼자. 저, 뭐 시원한 거 마실래요? 맥주도 있는데."

　"아니, 됐어."

　"정말요? 사양 안 해도 되는데."

나는 고개를 저었다. "너는 학교에는 안 가니?"

"아저씨는 일하러 안 가요?"

"가려고 해도 일이 없어."

"일자리를 잃은 거예요?"

"흠. 얼마 전에 그만뒀어."

"그만두기 전까지 어떤 일을 했는데요?"

"변호사의 심부름꾼 같은 일." 하고 나는 말했다. "각종 기관이나 관청에 가서 이런저런 서류를 수집하고, 자료 정리도 하고, 판례를 검토하고, 재판소에서 사무적인 절차를 밟기도 하고, 그랬어."

"그런데 그만둔 거네요?"

"응."

"부인은 일해요?"

"일하지." 하고 나는 말했다.

건너편 집 지붕에서 울던 비둘기는 어느 틈에 어디론가 가 버린 듯했다. 돌아보니 나는 깊은 침묵 같은 것에 에워싸여 있었다.

"고양이는 언제나 저기를 지나가요." 소녀가 잔디밭 건너편을 가리켰다. "저 다키타니 씨네 나무 울타리 뒤에 소각로 보이죠? 저 옆에서 나와서, 잔디밭을 지나, 나무 문 밑을 기어나가서, 저 건너 마당에 가요. 늘 똑같이."

소녀는 선글라스를 이마 위로 올리고, 눈을 찡그리고 주위를 돌아보고, 그리고 다시 선글라스를 끼고, 담배 연기를 토해 냈다. 선글라스를 올리자, 왼쪽 눈 옆에 길이 2센티미터 정도의 상처가 보였다. 평생 흉터가 남을 만큼이나 깊은 상처였다. 아마도 그 상처를 가리려고 짙은 선글라스를 끼고 있는 것이리라. 딱히 예쁘게 생긴 건 아니지만, 그 얼굴에는 뭔가 모르게 사람의 마음을 끄는 게 있었다. 눈의 활발한 움직임과, 특징 있는 입술 모양 때문일 듯했다.

"미야와키 씨에 대해서는 알아요?"

"모르는데." 하고 나는 말했다.

"저 빈집에 살았던 사람. 소위 정상적인 사람들. 딸이 둘 있는데, 둘 다 유명한 여학교에 다녔어요. 남편은 패밀리 레스토랑을 두 군덴가 세 군데 경영했고."

"그런데 왜 없어졌지?"

그녀는 모른다는 식으로 입을 조그맣게 오므렸다.

"빚이나 뭐 그런 거 아니겠어요. 야반도주를 하는 것처럼 황급히 없어졌으니까. 벌써 일 년쯤 되지 않았나. 잡초는 무성하게 자라지, 고양이는 늘어나지, 위험하지, 엄마가 만날 투덜거려요."

"그렇게 고양이가 많아?"

소녀는 담배를 입에 문 채 하늘을 올려다보았다.

"다양해요. 털이 빠진 것도 있고, 눈이 한쪽밖에 없는 것도 있고…… 눈이 빠져서, 그 자리가 살덩어리처럼 뭉쳐 있어요. 끔찍하죠."

나는 고개를 끄덕였다.

"친척 중에 손가락이 여섯 개인 사람이 있어요. 나보다 나이가 조금 많은 여자애인데, 새끼손가락 옆에 갓난아기 손가락 같은 조그만 손가락이 하나 더 붙어 있어요. 그런데 늘 안쪽으로 잘 접고 다녀서 그냥 봐서는 몰라요. 그래도 예쁘게 생겼어요."

"흐음."

"그런 거 유전되나요? 뭐랄까…… 혈통적으로."

유전에 대해서는 잘 모른다고 나는 말했다.

그녀는 잠시 말이 없었다. 나는 사탕을 우물거리면서, 고양이가 지나간다는 길을 지그시 쳐다보고 있었다. 고양이는 아직 한 마리도 보이지 않았다.

"저요, 정말 뭐 안 마실래요? 나는 콜라 마실 건데." 하고 소녀가 말했다.

됐어 하고 나는 대답했다.

소녀가 덱 체어에서 일어나 다리를 약간 절면서 나무 뒤로 사라지자, 나는 발 옆에 있는 잡지를 집어 들고 팔락팔락 페이지를 넘겼다. 그것은 나의 예상과는 달리 남성용 월간지였다. 한가운데 있는 화보에는 성기 모양과 음모가 비쳐 보이는 얇은 팬티를 입은 여자가 스툴에 앉아 부자연스러운 자세로 양다리를 좍 벌리고 있었다. 나는 잡지를 제자리에 내려놓고, 팔짱을 끼고 고양이가 지나다니는 길로 시선을 돌렸다.

시간이 꽤 오래 지나, 소녀가 콜라 잔을 손에 들고 돌아왔다. 무더운 오후였다. 덱 체어 위에서 햇살에 몸을 드러내 놓고 있자니, 머리가 멍해져 무슨 생각을 하는 게 점점 귀찮아졌다.

"저 있죠, 만약 아저씨가 좋아하게 된 여자가 손가락이 여

섯 개라는 걸 알면, 아저씨는 어떻게 할 거예요?" 하고 소녀는
조금 전에 하던 얘기를 이어 갔다.

"서커스단에 팔 거야."

"정말요?"

"농담이야." 하고 나는 웃으면서 말했다. "아마 별 신경 안
쓸걸."

"자식에게 유전될 가능성이 있어도요?"

그 점에 대해서 잠시 생각해 보았다.

"그래도 신경 안 쓸 거 같은데. 손가락이 하나 더 많다고 해
서, 무슨 지장이 있는 것도 아니고."

"유방이 네 개라면요?"

그 점에 대해서도 잠시 생각해 보았다.

"모르겠어." 하고 나는 말했다.

유방이 네 개? 얘기가 끝이 없을 것 같아 화제를 바꿔 보기로
했다.

"너는 몇 살이야?"

"열여섯." 하고 소녀는 말했다. "얼마 전에 막 열여섯이 됐어
요. 고등학교 1학년이고."

"그런데, 학교는 계속 쉬고 있는 거야?"

"오래 걸으면 아직 다리가 아파요. 눈 옆에는 상처도 있고.
잔소리가 심한 학교라서, 오토바이 타고 가다가 떨어져서 다쳤
다는 걸 알면 시끄럽게 굴 거 같아서…… 그래서 아파서 결석
한다고 했어요. 난 뭐 일 년을 휴학해도 괜찮아요. 서둘러 2학
년이 되고 싶은 마음도 없으니까."

"흐음."

"아까 하던 얘기 말인데, 아저씨는 손가락이 여섯 개인 여자와는 결혼할 수 있지만, 유방이 네 개인 것은 싫다고 했죠?"

"싫다고는 하지 않았어. 모르겠다고 했지."

"왜 모르는데요?"

"상상이 잘 안 되니까."

"손가락이 여섯 개인 손은 상상이 돼요?"

"그럭저럭."

"무슨 차이가 있는 거죠? 여섯 개의 손가락과 네 개의 유방에?"

생각해 봤지만, 적절한 설명이 떠오르지 않았다.

"저, 내가 질문이 너무 많은가요?"

"그런 말을 듣곤 하니?"

"가끔요."

나는 고양이가 지나다니는 길 쪽으로 시선을 돌렸다. 내가 여기서 대체 뭘 하고 있는 거지 하고 생각했다. 고양이는 얼씬거리지도 않잖아. 나는 가슴 위에 손을 모은 채, 이십 초나 삼십 초 동안 눈을 감고 있었다. 눈을 꼭 감자, 몸 여기저기에 땀이 돋아 있다는 걸 느낄 수 있었다. 햇빛은 기묘한 무게를 지니고 내 몸에 쏟아지고 있었다. 소녀가 유리잔을 흔들자, 얼음이 카우 벨[1] 같은 소리를 냈다.

"졸리면 자도 돼요. 고양이가 보이면 깨울 테니까." 하고 소

---

1) 소의 목에 다는 방울.

녀가 조그만 소리로 속삭였다.

　나는 눈을 감은 채 고개만 끄덕였다.

　바람도 없고, 주위에서는 아무 소리도 들리지 않았다. 비둘기는 벌써 어딘가 멀리로 가 버린 듯했다. 전화 속 여자를 생각해 보았다. 나는 정말 그 여자를 아는 것일까? 그 목소리도 말투도, 누군지 전혀 짐작이 가지 않는다. 하지만 그 여자는 나를 알고 있다. 마치 키리코[2]의 그림 속 정경처럼, 여자의 그림자만 길 위를 가로질러 내 쪽으로 길게 뻗어 있다. 그러나 그 실체는 내 의식의 영역에서 아주 멀리 떨어진 곳에 있었다. 내 귓가에서 언제까지나 벨 소리가 울려 댔다.

　"저, 자요?" 하고 소녀가 들릴까 말까 한 목소리로 물었다.

　"아니, 안 자."

　"좀 가까이 가도 돼요? 나, 조그만 소리로 얘기하는 게 편하거든요."

　"좋아." 하고 나는 눈을 감은 채 대답했다.

　소녀가 자신의 덱 체어를 옆으로 움직여 내가 앉은 덱 체어에 바짝 붙인 듯했다. 나무틀이 부딪치는 건조한 소리가 났다.

　이상하군 하고 나는 생각했다. 소녀의 목소리가, 눈을 감고 있을 때는 눈을 뜨고 있을 때와 전혀 다르게 들렸다.

　"얘기 좀 해도 돼요?" 하고 소녀가 물었다. "아주 작은 소리로 얘기할게요. 대답을 안 해도 되고, 도중에 그냥 잠들어도

---

2) 조르조 데 키리코(Georgio de Chirico, 1888~1978). 그리스에서 출생한 이탈리아의 화가. 형이상학적이고 몽환적인 화풍이 특징이다.

괜찮아요."

"알았어."

"사람이 죽는다는 거, 참 멋지죠."

그녀가 내 귀 바로 옆에서 말해, 그 말은 따스하고 눅눅한 입김과 함께 내 몸속으로 살며시 파고들었다.

"왜 그렇게 생각하지?" 하고 나는 물었다.

소녀는 마치 봉인을 하듯 내 입술 위에 손가락 하나를 올렸다.

"질문은 하지 마요." 하고 그녀는 말했다. "그리고 눈도 뜨지 말아요. 알았죠?"

나는 그녀의 목소리만큼 작게 고개를 끄덕였다.

그녀는 내 입술에서 손가락을 떼고, 그 손가락을 이번에는 내 손목에 올려놓았다.

"메스로 갈라서 열어 보고 싶어요. 죽은 사람이 아니라. 죽음의 덩어리 같은 걸요. 그런 게 어딘가에 있지 않을까 싶어요. 소프트볼처럼 둔탁하고, 부드럽고, 신경은 마비되어 있고. 죽은 사람 안에서 그걸 꺼내서, 잘라서 열어 보고 싶어요. 늘 생각해요, 속이 어떻게 생겼을까 하고. 마치 튜브 안에서 덩어리진 치약처럼, 안에 뭐가 딱딱하게 굳어 있지 않을까. 안 그래요? 괜찮아요, 대답하지 않아도. 주변은 물컹물컹한데, 안으로 들어갈수록 점점 딱딱해져요. 그래서 나는 우선 바깥 껍질을 벗겨 내고, 물컹거리는 것을 꺼내, 메스와 주걱 같은 것으로 그 물컹물컹한 것을 발라내요. 그리고 점차 안으로 들어가면, 물컹거리던 게 점점 딱딱해지다가, 마지막에는 조그만 심

38

같은 게 나와요. 볼베어링의 볼처럼 조그맣지만 아주 딱딱해요. 그럴 것 같지 않아요?"

소녀는 두세 번 조그맣게 마른기침을 했다.

"요즘에는 늘 그 생각을 해요. 매일 한가해서 그렇겠죠. 할 일이 아무것도 없으니까 생각이 점점 멀리까지 가 버려요. 생각이 너무 멀리까지 가서, 잘 쫓을 수가 없어요."

그리고 소녀는 내 손목에서 손가락을 떼고, 잔을 들어 남은 콜라를 마셨다. 얼음 소리로 잔이 비었다는 것을 알았다.

"잘 지켜보고 있으니까, 고양이는 걱정 마요. 와타야 노보루의 모습이 보이면 알려 줄게요. 그러니까 그대로 눈을 꼭 감고 있어요. 와타야 노보루는 지금쯤 아마 이 근처를 걷고 있을 거예요. 조금 있으면 틀림없이 나타날 거예요. 와타야 노보루는 잡초 사이를 지나고, 울타리 밑을 지나고, 어딘가에 머물러 꽃 냄새도 맡으면서, 조금씩 이리로 오고 있을 거예요. 그런 모습을 떠올려요."

하지만 내가 떠올릴 수 있는 것은 역광에서 찍은 사진처럼 아주 막연한 고양이 상에 지나지 않았다. 태양 빛이 눈두덩을 그대로 지나쳐 나의 어둠을 불안정하게 확산시키고 있었고, 그런 데다 아무리 노력해도 고양이의 모습을 정확하게 기억해 낼 수 없기 때문이었다. 떠올릴 수 있는 고양이의 모습은 마치 실패한 몽타주처럼 일그러졌고, 부자연스러웠다. 특징만 비슷할 뿐, 중요한 부분이 누락되어 있었다. 그의 걸음걸이가 어땠는지조차 기억나지 않았다.

소녀는 내 손목에 다시 한번 손가락을 올려놓고, 형태가 일

정치 않은 기묘한 도형을 그렸다. 그러자 마치 그에 호응하듯, 지금까지 있던 것과는 다른 종류의 어둠이 내 의식 안으로 파고들었다. 잠이 들려는 건가 하고 나는 생각했다. 자고 싶지는 않았지만, 잠들지 않을 수 없었다. 캔버스 천으로 된 덱 체어 위에서, 내 몸이 타인의 시신처럼 묵직하게 느껴졌다.

그런 어둠 속에서, 나는 와타야 노보루의 다리 네 개만 떠올렸다. 고무처럼 보드랍게 부푼 네 개의 고요한 갈색 발바닥이 있는 다리다. 그런 다리가 소리 없이, 어딘지 모를 땅을 밟고 있다.

거기가 어디지?

십분이면 돼 하고 전화 속 여자가 말했다. 아니지 그건, 하고 나는 생각했다. 때로 10분은 10분이 아니다. 시간은 늘어나기도 줄어들기도 한다. 나는 그걸 알 수 있다.

눈을 떴을 때, 나는 혼자였다. 옆에 바짝 붙어 있는 덱 체어에 소녀의 모습은 없었다. 타월과 담배와 잡지는 그대로 놓여 있었지만, 콜라 잔과 카세트 라디오는 사라지고 없었다.

해가 약간 서쪽으로 기울어, 떡갈나무 그림자가 내 무릎까지 어려 있었다. 손목시계는 4시 15분을 가리키고 있다. 의자 위에서 몸을 일으키고 주위를 돌아보았다. 넓은 잔디밭, 마른 연못, 나무 울타리, 새 석상, 양미역취, 텔레비전 안테나. 고양이의 모습은 없다. 그리고 소녀의 모습도.

나는 덱 체어에 걸터앉은 채, 고양이가 지나다니는 길을 바라보며 소녀가 돌아오기를 기다렸다. 그러나 10분이 지나도,

고양이도 소녀도 나타나지 않았다. 사방에서는 아무것도 움직이지 않았다. 잠든 사이에 나이가 부쩍 들어 버린 듯한 기분이었다.

나는 일어나 안채 쪽을 쳐다보았다. 그러나 거기에도 역시 사람의 기척은 없었다. 퇴창의 유리가 기우는 햇살에 눈부시게 빛나고 있을 뿐이었다. 할 수 없이 잔디밭을 가로질러 골목으로 나가, 집으로 돌아갔다. 고양이는 찾지 못했지만, 아무튼 찾을 만큼은 찾았다.

집으로 돌아온 나는 빨래를 걷어들고, 간단하게 저녁을 준비했다. 5시 반에 전화벨이 열두 번 울렸지만, 수화기를 들지 않았다. 벨 소리가 그친 다음에도, 그 여운은 집 안의 엷은 어둠 속에 먼지처럼 떠다녔다. 탁상시계가 그 딱딱한 손톱 끝으로 공간에 뜬 투명한 판을 타닥타닥 두드리고 있었다.

나는 불현듯, 태엽 감는 새에 관한 시를 써 보면 어떨까 하고 생각했다. 그러나 첫 구절이 도무지 떠오르지 않았다. 게다가 여고생들이 태엽 감는 새에 관한 시를 읽고 좋아할 것 같지도 않았다.

구미코가 돌아온 것은 7시 반이었다. 지난 한 달 남짓, 그녀가 집에 들어오는 시간이 점점 늦어지고 있다. 8시가 넘은 때도 적지 않았고, 간혹 10시가 넘은 적도 있었다. 내가 집에서 식사 준비를 하기 때문에, 서둘러 돌아올 필요가 없는 탓도 있다. 안 그래도 일손이 부족한데, 동료 하나가 요즘 아파서 툭하면 출근하지 않는다고 그녀는 설명했다.

"미안해. 미팅이 좀처럼 끝나지 않았어." 하고 그녀는 말했다. "아르바이트하는 여자애도 전혀 도움이 안 되고."

나는 부엌에서 생선 버터구이와 샐러드와 된장국을 만들었다. 그러는 동안 아내는 부엌 식탁 앞에 멍하니 앉아 있었다.

"있지, 5시 반쯤 당신 어디 갔었어?" 하고 그녀가 물었다. "좀 늦을 것 같다는 말을 하려고 전화를 걸었는데."

"버터가 떨어져서 사러 다녀왔어." 하고 나는 거짓말을 했다.

"은행에는 들렀어?"

"물론." 하고 나는 대답했다.

"고양이는?"

"못 찾았어. 당신이 하라는 대로 골목에 있는 빈집에도 가 봤어. 그런데 그림자도 흔적도 없었어. 더 멀리 간 게 아닌지 모르겠어."

구미코는 아무 대꾸도 하지 않았다.

저녁을 먹은 후 내가 목욕을 하고 나오자, 구미코는 불을 끈 거실의 어둠 속에 혼자 동그마니 앉아 있었다. 회색 셔츠를 입고 어둠 속에 가만히 웅크리고 있으니, 그녀는 마치 누군가가 잘못된 장소에 두고 가 버린 짐짝처럼 보였다.

나는 목욕 수건으로 머리를 닦고, 구미코가 마주 보이는 소파에 앉았다.

"벌써 죽었을 거야." 구미코가 조그만 소리로 말했다.

"설마." 하고 나는 말했다. "어디서 멋대로 돌아다니고 있을 거야. 그러다 배가 고프면 돌아오겠지. 전에도 그런 일이 한

번 있었잖아. 고엔지에 살던 무렵에 역시……."

"이번은 달라. 이번은 그런 게 아니야. 난 알아. 고양이는 벌써 죽어서, 어느 풀숲에서 썩어 가고 있을 거야. 그 빈집 마당의 수풀 속도 찾아봤어?"

"여보, 아무리 빈집이라도 남의 집인데, 마음대로 들어갈 수는 없잖아."

"그럼 대체 어디를 찾았다는 거야." 하고 아내가 말했다. "당신은 그 고양이를 찾으려 하지 않았어. 그러니까 못 찾는 거지."

나는 한숨을 쉬고 다시 한번 목욕 수건으로 머리를 닦았다. 무슨 말을 하려다가, 구미코가 울고 있다는 것을 알고 그만두었다. 뭐 어쩔 수 없지 하고 나는 생각했다. 결혼하고 바로 키우기 시작했을 때부터 그녀가 줄곧 귀여워하던 고양이다. 나는 욕실 바구니에 젖은 목욕 수건을 던져 넣고, 부엌에가 냉장고에서 맥주를 꺼내 마셨다. 어정쩡한 하루였다. 어정쩡한 해의, 어정쩡한 달의, 어정쩡한 하루였다.

와타야 노보루, 너 어디 있는 거니 하고 나는 생각했다. 태엽 감는 새가 너의 태엽을 감지 않은 거야?

마치 시 같은 구절이군.

와타야 노보루
너 어디 있는 거니?
태엽 감는 새가 너의 태엽을
감지 않은 거야?

맥주를 절반쯤 마셨을 때 전화벨이 울렸다.

"전화 좀 받아." 하고 나는 거실의 어둠을 향해 소리 질렀다.

"싫어. 당신이 받아." 하고 구미코가 말했다.

"받기 싫어." 하고 나는 말했다.

받는 사람이 없는 채 전화벨은 계속 울렸다. 벨 소리는 어둠 속에 떠다니는 먼지를 탁하게 휘젓고 있었다. 나도 구미코도 그동안 말 한마디 하지 않았다. 나는 맥주를 마시고, 구미코는 소리 없이 울고 있었다. 나는 벨 소리를 스무 번까지 세다가, 그다음은 포기하고 그냥 울리게 내버려 두었다. 그런 숫자를 언제까지 세고 있을 수는 없다.

2
보름달과 일식,
마구간에서 죽어 가는 말들에 대하여

한 인간이, 다른 한 인간에 대해서 충분히 이해한다는 건 과연 가능한 일일까.

그러니까, 누군가를 알기 위해 오랜 시간을 들이고 진지하게 노력하면, 그 결과 우리는 상대의 본질에 어느 정도까지 다가가 있을까. 우리는 우리가 잘 안다고 여기는 상대에 대해서, 정말 중요한 뭔가를 알고 있는 것일까.

그런 생각을 진지하게 하게 된 것은 법률사무소 일을 그만 두고 일주일쯤 지났을 때부터였다. 그전 인생에서, 나는 그 같은 종류의 의문을 절실하게 품은 적이 한 번도 없었다. 왜였을까? 아마 자신의 생활을 확립하는 작업으로 여유가 없었던 것이리라. 그리고 자신에 대해 생각하느라 너무 바빠서였으리라.

세상의 중요한 일이 대개 그렇게 시작되듯이, 내가 그 같은 의문을 품게 된 계기는 아주 사소했다. 구미코가 서둘러 아침을 먹고 집을 나가면 나는 빨래를 세탁기에 집어넣고, 빨래가 되는 사이에 침대를 정리하고, 설거지를 하고, 바닥을 청소기로 밀었다. 그리고 고양이와 함께 툇마루에 앉아, 신문의 구인 광고란과 세일 광고를 읽었다. 낮에는 간단하게 점심을 만들어 먹고, 슈퍼마켓에 장을 보러 갔다. 저녁 찬거리를 사고, 할인 코너에서 세제를 사고, 화장지와 화장실 휴지를 샀다. 그리고 집으로 돌아와 저녁 준비를 하고, 소파에 누워 책을 읽으면서 아내가 돌아오기를 기다렸다.

직장을 그만둔 지 오래지 않은 때라서, 그런 생활이 오히려 신선했다. 이제 만원 전철을 타고 직장에 가지 않아도 되고, 만나고 싶지 않은 사람을 만날 필요도 없었다. 그리고 무엇보다 읽고 싶을 때 읽고 싶은 책을 마음껏 읽을 수 있어서 좋았다. 이런 생활을 언제까지 계속할 수 있을지는 모른다. 하지만 나는 일주일 동안 계속된 이 느긋한 생활이 적어도 지금은 마음에 들었고, 앞날에 대해서는 가능하면 생각지 않으려 애썼다. 이 생활은 내 인생에서 휴가 같은 것이다. 언젠가는 끝난다. 하지만 끝날 때까지는 즐기자 하고.

그런데 그날 저녁, 나는 평소처럼 마음 놓고 책을 읽는 기쁨에 젖을 수가 없었다. 구미코가 돌아오지 않았기 때문이다. 그녀는 대개 늦어도 6시 반까지는 집에 돌아왔고, 그보다 십 분이라도 늦겠다 싶을 때는 반드시 연락을 했다. 그런 일에 관해서는 지나치다 싶으리만큼 꼼꼼한 성격이었다. 그런데 그날 구미코는 7시가 넘어도 돌아오지 않았고, 전화 연락조차 없었다. 나는 구미코가 돌아오면 바로 요리할 수 있도록 준비를 다

해 놓고 있었다. 특별한 요리는 아니다. 가늘게 썬 소고기와 양파와 피망과 숙주를 한꺼번에 프라이팬에 담아 강한 불에 같이 볶은 다음, 소금과 후추와 간장을 뿌린다. 그리고 마지막으로 맥주를 휙 끼얹는다. 혼자 살 때 자주 만들었던 요리다. 밥도 지었고, 된장국도 데워 놓았고, 언제든 요리할 수 있게 채소도 다 썰어서 접시에 담아 놓았다. 그런데 구미코만 돌아오지 않았다. 나는 배가 고파서, 내 먹을 것만 먼저 만들어 먹을까 하고 생각했다. 하지만 내키지 않았다. 딱히 근거는 없지만 그건 부적절한 행위인 것처럼 느껴졌기 때문이다.

부엌 식탁 앞에 앉아 맥주를 마시고, 식료품 선반 안쪽에 남아 있던 눅눅한 소다크래커를 몇 개 오물거렸다. 그리고 시계의 짧은 바늘이 7시 반에 다가갔다가 그대로 지나치는 것을 그저 멍하니 바라보았다.

결국 구미코가 돌아온 것은 9시가 넘어서였다. 그녀는 축 늘어진 표정이었다. 눈은 핏발이 선 것처럼 빨갰다. 그건 좋지 않은 징후였다. 그녀의 눈이 빨개지면 항상 좋지 않은 일이 생긴다. 나는 속으로 나 자신에게 말했다. '침착하자. 괜한 말은 하지 않도록. 조용히, 자연스럽게, 자극하지 않도록.'

"미안해. 일이 마무리가 잘 안 됐어. 어떻게든 전화를 걸려고 했는데, 여러 가지 사정이 있어서 못 했어."

"됐어. 괜찮아, 신경 쓰지 마." 하고 나는 아무 일 아닌 것처럼 말했다. 그리고 실제로도 기분이 상한 것은 아니었다. 나도 그런 경험이 몇 번 있다. 밖에 나가 일한다는 것은 쉬운 일이 아니다. 마당에 핀 장미 중에서 가장 예쁜 꽃을 한 송이 꺾어,

그걸 두 블록 떨어진 집에서 감기로 앓아누운 할머니 머리맡에 갖다 주고 나면 하루가 끝나는 정도의 평화롭고 가뿐한 일이 아니다. 때로는 형편없는 사람들과 형편없는 일을 해야 한다. 집에 전화 걸 기회를 도저히 잡을 수 없는 경우도 있다. "오늘 밤은 좀 늦게 들어갈 거야." 하고 집에 전화를 거는 건 삼십 초면 충분하다. 전화는 어디든 있다. 그런데도 그럴 수 없는 때가 있다.

나는 요리를 시작했다. 가스 불을 켜고, 프라이팬에 기름을 둘렀다. 구미코는 냉장고에서 맥주를 꺼내고, 그릇장에서 잔을 꺼냈다. 그리고 내가 지금 만들려는 요리를 점검했다. 그러고는 아무 말 없이 식탁 앞에 앉아 맥주를 마셨다. 그녀의 표정으로 보아 맥주는 그리 맛있지 않은 듯했다.

"저녁 먼저 먹지그랬어." 하고 그녀는 말했다.

"괜찮아. 배가 그렇게 고픈 것도 아니었는데 뭐." 하고 나는 말했다.

내가 고기와 채소를 볶는 동안, 구미코는 일어나 세면실에 갔다. 세면대에서 세수를 하고, 이를 닦는 소리가 들렸다. 잠시 후에 세면실에서 나왔을 때, 그녀는 양손에 뭔가를 들고 있었다. 낮에 내가 슈퍼마켓에서 사 온 화장지와 화장실 휴지였다.

"왜 이런 걸 사 왔어?" 하고 그녀는 지친 목소리로 내게 말했다.

나는 프라이팬을 손에 든 채 구미코의 얼굴을 보았다. 그리고 그녀가 손에 들고 있는 화장지 갑과 휴지 꾸러미를 보았다. 그녀가 무슨 말을 하는 건지 알 수 없었다.

"무슨 말인지 잘 모르겠군." 하고 나는 말했다. "그냥 화장지와 화장실 휴지잖아. 없으면 곤란하잖아. 아직 조금 남아 있지만, 더 많다고 썩는 것도 아니고."

"화장지와 휴지를 사는 건 아무 문제가 아니지. 당연한 거잖아. 내 말은, 왜 파란 화장지와 꽃무늬 휴지를 사 왔느냐는 거라고."

"아직도 잘 모르겠군." 하고 나는 참아 가며 말했다. "내가 사 온 화장지와 휴지가 파랗고 꽃무늬인 건 맞아. 양쪽 다 할인을 해서 싸게 샀어. 파란 화장지로 코를 푼다고 해서 코가 파랗게 되는 건 아니잖아. 나쁠 게 뭐가 있어."

"나빠. 나는 파란 화장지와 꽃무늬 휴지를 싫어한다고. 당신, 몰랐어?"

"몰랐어." 하고 나는 말했다. "싫어하는 이유가 있는 거야?"

"왜 싫어하는지는 나도 설명 못 해." 하고 그녀는 말했다. "당신도 전화기 커버나 꽃무늬 보온병, 징 박힌 나팔 청바지를 싫어하잖아. 내가 매니큐어를 칠하는 것도 싫어하고. 그런 이유를 일일이 설명하지 못하잖아. 그건 그냥 취향의 문제라고."

나는 그것들을 싫어하는 이유를 전부 설명할 수 있다. 그러나 물론 그러지 않았다. "알았어. 그건 그냥 취향의 문제야. 알겠어. 그런데 당신은 결혼하고부터 지난 육 년 동안 파란 화장지와 꽃무늬 휴지를 단 한 번도 산 적이 없었어?"

"없었어." 하고 구미코는 딱 잘라 대답했다.

"정말?"

"정말." 하고 구미코는 대답했다. "나는 하얀색이나 노란색,

그리고 분홍색 화장지밖에 사지 않았어. 그리고 나는 언제나 반드시 무늬 없는 휴지를 샀어. 지금까지 나랑 같이 살면서 당신이 그걸 몰랐다는 게 놀랍네."

나로서도 놀라웠다. 지난 육 년 동안, 파란 화장지와 꽃무늬 휴지를 단 한 번도 사용한 적이 없다니.

"그리고 말이 나온 김에 한 가지 더 말할게." 하고 그녀는 말했다. "나는 소고기와 피망을 같이 볶는 거, 진짜 싫어해. 그건 알고 있었어?"

"몰랐는데."

"아무튼 싫어. 이유는 묻지 마. 왜인지는 모르지만, 프라이 팬에 그 두 가지를 같이 볶을 때의 냄새를 참을 수 없어."

"그럼 지난 육 년 동안 당신, 한 번도 소고기와 피망을 같이 볶지 않았다는 거야?"

그녀는 고개를 저었다. "피망 샐러드는 먹어. 소고기와 양파는 같이 볶아. 하지만 소고기와 피망을 같이 볶은 적은 한 번도 없어."

"허 참." 하고 나는 말했다.

"내가 그런다는 데 의문을 가진 적이 한 번도 없었지?"

"난 알지도 못했어." 하고 나는 말했다. 나는 결혼해서 지금까지 같이 볶은 소고기와 피망을 먹은 적이 있는지 없는지를 생각해 보았다. 그러나 기억나지 않았다.

"당신은 나랑 같이 살고 있지만, 정작 내 생각은 거의 안 하는 거 아니야? 당신은 자기 생각만 하면서 살았던 거야, 보나마나." 하고 그녀는 말했다.

나는 가스 불을 끄고, 프라이팬을 레인지 위에 올려놓았다.
"저기, 좀 진정해 봐. 당신 말이야, 그런 식으로 혼동하지 않았
으면 좋겠어. 내가 화장지와 휴지, 그리고 소고기와 피망의 관
계에 주의를 기울이지 않은 건 사실일지도 몰라. 그건 인정해.
하지만 그렇다고 해서, 내가 지금까지 당신 생각을 안 하고 살
았다는 건, 얘기가 다르잖아. 나는 화장지의 색깔 따위는 뭐
가 되었든 상관없어. 물론 새까만 화장지가 책상에 놓여 있으
면, 그야 깜짝 놀라겠지. 하지만 그게 하얀색이든 파란색이든
나는 관심 없어. 소고기와 피망도 마찬가지야. 나는 소고기와
피망을 같이 볶든 같이 볶지 않든, 어느 쪽이든 상관없어. 소
고기와 피망을 같이 볶는다는 행위가 이 세상에서 반영구적
으로 사라져도, 나는 전혀 상관없다고. 그건 당신이라는 인간
의 본질과는 거의 무관한 일이야. 그렇잖아?"

구미코는 그 말에 아무 대꾸도 하지 않았다. 잔에 남은 맥
주를 두 모금에 다 마시고, 그러고는 식탁에 놓인 빈 병을 물
끄러미 바라보았다.

나는 프라이팬에 담긴 것을 전부 쓰레기통에 버렸다. 소고
기와 피망과 양파와 숙주가 쓰레기통으로 사라졌다. 참 신기
하군 하고 나는 생각했다. 조금 전까지 그건 요리였다. 그런데
지금은 그저 쓰레기다. 나는 맥주를 따서 병째로 마셨다.

"왜 버리는데?" 하고 그녀가 물었다.

"당신이 싫다고 하니까."

"당신이 먹으면 되잖아."

"먹고 싶지 않아." 하고 나는 말했다. "소고기와 피망을 같이

볶은 건 이제 먹고 싶지 않아."

아내가 어깨를 으쓱했다. "좋으실 대로." 하고 그녀는 말했다.

그리고 그녀는 식탁에 두 팔을 올려놓고 그 위에 얼굴을 얹었다. 그녀는 그 자세로 가만히 있었다. 울고 있는 것도, 자고 있는 것도 아니었다. 나는 레인지 위에 놓인 텅 빈 프라이팬을 바라보고, 아내를 바라보고, 그리고 남은 맥주를 한 모금 마셨다. 허 참 하고 나는 생각했다. 대체 뭐가 어떻다는 거야. 고작 화장지와 휴지와 피망이잖아.

나는 아내 옆으로 가서 어깨에 손을 올려놓았다. "알았어. 이제 파란 화장지와 무늬 있는 휴지는 두 번 다시 사지 않을게. 약속해. 오늘 산 건 내일 슈퍼마켓에 가서 다른 걸로 바꿔 올게. 바꿔 주지 않으면 마당에서 태워 버릴게. 재는 바다로 가져가서 버리고. 피망과 소고기에 관해서는 이제 끝났고. 냄새가 조금 남아 있을지도 모르지만, 금방 없어질 거야. 그러니까 다 잊자고."

그녀는 여전히 아무 말이 없었다. 이대로 집을 나가, 한 시간 정도 산책을 하고 다시 돌아왔더니 그녀의 기분이 원래 자리로 완전히 돌아와 있었다. 일이 그렇게 되면 참 좋을 텐데 하고 나는 생각했다. 하지만 그런 일이 일어날 가능성은 아예 없었다. 그건 내가 내 손으로 해결해야 할 문제였다.

"무척 피곤한가 봐, 당신." 하고 나는 말했다. "조금 쉰 다음에, 오랜만에 동네 가게에 가서 피자라도 먹자. 정어리와 양파 피자를 둘이 절반씩 나눠 먹자. 가끔 외식을 한다고 벌을 받지는 않겠지."

구미코는 아무 대답도 하지 않았다. 얼굴을 푹 숙이고 거기에 있을 뿐이었다.

그 이상 할 말은 없었다. 그래서 나는 식탁 맞은편 의자에 앉아, 그녀의 머리를 바라보았다. 짧고 검은 머리칼 사이로 귀가 보였다. 귓불에 나는 본 적 없는 귀걸이가 붙어 있었다. 물고기 모양의 조그만 금 귀걸이였다. 구미코가 언제 어디서 저런 귀걸이를 샀을까? 담배가 피우고 싶었다. 금연을 시작한 지 한 달 남짓밖에 지나지 않았다. 나는 주머니에서 담뱃갑과 라이터를 꺼내, 필터 있는 담배 한 개비를 입에 물고, 거기에 불을 붙이는 장면을 상상했다. 그리고 나는 공기를 한껏 들이쉬었다. 소고기와 채소를 볶은 끈끈한 냄새 섞인 공기가 콧구멍을 자극했다. 솔직히 나는 몹시 배가 고팠다.

그러고는 불현듯 벽에 걸린 달력으로 눈길을 돌렸다. 달력에는 기울고 차오르는 달 표시도 그려져 있었다. 달은 지금 보름달에 다가가는 중이었다. 그러고 보니 슬슬 생리 때가 되었군 하고 나는 생각했다.

사실 나는 결혼하고 처음으로, 자신이 이 지구라는 태양계의 세 번째 행성에 사는 인류의 일원이라는 사실을 절감했다. 나는 지구에 살고, 지구는 태양계 주위를 돌고, 달이 또 그 지구 주위를 돌고 있다. 그것은 내가 싫어하든 좋아하든 상관없이, 영원히(내 생명의 길이에 비하면 영원이라는 말을 여기서 사용해도 지장이 없으리라.) 계속되는 일이다. 내가 그런 식으로 생각하게 된 것은, 아내가 거의 정확하게 29일 주기로 생리를 맞았기 때문이었다. 그리고 그 주기는 기울고 차오르는 달의 변화와 거의 딱 맞아떨어졌다. 그녀는 생리를 무겁게 치른다. 시작하기 전의 며칠은 정신적으로 몹시 불안정해지고, 심하게 울적해한다. 그래서 그건 내게도, 간접적이기는 하지만 상당히 중요한 사이클이었다. 나는 그때가 되면, 불필요한 문제가 생기지 않도록 주의해서 처신해야 했다. 결혼하기 전에는 기울고 차오르는 달의 변화 따위는 거의 신경도 쓰지 않았다. 어쩌다 밤하늘을 올려다보는 일은 있었지만, 그때 하늘에 뜬 달이 어떤 모양인지는 나와는 무관한 문제였다. 하지만 결혼하고부터는 늘 달의 모양을 염두에 두게 되었다.

그전에도 나는 몇몇 여자와 사귀었고, 물론 그녀들도 각각 생리를 했다. 그것은 무겁거나 가벼웠고, 사흘 만에 끝나거나 일주일을 끌기도 하고, 규칙적으로 돌아오거나 또는 열흘 늦게 돌아와 나를 조마조마하게 했다. 몹시 울적해하는 여자도 있었지만, 거의 신경조차 쓰지 않는 여자도 있었다. 그래도 구미코와 결혼할 때까지, 나는 여자와 함께 생활한 적은 한 번도 없었다. 내게 자연의 주기란 돌고 도는 계절뿐이었다. 겨울이 오면 코트를 꺼내고, 여름이 오면 샌들을 꺼냈다. 그게 전부였다. 그러나 결혼을 하면서 나는 같이 사는 사람과 함께 달의 기울고 차오름이라는 새로운 개념의 주기를 껴안게 되었다. 그녀가 그 주기에서 벗어난 시기가 몇 달 있었다. 그때 그녀는 임신한 상태였다.

“미안해.” 하고 구미코가 얼굴을 들고 말했다. “당신에게 화풀이할 생각은 없었어. 좀 피곤해서 짜증이 났을 뿐이야.”

“괜찮아.” 하고 나는 말했다. “마음에 두지 않아도 돼. 피곤

할 때는 누구에게든 푸는 게 좋지. 그러고 나면 후련해지니까."

구미코는 천천히 숨을 들이쉬고, 잠시 폐 안에 가뒀다가, 천천히 내쉬었다.

"당신은 어떤데?" 하고 그녀가 물었다.

"뭐가?"

"당신은 피곤하다고 누군가에게 화풀이하지 않잖아. 나만 그러는 것 같은 느낌이 드는데, 그건 왜일까?"

나는 고개를 저었다. "내가 그런 줄은 몰랐는데."

"당신 내면에는 깊은 우물 같은 게 있지 않나 싶어. 그리고 그 우물을 향해서 '임금님 귀는 당나귀 귀!' 하고 외치면, 온갖 것들이 말끔하게 해소되는 게 아닐까 해."

나는 그녀의 말에 대해서 생각해 보았다. "그럴지도 모르지." 하고 나는 말했다.

구미코는 또다시 빈 맥주병을 바라보았다. 병의 라벨을 바라보고, 병의 입을 바라보고, 그리고 병의 목을 잡고 빙글빙글 돌렸다.

"나, 생리 때가 됐어. 그래서 짜증이 나는 것 같아."

"알아." 하고 나는 말했다. "하지만 신경 쓸 거 없어. 당신만 그런 것에 좌우되는 게 아니니까. 말도 보름달이 뜰 때 많이 죽는대."

구미코가 맥주병에서 손을 떼고, 입을 벌리고 내 얼굴을 보았다. "그건 또 무슨 소리야? 왜 지금 뜬금없이 말 얘기가 나오는데?"

"얼마 전에 신문에서 봤어. 계속 당신에게 얘기하려고 했는데, 깜박했어. 어느 수의사가 인터뷰 중에 한 말이었는데, 말은 육체적으로나 정신적으로나 달의 변화에 큰 영향을 받는 동물이래. 달이 점점 차올라 보름달이 되면 말의 정신 파동이 몹시 혼란스러워져서 육체적으로도 갖가지 문제가 생긴대. 보름달이 뜬 밤에는 수많은 말이 병에 걸리기도 하고, 죽는 경우도 압도적으로 늘어난대. 왜 그런지 정확한 원인은 아무도 몰라. 그러나 통계를 보면 그렇다는군. 말 전문 수의사는 보름달이 뜬 날은 바빠서 잠잘 틈도 없을 정도래.”

“흐음.” 하고 아내는 말했다.

“그런데 일식은 보름달보다 더 안 좋아. 일식이 생기는 날, 말은 더욱 비극적인 상황에 놓이게 된다고 해. 개기 일식 날에 얼마나 많은 말이 죽는지, 당신은 상상이 안 될 거야. 아무튼 내가 하고 싶은 말은, 우리가 이러고 있는 지금도 세상 어딘가에서는 말이 픽픽 쓰러져 죽는다는 거야. 그에 비하면 당신이 누군가에게 화풀이하는 정도는 별거 아니지 않을까. 그러니까 딱히 마음 쓰지 않아도 돼. 죽어 가는 말을 상상해 봐. 보름달이 뜬 밤에 마구간의 지푸라기 위에 쓰러져, 입에 허연 거품을 물고 고통스럽게 버둥거리는 말을 생각해 보라고.”

그녀는 마구간 안에서 죽어 가는 말들에 대해서 잠시 생각하는 눈치였다.

“당신 말에는 참 신기한 설득력이 있다니까.” 하고 그녀는 포기한 듯이 말했다. “그건 인정할 수밖에.”

“그럼 옷 갈아입고, 피자 먹으러 나가자.” 하고 나는 말했다.

그날 밤, 나는 구미코 옆에 누워 천장을 바라보면서, 나는 이 여자에 대해 과연 뭘 알고 있을까 자문해 보았다. 침실 불은 꺼져 있고, 시계는 새벽 2시를 가리키고 있었다. 구미코는 곤히 잠들었다. 나는 어둠 속에서, 파란 화장지와 무늬 있는 휴지와 소고기와 피망 볶음에 대해서 생각했다. 나는 줄곧, 그녀가 그런 일을 참아 내지 못한다는 걸 모른 채 살아왔다. 그 자체는 아주 하찮고 사소한 일이었다. 원래는 웃어넘길 수 있는 정도의 일이었다. 시끄럽게 굴 문제도 아니었다. 우리는 며칠 지나면 그렇게 사소한 말다툼 따위는 다 잊어버릴 것이다.

그러나 나는 그 사건이 묘하게 마음에 걸렸다. 마치 목구멍에 걸린 생선 잔뼈처럼, 그것은 내 마음을 불편하게 했다. '그건 어쩌면 훨씬 더 치명적인 일이었는지도 모른다.' 그렇게 생각되었다. '그건 치명적인 일일 수도 있었다.' 어쩌면 그 일은 실제로, 뭔가 훨씬 더 심각하고 치명적인 일의 시작에 불과했는지도 모른다. 그건 그저 입구였는지도 모른다. 그리고 그 안에는, 내가 아직 모르는 구미코만의 세계가 펼쳐져 있는지도 모른다. 나는 새까맣고 거대한 방을 상상했다. 나는 조그만 라이터를 쥐고 그 방 안에 있었다. 라이터의 불로 볼 수 있는 것은, 그 방의 미미한 일부에 지나지 않았다.

나는 언젠가 그 전모를 알 수 있게 될까? 아니면 끝까지 그녀를 잘 모르는 채 나이를 먹고 또 죽어 갈 것인가? 만약 그렇다면, 내가 이렇게 보내고 있는 결혼 생활은 대체 무엇일까? 그리고 그렇게 미지의 상대와 함께 생활하고, 한 침대에서 자고 있는 나의 인생은 대체 뭘까?

그때 나는 그런 생각을 했고, 그 후로도 간헐적이지만 줄곧 같은 생각을 계속했다. 그리고 시간이 한참 흐른 뒤에 알았지만, 그때 나는 그야말로 문제의 핵심에 발을 들여놓은 것이었다.

3
가노 마르타의 모자,
셔벗 톤[3]과 앨런 긴스버그와 십자군

점심 준비를 하고 있을 때 또 전화벨이 울렸다.

나는 부엌에 서서 빵을 잘라 버터와 머스터드를 바르고, 얇게 저민 토마토와 치즈를 그 사이에 끼웠다. 그리고 그걸 도마에 올려놓고 칼로 반을 자르려던 참이었다. 마침 그때 전화가 걸려 왔다.

전화벨이 세 번 울린 후에 나는 칼로 빵을 절반으로 잘라 접시에 담고, 칼은 닦아서 서랍에 넣었다. 그다음 데워 놓은 커피를 컵에 따랐다.

그러는 동안에도 전화벨은 계속 울렸다. 아마 열다섯 번 정도는 울리지 않았을까 싶다. 나는 포기하고 수화기를 들었다.

---

3) 1960년대 초 일본에서 유행했던 색으로 이름처럼 셔벗을 떠올리게 하는 연한 색을 말한다.

가능하면 전화를 받고 싶지 않았다. 그러나 전화를 건 사람이 구미코일지도 몰랐다.

"여보세요." 하는 여자 목소리가 났다. 귀에 선 목소리였다. 아내 목소리도 아니고, 얼마 전 스파게티를 삶고 있을 때 묘한 전화를 걸었던 여자의 목소리도 아니었다. 나는 모르는, 전혀 다른 여자의 목소리였다.

"오카다 도오루 씨 댁이신지요?" 하고 여자는 물었다. 종이에 적힌 문장을 그대로 읊는 듯한 느낌의 말투였다.

"그런데요."

"오카다 구미코 씨의 남편 분 되시는지요?"

"그렇습니다. 오카다 구미코는 나의 아내입니다."

"와타야 노보루 씨는 부인의 오빠 되시는지요?"

"그렇습니다." 하고 나는 참을성 있게 대답했다. "와타야 노보루는 아내의 오빠가 맞습니다."

"저는 가노라고 합니다."

나는 아무 말 않고 상대가 말을 계속하기를 기다렸다. 느닷없이 아내의 오빠 이름이 등장해 나는 적잖이 경계했다. 나는 전화기 옆에 있는 연필 끝으로 목뒤를 긁었다. 오 초나 육 초쯤, 상대는 말이 없었다. 수화기에서는 목소리뿐 아니라 다른 어떤 소리도 들리지 않았다. 어쩌면 그 여자는 송화구를 손바닥으로 덮고 근처에 있는 누구와 얘기하고 있는지도 모른다.

"여보세요." 나는 걱정스러워 말을 건네 보았다.

"실례했어요. 그럼 다시 전화를 드리죠." 하고 여자는 불쑥 말했다.

"저, 이봐요. 이건 —" 하지만 내가 그렇게 말했을 때 전화는 이미 끊겨 있었다. 나는 잠시 수화기를 손에 든 채 물끄러미 바라보았다. 그리고 다시 한번 수화기를 귀에 대었다. 그러나 전화는 틀림없이 끊겨 있었다.

뭔지 모르게 찜찜한 기분으로 부엌 식탁 앞에 서서 커피를 마시고, 샌드위치를 먹었다. 그 전화가 걸려 오기 전에 자신이 무슨 생각을 하고 있었는지, 이미 기억나지 않았다. 오른손에 칼을 쥐고 막 빵을 자르려던 때, 나는 무슨 생각을 하고 있었다. 그건 뭔지 몰라도 중요한 일이었다. 기억해 내려 했지만 오래도록 기억나지 않았던, 그런 유의 일이었다. 그 기억이 빵을 반으로 자르려 할 때, 문득 내 머리에 떠올랐었다. 그런데 지금은, 그게 어떤 기억이었는지조차 전혀 기억나지 않았다. 나는 샌드위치를 먹으면서, 그게 뭐였는지 생각해 내려 했다. 하지만 헛수고였다. 그 기억은 그것이 전에 생식하고 있던 의식의 어두운 변방으로 이미 돌아가고 말았다.

점심을 다 먹고, 접시를 치우고 있는데 또 전화벨이 울렸다. 이번에는 바로 수화기를 들었다.

"여보세요." 하고 여자가 말했다. 아내 목소리였다.

"아." 하고 나는 말했다.

"별일 없어? 점심은 먹었어?" 하고 그녀는 말했다.

"응, 먹었어. 당신은 뭐 먹었어?" 하고 나는 물었다.

"아직 아무것도" 하고 그녀는 말했다. "아침부터 계속 바빠서, 뭘 먹을 틈이 없었어. 조금 있다가 근처에 나가서 샌드위치라도 사 먹으려고. 당신은 점심에 뭐 먹었어?"

나는 내가 먹은 것을 설명했다. "흐음." 하고 그녀는 말했다. 그렇게 부러운 투는 아니었다.

"아침에 당신에게 말하려다 깜박했는데, 가노 씨라는 사람이 오늘 당신에게 전화를 걸 거야." 하고 그녀는 말했다.

"벌써 왔어." 하고 나는 말했다. "방금 전에. 나와 당신과, 당신 오빠 이름을 말하고는 용건은 말하지 않고 그냥 전화를 끊더군. 대체 무슨 일이지?"

"끊었어?"

"응. 나중에 다시 걸겠다고 하고서."

"그럼, 가노 씨가 다시 전화를 걸면 내가 하라는 대로 해. 중요한 용건이니까. 아마 그 사람을 만나러 가게 될 거야."

"만나러 간다고? 오늘, 지금?"

"오늘 무슨 일정이나 약속 있어?"

"없어." 하고 나는 말했다. 어제도 오늘도 내일도, 일정이나 약속 따위는 아무것도 없다. "그래도 가노 씨라는 사람이 누구인지, 그리고 내게 무슨 용건이 있다는 건지, 가르쳐 줄 수 없을까. 나도 무슨 일인지 조금은 알아야지. 만약 내 취직에 관한 거라면, 나는 그런 일로 당신 오빠와 관계하고 싶지 않아. 그 말은 전에도 했을 텐데."

"당신 취직 일 아니야." 하고 그녀는 귀찮은 듯한 목소리로 말했다. "고양이 때문에 그러는 거라고."

"고양이?"

"여보, 미안하지만 나 지금 좀 바빠. 사람이 기다리고 있어.

잠깐 틈내서 전화 걸고 있는 거야. 점심도 아직 못 먹었다고 했지. 전화 끊어도 돼? 시간 나면 다시 걸게."

"바쁘다는 건 알아. 하지만, 뭐가 뭔지도 모르는 일을 하라고 하면 나도 곤란하지. 대체 고양이가 어쨌다는 거야? 그 가노라는 사람이 —"

"아무튼 그 사람이 하라는 대로 해. 알았지? 이거 심각한 일이야. 집 비우지 말고, 그 사람 전화 기다려. 그럼 끊는다."

그러고 전화는 끊겼다.

2시 반에 전화벨이 울렸을 때, 나는 소파에서 꾸벅꾸벅 졸고 있었다. 처음에는 그 소리가 자명종 소리인 줄 알았다. 그래서 손을 뻗고 버튼을 눌러 알람을 해제하려고 했다. 그런데 거기에 시계가 없었다. 내가 자던 곳은 침대가 아니라 소파 위였다. 그리고 시간은 아침이 아니라 오후였다. 나는 일어나 전화기가 있는 곳으로 갔다.

"여보세요." 하고 나는 말했다.

"여보세요." 하고 여자가 말했다. 아까 전화를 걸었던 여자의 목소리였다. "오카다 도오루 씨 되세요?"

"그렇습니다. 오카다 도오루입니다."

"저는 가노라고 해요."

"아까 전화한 분이죠?"

"맞습니다. 아까는 정말 실례가 많았습니다. 그런데 오카다 씨는 오늘 무슨 일정이 있으신가요?"

"딱히 일정이랄 건 없는데요." 하고 나는 말했다.

"그럼, 정말 갑작스러우실 테지만, 지금 뵐 수 있을까요?"

"오늘, 지금 말인가요?"

"네."

나는 시계를 보았다. 삼십 초 전에 막 봤으니, 굳이 볼 필요는 없었지만 그래도 확인차 다시 본 것이다. 시간은 역시 오후 2시 반이었다.

"오래 걸립니까?"

"그렇게 오래 걸리지는 않을 거예요. 하지만 어쩌면 생각보다 오래 걸릴지도 모르겠군요. 지금 시점에서는 뭐라 정확하게 말씀드릴 수가 없어요. 죄송합니다." 하고 여자는 말했다.

그러나 시간이 얼마나 오래 걸리든, 내게 선택의 여지가 있는 것은 아니었다. 나는 구미코가 전화에서 했던 말을 떠올렸다. 그녀는 내게, 상대가 하라는 대로 하라고 했다. 그것은 심각한 일이라고 했다. 그러니 나로서는 아무튼 하라는 대로 하는 수밖에 없었다. 구미코가 심각한 일이라고 하면, 그건 심각한 일이다.

"알겠습니다. 그래서 어디로 가면 되겠습니까?" 하고 나는 물었다.

"시나가와역 앞에 있는 퍼시픽 호텔을 알고 계신지요?" 하고 그녀가 물었다.

"압니다."

"1층에 커피숍이 있어요. 거기서 4시에 기다리겠습니다. 괜찮으실까요?"

"좋습니다."

"저는 서른한 살이고, 빨간 비닐 모자를 쓰고 있어요."

빨간 모자라, 하고 나는 생각했다. 여자의 말투는 어딘가 모르게 기묘했다. 그 기묘함은 나를 혼란스럽게 했다. 그러나 그 여자가 한 어떤 말이 어떻게 기묘한지, 나는 제대로 설명할 수 없었다. 서른한 살의 여자가 빨간 비닐 모자를 써서 안 될 이유는 전혀 없었다.

"알겠습니다." 하고 나는 말했다. "아마 찾을 수 있을 겁니다."

"만일을 위해 오카다 씨의 외견상 특징을 가르쳐 주실 수 있을까요?" 하고 여자가 말했다.

나는 자신의 외견상 특징에 대해서 새삼스럽게 생각해 보았다. 내게는 과연 어떤 외견상의 특징이 있을까.

"서른 살입니다. 키는 172센티미터, 몸무게는 63킬로그램, 머리는 짧습니다. 안경은 끼지 않았고요." 설명하면서도 이건 도저히 특징이라고 할 수 없지 하고 생각했다. 어쩌면 그런 외견상의 특징을 가진 사람은 시나가와 퍼시픽 호텔 커피숍에 쉰 명은 있을지도 모른다. 나는 예전에 한번 그 커피숍에 간 적이 있다. 무척이나 큰 커피숍이었다. 좀 더 사람 눈을 끌 만한 특별한 특징이 필요하다. 그러나 나는 그런 특징이 무엇 하나 생각나지 않았다. 물론 내게 특징이 전혀 없는 것은 아니다. 현재 일을 하지 않으며, 『카라마조프 가의 형제들』에 등장하는 형제 이름을 전부 기억하고 있다. 하지만 그런 것은 당연히 밖으로 봐서는 알 수 없다.

"어떤 옷을 입고 오실 건가요?" 하고 여자가 물었다.

"글쎄요." 하고 나는 말했다. 생각이 잘 나지 않았다. "모르겠군요. 아직 정하지 못했습니다. 갑작스러운 일이라서."

"그럼 물방울무늬 넥타이를 하고 오세요." 하고 여자가 단호한 목소리로 말했다. "오카다 씨는 물방울무늬 넥타이를 갖고 계신가요?"

"갖고 있을 겁니다." 하고 나는 말했다. 나는 남색 바탕에 크림색 자잘한 물방울이 찍힌 넥타이를 갖고 있었다. 이삼 년 전 생일에 아내가 선물해 준 것이었다.

"그걸 매고 나오세요. 그럼 4시에 뵙겠습니다." 하고 여자는 말했다. 그리고 전화를 끊었다.

나는 옷장을 열고 물방울무늬 넥타이를 찾았다. 그러나 넥타이 걸이에는 물방울무늬 넥타이가 걸려 있지 않았다. 서랍도 전부 열어 보았다. 벽장 안에 있는 의류 상자도 다 열어 보았다. 그러나 어디에도 물방울무늬 넥타이는 없었다. 그 넥타이가 집에 있기만 하다면, 나는 반드시 찾아낼 수 있다. 구미코는 아주 꼼꼼하게 옷을 정리하는 사람이라, 내 넥타이가 늘 있는 장소가 아닌 곳에 있을 리 없기 때문이다.

옷장 문을 잡은 채, 그 넥타이를 마지막으로 맸던 때가 언제인지 생각해 보았다. 하지만 도무지 기억나지 않았다. 시크하고 고상한 넥타이였지만, 법률사무소에 하고 가기에는 다소 화려했다. 그런 넥타이를 매고 사무소에 갔다가는 점심시간에 누구든 다가와, "넥타이 멋진데. 색감도 좋고, 분위기도 밝고." 하는 유의 말을 장황하게 늘어놓았을 것이다. 하지만 그 말은 일종의 경고다. 내가 다녔던 사무소에서 넥타이에 대해

칭찬을 받는 것은 결코 명예로운 일이 아니었다. 그래서 나는 그 넥타이는 일터에 매고 가지 않았다. 콘서트에 가거나 격식 있는 디너를 먹으러 갈 때, 그런 사적이며 비교적 포멀한 경우에만 매고 나갔다. 다시 말해서 아내가 내게 "오늘은 좀 반듯하게 차려 입고 나가자." 하고 말하는 경우다. 그럴 기회가 여러 번 있었던 것은 아니지만, 그런 때 나는 그 물방울무늬 넥타이를 맸다. 남색 양복에 잘 어울렸고, 아내도 좋아했다. 하지만 그 넥타이를 마지막으로 맨 때가 언제였는지는 전혀 기억나지 않았다.

나는 다시 한번 옷장 안을 죽 훑어본 후에, 포기했다. 물방울무늬 넥타이는 내가 알지 못하는 어떤 이유로 어디론가 사라져 버렸다. 어쩔 수 없다. 남색 양복에 파란색 와이셔츠를 받쳐 입고, 줄무늬 넥타이를 매기로 했다. 어떻게든 될 것이다. 그녀가 나를 찾지 못할 수도 있다. 하지만 이쪽에서 빨간 모자를 쓴 서른한 살의 여자를 찾으면 되는 일이다.

일을 그만둔 후로 지난 두 달 사이에, 나는 단 한 번도 그 양복을 입은 일이 없었다. 오랜만에 양복을 입자, 자신의 몸이 뭔지 모를 이질적인 것으로 단단하게 싸인 듯한 기분이 들었다. 그것은 무겁고 딱딱하고, 몸에 조금도 맞지 않았다. 나는 일어나 잠시 방 안을 서성대다가, 거울 앞에 가서 소매와 옷자락을 잡아당겨 몸에 익게 했다. 팔을 한껏 벌리고 크게 숨을 쉰 다음, 몸을 굽히고, 지난 두 달 사이에 체형이 달라지지 않았는지 확인했다. 그리고 다시 소파에 앉았다. 그러나 역시 어색했다.

지난봄까지 나는 매일 양복을 입고 출퇴근했지만, 위화감 같은 걸 느낀 적은 없었다. 내가 다녔던 법률사무소는 옷차림에 상당히 까다로운 곳으로, 나 같은 말단 직원에게도 반드시 양복을 입으라고 요구했다. 그래서 나는 아주 당연하게 양복을 입고 일하러 나갔다.

그러나 지금 양복을 입고 이렇게 거실 소파에 앉아 있으니, 왠지 내가 품행이 단정치 못한 잘못된 행위를 하는 듯한 느낌마저 들었다. 그것은 천박한 목적으로 경력을 속이거나, 남몰래 여장을 하고 있는 것처럼 뒤가 켕기는 느낌과 비슷했다. 나는 점차 갑갑해졌다.

나는 현관으로 나가 신발장에서 갈색 구두를 꺼내고, 구둣주걱을 사용해 그걸 신었다. 구두에는 허연 먼지가 엷게 쌓여 있었다.

여자를 찾을 필요는 없었다. 여자 쪽이 먼저 나를 찾아냈던 것이다. 나는 커피숍에 도착하자, 실내를 죽 돌아보면서 빨간 모자를 찾았다. 그러나 빨간 모자를 쓴 여자는 한 명도 보이지 않았다. 손목시계를 보니, 4시가 되려면 아직 십 분쯤 여유가 있었다. 나는 자리에 앉아 웨이트리스가 갖다준 물을 마시고 커피를 주문했다. 그러자 등 뒤에서 내 이름을 부르는 여자의 목소리가 들렸다. "오카다 도오루 씨죠." 나는 깜짝 놀라 돌아보았다. 실내를 살핀 후 자리에 앉은 지 삼 분도 채 지나지 않은 때였다

여자는 하얀 재킷에 노란색 실크 블라우스를 받쳐 입고, 빨

간 비닐 모자를 쓰고 있었다. 나는 반사적으로 일어나, 여자와 마주했다. 비교적 아름다운 여자였다. 적어도 내가 통화하면서 들은 목소리로 상상했던 것보다는 훨씬 예뻤다. 몸은 호리호리하고, 화장도 엷게 했다. 옷차림도 단정했다. 그녀가 입은 재킷과 블라우스는 고급스럽고 우아했고, 재킷 옷깃에는 깃털 모양의 금 브로치가 반짝이고 있었다. 대기업 비서처럼 보였다. 다만 빨간 모자만은 도무지 그 차림에 어울리지 않았다. 그렇게 신경 써서 차려입었으면서 왜 굳이 빨간 비닐 모자를 써야 했는지, 그 이유를 알 수 없었다. 어쩌면 누군가를 만날 때는 언제나 그 빨간 모자를 표시 삼아 쓰는지도 모른다. 나쁜 아이디어는 아닌 것처럼 생각되었다. 눈에 잘 띄느냐 하는 관점에서 보면, 더없이 눈에 띄었기 때문이다.

그녀가 맞은편 자리에 앉아, 나도 내 자리에 다시 앉았다.

"나라는 걸 용케 알아봤군요." 나는 신기한 생각에 그렇게 물었다. "물방울무늬 넥타이를 찾지 못해, 어쩔 수 없이 줄무늬 넥타이를 매고 나왔습니다. 내 쪽에서 당신을 찾으려고 했어요. 그런데 어떻게 나라는 걸 알았는지?"

"물론 알 수 있죠." 하고 여자는 말했다. 그리고 손에 든 하얀 에나멜 핸드백을 테이블에 내려놓고, 빨간 비닐 모자를 벗어 그 위에 씌워 놓았다. 핸드백이 모자에 쏙 가렸다. 왠지 이제부터 마술이라도 시작할 것 같은 분위기였다. 모자를 들었더니 핸드백이 사라지고 없다든가.

"그래도 넥타이 무늬가 달라서." 하고 나는 말했다.

"넥타이?" 하고 그녀는 말했다. 그리고 이상하다는 눈빛으로 내 넥타이를 보았다. 이 사람이 대체 무슨 말을 하는 거지 하는 식으로. 그리고 고개를 끄덕였다. "딱히 상관없어요, 그런 건. 신경 쓰지 마세요."

참 묘한 눈이군 하고 나는 생각했다. 묘하게 깊이가 없었다. 눈 자체는 예쁜데, 아무것도 보고 있지 않는 것처럼 느껴진다. 마치 의안처럼 평면적이다. 하지만 물론 의안이 아니다. 그 눈은 움직이고, 깜박이고 있다.

이렇게 복잡한 커피숍에서, 처음 만나는 나를 어떻게 바로 찾을 수 있었는지, 도무지 이해가 안 되었다. 넓은 커피숍은 자리가 거의 꽉 차 있었고, 양복을 입은 나 정도 나이의 남자도 여기저기 있었다. 그런데도 나를 바로 찾을 수 있었던 이유를 그녀에게 물어보고 싶었다. 하지만 불필요한 말은 하지 않는 편이 좋을 듯했다. 그래서 나는 그 이상 아무 말도 하지 않았다.

여자는 바삐 걸어가는 웨이터를 불러 세워, 페리에를 주문했다. 웨이터가, 페리에는 없다고 말했다. 토닉 워터는 있는데요. 여자는 잠시 생각하고는, 그걸로 주세요 하고 말했다. 토닉 워터가 나올 때까지, 여자는 마냥 말이 없었다. 나도 잠자코 있었다.

마침내 여자가 테이블에 놓인 빨간 모자를 들고, 그 밑에 있는 핸드백의 똑딱이를 열어 카세트테이프보다 조금 작은 크기의, 반짝거리는 검은 가죽 케이스를 꺼냈다. 그것은 명함 지갑이었다. 명함 지갑에도 똑딱이가 있었다. 똑딱이가 달린 명함 지갑은 처음 보았다. 그녀는 거기에서 조심스럽게 명함 한

장을 꺼내 내게 건넸다. 나도 명함을 꺼내려 양복 안주머니에 손을 넣었다가, 이미 명함을 갖고 있지 않다는 걸 떠올렸다.

명함은 얇은 플라스틱 재질이었고, 엷은 향냄새가 풍기는 느낌이었다. 코를 갖다 대자, 냄새가 더 명확해졌다. 틀림없는 향냄새였다. 그리고 거기에는 딱 한 줄, 거뭇거뭇한 조그만 글자로 이름이 적혀 있었다.

가노 마르타[4]

마르타?

그리고 나는 명함을 뒤집어 보았다.

아무것도 쓰여 있지 않았다.

그 명함의 의미에 대해서 이리저리 생각하는 사이에, 웨이터가 다가와 그녀 앞에 얼음이 든 유리잔을 내려놓고, 토닉 워터를 절반 따랐다. 유리잔 안에는 쐐기꼴 모양 레몬 조각이 들어 있었다. 잠시 후에 은색 커피포트와 쟁반을 든 웨이트리스가 다가와, 내 앞에 커피 잔을 내려놓고 거기에 커피를 따른

---

4) Kano Malta. 여기서 'Malta'는 몰타섬을 말하는데, 일본 발음으로는 '마르타'로, 이후에 등장할 가노 크레타와 운을 맞춰 마르타로 표기한다.

다음, 마치 재수 없는 제비를 타인에게 떠넘기듯 계산서를 계산서 꽂이에 살며시 꽂아 놓고 사라졌다.

"아무것도 쓰여 있지 않아요." 하고 가노 마르타가 내게 말했다. 나는 여전히 아무것도 쓰여 있지 않은 명함의 뒷면을 멍하니 바라보고 있었다. "이름뿐이에요. 저는 전화번호도 주소도, 필요치 않아요. 아무도 제게 전화를 걸지 않기 때문이죠. 전화는 제 쪽에서 누군가에게 겁니다."

"그렇군요." 하고 나는 말했다. 그 의미 없는 대꾸는, 『걸리버 여행기』에 등장하는 하늘에 뜬 섬처럼, 테이블 위를 잠시 허망하게 떠다녔다.

여자가 유리잔을 두 손으로 받치듯 들고, 빨대로 토닉 워터를 한 모금 마셨다. 그리고 희미하게 얼굴을 찡그리더니, 더는 관심이 없다는 듯이 잔을 옆으로 밀어 놓았다.

"마르타는 저의 본명이 아니에요." 하고 가노 마르타가 말했다. "가노는 진짜 성입니다. 하지만 마르타는 직업상의 이름이에요. 몰타섬에서 딴 이름이죠. 오카다 도오루 씨는 몰타섬에 가 보신 적이 있나요?"

없다고 나는 대답했다. 나는 몰타섬에 가 본 적이 없다. 조만간 갈 예정도 없다. 가 볼까 하고 생각한 적조차 없다. 내가 몰타섬에 대해서 아는 것이라고는 허브 알퍼트가 연주한 「몰타섬의 노래(The Maltese Melody)」뿐이었지만, 이는 논할 가치도 없는 한심한 곡이다.

"저는 몰타에 삼 년 정도 있었어요. 삼 년을 거기에서 살았죠. 몰타는 물이 맛없는 곳입니다. 도저히 마실 수 없는 물이죠. 마치 바닷물을 희석한 것 같아요. 빵도 짭짤한데, 그건 소금을 넣어서 그런 게 아니라, 원래 물이 짜기 때문이에요. 하지만 빵 맛은 나쁘지 않아요. 저는 몰타의 빵은 좋아합니다."

나는 고개를 끄덕이고, 커피를 마셨다.

"몰타는 물이 정말 맛없는 곳이지만, 그러나 섬의 어느 특정한 장소에서 샘솟는 물은 몸의 조성에 아주 좋은 영향을 미칩니다. 신비하다고 해도 좋을 정도로 특수한 물이에요. 그 장소에서만 그 물이 솟지요. 산속에 있는 샘이에요. 산기슭에 있는 마을에서 거기까지 오르려면 몇 시간이나 걸린답니다." 하고 여자는 말했다. "그리고 그 물은 가져갈 수 없어요. 그 물은 장소를 옮겨 가면 효력이 사라지죠. 그래서 그 물을 마시려면, 본인이 거기까지 가야만 해요. 그 물에 대한 기록은, 십자군 시대의 문헌에도 남아 있습니다. 그들은 그 물을 영수(靈水)라고 불렀어요. 앨런 긴스버그도 그 물을 마시러 왔어요. 키스 리처즈도 왔습니다. 저는 그곳에 삼 년을 살았어요. 그 산기슭에 있는 조그만 마을에서요. 그곳에서 채소를 키우고, 길쌈을 배우며 살았죠. 그리고 매일 그 샘에 다니면서, 물을 마셨어요. 1976년에서 1979년까지요. 일주일 동안 그 물만 마셨을 뿐 아무것도 먹지 않은 일도 있었습니다. 일주일 동안 그 물 외에는 아무것도 먹어서는 안 되었죠. 그 같은 훈련이 필요했어요. 수행이라고 해도 좋을까 합니다. 그렇게 해서 몸을 정화하는 것이죠. 그건 정말 멋진 체험이었어요. 그런 사연이 있어, 일본으로 돌아온 저는 몰타라는 지명에서 딴 마르타라는 이름을 직업상의 이름으로 선택했어요."

"실례지만, 어떤 일을 하는지요?" 하고 나는 물어보았다.

가노 마르타는 고개를 저었다. "정확하게 말하면 직업이 아니에요. 그 일을 해서 돈을 받는 건 아니니까요. 상담을 하고, 몸의 조성에 대해서 상대와 얘기하는 것이 저의 역할입니다. 몸의 조성에 유효한 물도 연구하고 있어요. 돈은 문제가 되지 않아요. 저는 재산이 있어요. 아버지가 병원을 운영했는데, 생전에 증여하는 형식으로 저와 동생에게 주식과 부동산을 물려주었어요. 세무사가 관리하고 있습니다. 해마다 일정한 수입도 있어요. 저는 책도 몇 권 썼기 때문에, 많지 않지만 거기에서 들어오는 수입도 있습니다. 몸의 조성에 대해서 제가 하는 일은 어디까지나 무상입니다. 그래서 전화번호도 주소도 쓰여 있지 않은 거예요. 제 쪽에서 전화를 거니까요."

나는 고개를 끄덕였다. 하지만 그저 끄덕였을 뿐이었다. 그녀가 하는 말 하나하나의 의미는 이해할 수 있었다. 그러나 그 전체가 뭘 의미하는지는 이해할 수 없었다.

몸의 조성?

앨런 긴스버그?

점차 불안해졌다. 나는 절대 직관이 뛰어난 인간이 아니다. 하지만 그 말에서는 확실하게 새로운 문제의 냄새가 풍겼다.

"미안하지만, 좀 순서에 맞춰 설명해 줄 수 없을까요. 난 조금 전에 아내에게서, 고양이 일로 당신을 만나 얘기하게 될 거라는 말을 들었을 뿐입니다. 그러니까 지금 그 얘기는, 솔직히 말해서 전후 사정을 잘 모르겠어요. 그 얘기가 우리 고양이와 무슨 관계가 있는 건가요?"

"그래요." 하고 여자는 말했다. "그러나 그전에 한 가지, 오카다 씨가 알아 두셔야 할 게 있어요."

가노 마르타는 또 핸드백의 똑딱이를 열고 안에서 하얀 봉투를 꺼냈다. 봉투 안에는 사진이 들어 있었다. 그녀는 그 사진을 내게 내밀었다. "여동생의 사진입니다." 하고 가노 마르타는 말했다. 두 여자가 찍힌 컬러 사진이었다. 한 사람은 가노 마르타이고, 그녀는 사진 속에서도 모자를 쓰고 있었다. 노란 니트 모자였다. 그 모자 역시 옷차림과 불길하리만큼 어울리지 않았다. 동생 쪽은 — 얘기의 흐름으로 봐서 아마 동생일 것이라고 추정되는 — 1960년대 초기에 유행했을 법한 파스텔 톤의 투피스를 입고, 거기에 맞는 색감의 모자를 쓰고 있었다. 과거에 사람들이 그 같은 색감을 '셔벗 톤'이라고 불렀던 것 같다. 모자 쓰기를 좋아하는 자매인가 보다고 나는 상상했다. 머리 스타일은 영부인 시절의 재클린 케네디와 비슷했다. 헤어스프레이를 상당량 사용했지 싶었다. 화장은 다소 진해보였는데, 얼굴은 생김 자체가 아름답다고 해도 좋을 만큼 단아했고, 나이는 이십 대 초반에서 중반쯤으로 보였다. 나는 잠시 바라본 후에 그 사진을 가노 마르타에게 돌려주었다. 그녀는 사진을 다시 봉투에 넣고, 그 봉투를 핸드백에 넣은 다음 똑딱이를 잠갔다.

"동생은 저보다 다섯 살 아래입니다." 하고 가노 마르타가 말했다. "그리고 동생은 와타야 노보루에게 더럽혀졌습니다. 폭력적으로 겁탈당했어요."

어럽쇼 하고 나는 생각했다. 나는 그대로 아무 말 않고 자리에서 일어나 돌아가고 싶었다. 그러나 그럴 수는 없다. 나는 윗도리 주머니에서 손수건을 꺼냈다. 그리고 입가를 닦고, 그 걸 다시 주머니에 집어넣었다. 그리고 헛기침을 했다.

"자세한 사정은 알 수 없지만, 그 일로 여동생 분이 상처를 입었다면, 저로서도 정말 안된 일이라고 생각합니다." 하고 나는 말을 꺼냈다. "그러나 이 점은 말씀드려야겠군요. 나는 내 아내의 오빠와 개인적으로 그다지 친하지 않습니다. 그러니까 만약 그 일로 무슨 ─ "

"그 일로 오카다 씨를 비난하려는 게 아니에요." 하고 가노 마르타가 딱 부러지는 투로 말했다. "그 일에 관해서 만약 누군가가 비난을 받아야 한다면, 가장 먼저 제가 받아야겠지요. 제가 주의가 부족했어요. 원래는 제가 동생을 보호해야 했어요. 그런데 여러 가지 사정이 있어서, 그럴 수 없었습니다. 아시겠어요, 오카다 씨, 그런 일이 생길 수 있어요. 오카다 씨도 잘 아시다시피, 이 세계는 폭력적이고 혼란스러워요. 그리고 그 세계의 안쪽에는 훨씬 더 폭력적이고, 훨씬 더 혼란스러운 장소가 있지요. 아시겠어요? 이미 일어난 일은 일어난 일입니다. 동생은 그 상처에서, 그 오욕에서 회복될 테고, 또 반드시 회복되어야만 하죠. 다행히 치명적인 상처는 아니었습니다. 이 말은 동생에게도 했지만, 훨씬 더 심할 수도 있었어요. 제가 가장 문제 삼고 있는 것은, 동생의 몸의 조성입니다."

"조성." 하고 나는 되풀이했다. 어쩨 그녀 얘기의 주제는 일관적으로 몸의 조성에 관한 것인 듯했다.

"이 자리에서 그 전후 상황에 대해 자세히 설명할 수는 없어요. 길고 복잡한 얘기인 데다, 이렇게 말하면 실례가 되겠지만, 아마 오카다 씨가 그 얘기의 내실을 정확하게 이해하는 건, 지금 단계에서는 어려우리라 생각합니다. 그건 우리가 전문적으로 다루는 세계의 얘기이기 때문이에요. 그러니, 저는 그 일로 무슨 불평을 하려고 오카다 씨를 불러 낸 게 아닙니다. 물론 오카다 씨에게는 아무런 책임이 없어요. 말할 필요도 없는 일입니다. 저는 다만, 제 동생이 와타야 씨로 인해 일시적으로나마 몸의 조성이 더럽혀졌다는 것을 오카다 씨가 알아 두셨으면 할 뿐이에요. 혹시 앞으로 오카다 씨와 제 동생이 어떤 형태로 관계하게 될지도 몰라요. 왜냐하면 조금 전에도 말씀드렸다시피, 동생은 저의 조수로 일하기 때문이에요. 그런 경우에, 와타야 씨와 동생 사이에 무슨 일이 있었는지를 오카다 씨도 일단 알아 두시는 편이 좋지 않을까 해요. 그리고 그런 일이 일어날 수도 있다는 것을 아셨으면 합니다.”

그리고 한참 침묵이 있었다. 가노 마르타는, 당신도 잠시 생각해 보라는 표정으로 가만히 입을 다물고 있었다. 나는 그 점에 대해 잠시 생각해 보았다. 와타야 노보루가 가노 마르타의 동생을 범한 일에 대해서, 그리고 그 일과 몸의 조성의 관계에 대해서. 그리고 그 두 가지 일과 우리의 사라진 고양이의 관계에 대해서.

“그 말은.” 하고 나는 조심스럽게 말을 꺼냈다. “당신이나 당신의 동생이 그 일을 표면화하거나, 또는 경찰에 고발하는 일은 없다는 뜻입니까?”

“물론이죠.” 하고 가노 마르타는 무표정하게 말했다. “정확하게 말하면, 우리는 누군가를 추궁하려는 것도 아니에요. 우리는 뭣 때문에 그런 일이 생겼는지를 더 정확하게 알고 싶을 뿐이에요. 그걸 알고 해결해야지, 그러지 않으면 더 나쁜 일이 생길 가능성도 있어요."

나는 그 말을 듣고 조금 안심했다. 나는 와타야 노보루가 강간죄로 체포되어, 유죄 판결을 받고 형무소에 들어가도 별상관 없었다. 그 정도 형벌은 받아도 좋다고 생각할 정도다. 그러나 아내의 오빠는 꽤 유명한 사람이니, 그렇게 되면 뉴스거리가 될 게 뻔하고, 그 일로 구미코가 충격을 받게 될 것도 뻔한 일이었다. 나로서는 나 자신의 정신 건강을 위해서라도, 그런 일이 생기기를 원치 않았다.

"오늘 뵙자고 한 용건은, 순수하게 고양이 때문이에요." 하고 가노 마르타는 말했다. "고양이 건으로 와타야 씨가 상담을 청했습니다. 부인인 오카다 구미코 씨가 오빠인 와타야 씨에게 행방불명된 고양이 일로 의논을 했고, 와타야 씨는 제게 의논한 것이죠."

오호라, 비로소 어떻게 된 일인지 알았다. 그녀는 초능력자이거나 그런 유의 사람이고, 우리 고양이의 행방에 대해서 상담을 받았다. 와타야 집안은 옛날부터 점이나 풍수를 믿어 왔다. 물론 그런 건 개인의 자유다. 믿고 싶은 걸 믿으면 그만이다. 그러나, 왜 굳이 그런 상대의 동생을 범해야 하는가? 왜 그렇게 불필요하고 성가신 일을 벌여야 하는가.

"그러니까 당신은 그렇게 없어진 걸 찾는 일을 전문적으로 하는 겁니까?" 하고 나는 그녀에게 질문했다.

가노 마르타는 그 깊이 없는 눈으로 내 얼굴을 물끄러미 쳐다보았다. 빈집의 창문으로 안을 가만히 들여다보는 듯한 눈이었다. 그 눈빛으로 봐서, 그녀는 내 질문의 취지를 전혀 이해하지 못하는 것 같았다.

"이상한 장소에 살고 계시군요." 하고 그녀는 내 질문을 무시하고 말했다.

"그런가요." 하고 나는 말했다. "대체 어떤 식으로 이상하다는 거죠?"

가노 마르타는 그 질문에는 대답하지 않고, 거의 손도 대지 않은 토닉 워터 잔을 또 10센티미터 정도 저쪽으로 밀었다. "그리고 고양이는 아주 예민한 동물이에요."

나와 가노 마르타 사이로 또 잠시 침묵이 내려앉았다.

"내가 사는 곳이 이상한 장소고, 고양이가 예민한 동물이라는 건 알겠습니다." 하고 나는 말했다. "하지만 우리는 꽤 오래 거기 살았어요. 고양이와 함께 말이죠. 그런데 왜 지금 와서 갑자기 나갔을까요? 왜 더 전에 나가지 않았을까요?"

"분명하게 말씀드릴 수는 없지만, 아마 흐름이 변한 탓이겠죠. 어떤 이유로든 흐름이 저지된 것이겠죠."

"흐름." 하고 나는 말했다.

"고양이가 아직 살아 있는지 어떤지, 저는 모릅니다. 그러나 지금, 고양이가 오카다 씨 댁 근처에 없는 것은 분명해요. 그러니까 집 근처를 아무리 찾아봐야, 고양이는 나오지 않을 거예요."

나는 잔을 들어, 식은 커피를 한 모금 마셨다. 유리창 밖으로 내리는 부슬비가 보였다. 하늘에는 어두운 구름이 낮게 깔려 있었다. 사람들은 우산을 쓰고 우울한 표정으로 육교를 오르내리고 있었다.

"손을 내밀어 보세요." 하고 그녀가 내게 말했다. 나는 오른손 손바닥을 위로 해서 테이블에 올려놓았다. 손금을 보려나 생각했다. 그러나 가노 마르타는 손금에는 조금도 관심이 없는 듯했다. 그녀는 똑바로 손을 뻗어 내 손바닥에 자신의 손바닥을 포갰다. 그리고 눈을 감고, 그 자세로 가만히 있었다. 마치 불성실한 연인을 조용히 꾸짖는 것처럼. 다가온 웨이트리스가, 나와 가노 마르타가 테이블 위에서 손바닥을 포개고 있는 모습을 외면하듯 하면서 내 잔에 커피를 더 따라 주었다. 주위에 있는 사람들도 힐금힐금 이쪽을 쳐다보았다. 나는 행여 아는 사람이 여기 없기를 바랐다.

"오늘 여기로 나오기 전에 보신 것을, 한 가지만 떠올려 보세요." 하고 가노 마르타가 말했다.

"한 가지만 말인가요?" 하고 나는 물었다.

"한 가지만이에요."

나는 아내의 의류 상자 속에 있던 꽃무늬 짧은 원피스를 떠올렸다. 왜인지는 모르지만, 그 원피스가 문득 떠올랐기 때문이다.

그리고 다시 오 분 정도 우리는 그대로 손바닥을 포개고 있었다. 내게는 아주 오랜 시간으로 여겨졌다. 주위 사람들이 힐금힐금 쳐다봐서는 아니다. 내 손바닥에 닿은 그녀 손에는 뭔지 모르게 사람을 불안하게 하는 것이 있었다. 그녀의 손은 아주 작았다. 그리고 뜨겁지도 차갑지도 않았다. 그 감촉은 연인의 손처럼 친밀하지도 않았고, 의사의 손처럼 기능적이지도 않았다. 그 손의 감촉은 그녀의 눈과 비슷했다. 그녀와 손바닥을 포개고 있자니, 그녀가 물끄러미 쳐다볼 때처럼 자신이 텅 빈 집이 된 듯한 기분이 들었다. 안에는 가구도 없고, 커튼도 카펫도 없다. 그저 텅 빈 용기다. 마침내 가노 마르타가 내 손에서 손을 떼고, 깊게 심호흡을 했다. 그리고 몇 번 고개를 끄덕거렸다.

"오카다 씨." 하고 가노 마르타가 말했다. "앞으로 한동안, 당신에게 여러 가지 일이 생길 거예요. 고양이는 아마 그 시작에 불과하겠죠."

"여러 가지 일." 하고 나는 말했다. "좋은 일입니까. 아니면 나쁜 일입니까?"

가노 마르타는 생각하듯이 고개를 약간 기울였다. "좋은 일도 있고, 나쁜 일도 있을 거예요. 좋아 보이지만 나쁜 일도 있을 수 있겠고, 나빠 보이지만 좋을 일도 있을 수 있어요."

"그 말은, 내게는 일반론처럼 들리는데요." 하고 나는 말했다. "조금 더 구체적인 정보는 없나요?"

"말씀하신 대로, 제가 드리는 말이 일반론처럼 들리겠지요." 하고 가노 마르타는 말했다. "그러나 오카다 씨, 만사의 본질은 일반론으로밖에 말할 수 없는 경우가 아주 많은 법이에요. 그 점은 이해해 주세요. 우리는 점쟁이가 아니고, 예언자도 아닙니다. 우리가 말할 수 있는 것은 어디까지나 그렇게 막연한 것들뿐이에요. 대부분 굳이 말할 필요도 없을 만큼 당연한 일이고, 때로는 진부하기까지 합니다. 그러나 정직하게 말씀드려서, 우리는 그렇게 하지 않고는 앞으로 나아갈 수가 없어요. 구체적이어야 이목을 끌겠죠. 그러나 구체적이라고 하는 것들도 대개 미미한 현상에 지나지 않습니다. 말하자면 불필요한 샛길 같은 것이죠. 멀리 보려고 애쓰면 애쓸수록, 여러 가지가 점차 일반화되는 법이에요."

나는 잠자코 고개를 끄덕였다. 하지만 물론 나는 그녀 말을 무엇 하나 이해할 수 없었다.

"또 전화를 드려도 될까요?" 하고 가노 마르타가 물었다.

"네." 하고 나는 대답했다. 솔직히 이제 아무도 전화를 걸지 않았으면 했다. 그러나 나는 '네.'라고밖에 달리 할 말이 없었다.

그녀는 테이블에 놓인 빨간 비닐 모자를 얼른 집고, 그 안에 숨겨진 핸드백을 들고 일어섰다. 나는 어떻게 반응하면 좋을지 몰라, 거기에 가만히 앉아 있었다.

"한 가지, 사소하지만 말씀드리죠." 하고 가노 마르타가 빨간 모자를 쓰면서, 나를 내려다보듯 하고 말했다. "당신의 물방울 무늬 넥타이는, 집 안이 아닌 곳에서 찾게 될 거예요."

4

높은 탑과 깊은 우물,
또는 노몬한⁵⁾을 멀리 떠나서

　집에 돌아왔을 때, 구미코는 기분이 좋았다. 기분이 무척
좋다고 해도 좋을 정도였다. 내가 가노 마르타와 헤어져 집에
돌아온 시간은 6시 전이었으니까, 구미코가 돌아올 때까지 저
녁을 찬찬히 준비할 틈은 없었다. 그래서 냉동식품으로 간단
히 저녁을 만들었다. 그리고 둘이서 맥주를 마시면서 그걸 먹
었다. 그녀는 기분이 좋을 때면 늘 그러듯이, 일 얘기를 했다.
오늘 사무실에서 누굴 만났는지, 어떤 일을 했는지, 어떤 동료
가 유능하고 어떤 동료는 그렇지 못한지, 그런 얘기다.

　나는 맞장구를 치면서 얘기를 들었다. 대충 절반밖에 듣고
있지 않았지만, 얘기를 듣는 것 자체는 딱히 싫어하지 않았다.

---

5) 1939년 5월부터 8월까지 소련군·몽골군과 일본 제국의 관동군·만주국
군 간에 전투가 일어났던 지역으로 몽골과 만주국의 국경 지대인 할하강 유
역을 이른다.

얘기 내용은 둘째 치고, 식탁에서 열심히 일 얘기를 하는 그녀 모습을 보는 것이 좋았다. 가정, 하고 나는 생각했다. 그 안에서 우리는 각자에게 주어진 책무를 다하고 있는 것이다. 그녀가 일터에서 있었던 일을 얘기하고, 나는 저녁 준비를 하고, 그 얘기를 듣는다. 그것은 내가 결혼 전에 막연하게 그렸던 가정의 모습과는 아주 달랐다. 하지만 뭐가 어떻든, 그것은 내가 선택한 것이었다. 물론 나는 어렸을 때도 내 가정이 있었다. 그러나 그건 내가 선택한 가정이 아니었다. 선천적으로, 다시 말해서 본의 아니게 주어진 것이었다. 하지만 나는 지금, 자신의 의지로 선택한 후천적인 세계 안에 있다. 나의 가정이다. 그것은 물론 완벽한 가정이라고는 하기 어려웠다. 그러나 어떤 문제가 있든, 나는 기본적으로는 나의 가정을 기꺼이 받아들이려 했다. 그것은 결국 나 자신이 선택한 것이었고, 만약 거기에 어떤 문제가 존재한다면, 그것은 나 자신의 본질에 내포된 문제일 것이라고 생각했다.

"그래서, 고양이 건은 어떻게 됐어?" 하고 그녀가 물었다.

나는 시나가와에 있는 호텔에서 가노 마르타와 만난 얘기를 간단하게 했다. 물방울무늬 넥타이 얘기도 했다. 어떻게 된 일인지 물방울무늬 넥타이가 옷장 안에 없었다는 것. 하지만 가노 마르타는 사람 많은 커피숍에서 나를 바로 찾아냈다는 것. 그녀가 어떤 차림이었는지, 어떤 식으로 얘기했는지. 나는 그런 걸 얘기했다. 구미코는 가노 마르타의 빨간 비닐 모자 얘기를 좋아했다. 하지만 우리의 사라진 고양이가 어떻게 되었는지, 그 질문에 명확하게 대답하지 않았다는 얘기는 그녀를 적잖이 실망케 한 듯했다.

"그러니까, 고양이가 어떻게 됐는지는, 그 사람도 잘 모른다는 거네?" 하고 그녀는 못마땅한 얼굴로 내게 물었다. "한 가지 알게 된 건, 고양이가 이 근처에 없다는 것뿐이지?"

"뭐, 그런 셈이지." 하고 나는 말했다. 우리가 사는 곳이 '흐름이 저지된' 장소라는 게 고양이의 실종과 관계있을지도 모른다는 가노 마르타의 지적에 대해서는 말을 않기로 했다. 하게 되면 구미코가 그 말에 몹시 신경을 쓸 것이라고 생각했기 때문이다. 나로서는 이 이상 귀찮은 일을 늘리고 싶지 않았다. 게다가 여기가 좋지 않은 장소라 하니 당장 다른 곳으로 이사하자는 말을 그녀가 꺼내기라도 하면 곤란해진다. 우리의 현재 능력에 다른 곳으로 이사한다는 건 거의 불가능하다.

"고양이는 이 근처에 이미 없다 — 이게 그 사람이 한 말이야."

"그럼, 그 고양이가 다시는 집에 돌아오지 않는다는 거야?"

"그건 모르겠어." 하고 나는 말했다. "말이 상당히 애매했어. 모든 말이 암시적이었고. 자세한 걸 알게 되면 또 연락하겠다고 했지만."

"신뢰할 수 있을 것 같아, 그 사람?"

"거기까지는 모르겠어. 그런 일에 대해서는 나는 아주 문외한이니까."

나는 자신의 잔에 맥주를 따르고, 잦아드는 거품을 잠시 바라보았다. 그동안 구미코는 테이블에 턱을 괴고 있었다.

"그 사람, 돈도 아무것도, 사례 같은 거 일절 받지 않아."

"그거 잘됐군." 하고 나는 말했다. "그럼 아무 문제 없잖아. 돈도 안 받고, 영혼도 가져가지 않고, 공주도 데려가지 않고, 잃을 게 하나도 없네."

"당신 알아? 그 고양이는 내게 정말 소중한 존재라고." 하고 아내는 말했다. "아니지, 그 고양이는 우리에게 아주 소중한 존재라고 생각해. 그 고양이는 우리가 결혼한 그다음 주에, 둘이서 발견했잖아. 기억나지? 그 고양이를 주웠을 때 일."

"기억하지, 물론." 하고 나는 말했다.

"아직 어린 아기 고양이였는데, 비에 쫄딱 젖어 있었어. 비가 엄청 오는 날이었는데, 당신을 데리러 역까지 나갔지. 우산 들고. 돌아오는 길에 술가게 옆에 있는 플라스틱 케이스 안에 버려져 있는 그 고양이를 발견했어. 그 고양이는 내가 태어나서 처음 키운 고양이야. 내게는 아주 소중한 상징 같은 거야. 그래서 나는 그 고양이를 잃을 수 없어."

"그건 잘 알아." 하고 나는 말했다.

"하지만 아무리 찾아도 — 당신이 아무리 찾아도 없고, 없어진 지는 벌써 열흘이나 지났고. 그래서 할 수 없이 오빠에게 전화를 걸었어. 고양이를 찾아 줄 만한 점쟁이나 초능력자, 그런 사람 아냐고. 당신은 오빠에게 뭘 부탁하는 게 싫겠지만, 그 사람은 우리 아버지를 닮아서, 그런 방면으로 아주 밝아."

"가정적 전통." 만을 질러가는 해 질 녘의 바람처럼 쿨한 목소리로 나는 말했다. "그런데 와타야 노보루와 그녀는, 과연 어떻게 아는 사이일까?"

아내가 어깨를 으쓱했다. "어디서 어쩌다 알게 되었겠지. 요즘 발이 상당히 넓어진 것 같으니까."

"그렇겠지."

"그 사람, 아주 엄청난 능력을 갖고 있는데, 좀 유별나대." 하고 아내는 마카로니 그라탱을 포크로 콕콕 찍으면서 말했다. "뭐라고 했지, 그 사람 이름?"

"가노 마르타." 하고 나는 말했다. "몰타섬에서 수행한 가노 마르타."

"그래, 그 가노 마르타 씨. 당신 눈에는 어떻게 보였어, 그녀가?"

"글쎄." 하고 나는 말했다. 그리고 테이블에 놓인 자신의 두 손을 바라보았다. "그녀와 애기를 나누는 동안 적어도 지루하지는 않았고, 지루하지 않다는 건 나쁘지 않잖아. 어차피 이 세상에는 알 수 없는 게 아주 많으니까. 그리고 누군가는 그 공백을 메워야겠지. 누군가 그 공백을 메워야 한다면, 지루한 사람보다는 지루하지 않은 사람들이 메우는 편이 훨씬 낫겠지. 그렇잖아? 가령 혼다 씨처럼 말이야."

그 말을 듣자 아내는 즐거운 듯이 웃었다. "여보, 그 사람, 좋은 사람이었던 것 같지 않아? 나는 혼다 씨, 좋아했어."

"나도 그래." 하고 나는 말했다.

결혼하고서 일 년 남짓한 동안, 우리는 한 달에 한 번 혼다 씨라는 노인의 집을 찾았다. 그는 와타야 집안이 높이 평가하는 '점쟁이' 중 한 사람이었지만, 귀가 영 좋지 않아서, 우리가 하는 말을 잘 알아듣지 못했다. 당연히 보청기를 끼고 있었지만, 그런데도 거의 듣지 못한다고 해도 좋을 정도였다. 덕분에 우리는 장지문이 흔들거릴 만큼 큰 소리로 그에게 말을 걸어야 했다. 그렇게 귀가 좋지 않은데 혼이 하는 말을 어떻게 듣지 하고 나는 생각하곤 했다. 아니면 오히려 반대로, 귀가 좋지 않아야 혼이 하는 말을 알아듣기 쉬운지도 모른다. 그가 소리를 잘 듣지 못하게 된 것은, 전쟁 당시에 입은 부상 때문이었다. 그는 1939년에 발발한 노몬한 전투에 관동군 하사관으로 종군했고, 만주·외몽골 국경 지대에서 소련군과 외몽골의 연합 부대를 상대로 전투할 때 포격인지 수류탄인지에 고막이 파열되었다.

우리가 혼다 씨를 만나러 간 것은, 딱히 그의 영적인 능력을 믿기 때문은 아니었다. 나는 그런 것에 관심이 없었고, 구미코 역시 부모나 오빠에 비하면 초자연적인 능력에 대한 신앙심이 한결 희박했다. 그러나 어느 정도는 불길한 징조를 믿었고, 불길한 예언을 들으면 전전긍긍하기도 했다. 그러나 자진해서 그런 일에 적극적으로 관계하려고 하지는 않았다.

우리가 혼다 씨를 만나러 간 것은, 그녀 아버지가 그렇게 하라고 했기 때문이었다. 좀 더 분명하게 말하면, 그것이 우리 결혼을 승낙하는 그의 조건이었다. 결혼 조건으로는 상당히 기묘했지만, 우리는 불필요한 문제를 피하기 위해 따르기로 했다. 솔직히 말해서, 나나 구미코나 우리의 결혼을 그녀 부모님이 쉽게 승낙하리라고는 생각지 않았다. 그녀의 아버지는 고위 공무원이었다. 니가타 지방의 그리 유복하지 않은 농가에서 차남으로 태어났지만, 도쿄대학교를 장학금을 받으면서 우수한 성적으로 졸업했고, 운수성[6]의 엘리트 관료가 되었다. 그 선에서 그쳤다면 나도 그를 훌륭한 사람으로 생각했을 것이다. 그러나 그런 인물이 종종 그렇듯, 자존심이 몹시 세고 독선적이었다. 명령에 익숙하고, 자신이 속한 세계의 가치관을 조금도 믿어 의심치 않았다. 하이어라키[7]가 그의 전부였다. 자신보다 높은 권력에는 허리를 굽실거렸지만, 낮은 권력을 짓밟는 일에는 일말의 주저함이 없었다. 그런 인간이 나처럼 지위도 없거니와 돈도 배경도 없고, 학력도 번듯하지 못한가 하면 발전 가능성도 거의 없는 것이나 다름없는 무일푼에 스물네 살짜리 청년을 딸의 결혼 상대로 기꺼이 받아들이리라고는 나도 구미코도 기대하지 않았다. 우리는 부모가 결사반대할 경우에는, 우리끼리 알아서 결혼한 다음 그들과는 무관하게 살 생각이었다. 우리는 서로를 깊이 사랑하고 있었고, 또 젊었다. 부모와 절연하게 되어도, 무일푼이어도, 둘이서 행복하게 살아갈 수 있다는 확신이 있었다.

실제로 내가 청혼을 하기 위해 그녀 집에 갔을 때, 그녀 부모님의 반응은 몹시 차가웠다. 마치 전 세계의 냉장고 문이 한꺼번에 열린 것 같았다.

나는 그때 법률사무소에서 일하고 있었다. 그들은 사법고시를 치를 계획이냐고 물었다. 나는 그럴 생각이라고 대답했다. 실제로 그때까지는, 다소 망설임은 있었지만 이왕 법에 관한

---

6) 1945년부터 2001년까지 있었던 일본의 중앙 행정 기관.
7) Hierarchy. 조직, 집단 등에서 서열 관계가 확립된 피라미드형 체계.

공부를 했으니 좀 더 힘을 내서 고시에 도전해 볼 생각이 있었다. 그러나 나의 대학 성적을 조사하면, 내가 그 시험에 합격할 가능성이 별로 없다는 것은 일목요연했다. 요컨대 나는 그들의 딸과 결혼하기에 합당치 않은 인간이었다.

하지만 그들이 우리의 결혼을 탐탁해하지 않으면서도 승낙한 것은 ── 그건 사실 기적에 가까운 일이었지만 ── 혼다 씨 덕분이었다. 혼다 씨는 나에 대한 여러 가지 사정 얘기를 듣고는, 댁의 따님과 결혼하는 상대로 이만큼 훌륭한 사람은 없을 것이다, 따님이 이 사람과 결혼하고 싶다고 하면 절대 반대해서는 안 된다, 반대하면 상당히 나쁜 결과가 초래될 것이다, 하고 단언했다. 구미코의 부모님은 그 당시, 혼다 씨를 전면적으로 신뢰하고 있었기 때문에 이의를 제기할 수 없었다. 그래서 어쩔 수 없이 나를 딸의 남편으로 받아들인 것이었다.

그러나 결국, 그들에게 나는 가당치 않은 외부인이며 초대하지 않은 손님이었다. 결혼한 나와 구미코는 한 달에 두 번 정도 거의 의무적으로 그들 집을 찾아가 식사를 함께했지만, 그건 정말 진저리 나는 경험이었다. 무의미한 고행과 잔인한 고문의 딱 중간 정도에 위치하는 행위였다. 식사하는 동안, 나는 그들과 신주쿠역만큼이나 긴 다이닝 테이블에서 마주하고 있는 느낌이었다. 그들은 저쪽에서 뭔가를 먹고 얘기하고 있다. 하지만 나라는 존재는 너무 멀리 있어서, 그들 눈에 콩알만 하게 보일 뿐이다. 결혼한 지 일 년쯤 지났을 때, 나는 그녀의 아버지와 격하게 말다툼을 했고, 그 후로는 얼굴을 전혀 마주하지 않았다. 그렇게 해서야 겨우 나는 안도할 수 있었다.

무의미하고 불필요한 노력만큼 인간의 에너지를 소모시키는 것도 없다.

결혼한 후 한동안, 나는 아내 집안과 조금이라도 좋은 관계를 유지하려고 나름대로 노력했다. 그리고 혼다 씨와 한 달에 한 번 만나는 일은, 그런 노력 중에 가장 확실하게 고통이 덜한 것이었다.

혼다 씨에 대한 사례는 전부 아내의 아버지가 지불했다. 우리는 한 되짜리 술병 하나를 들고, 메구로에 있는 혼다 씨 집을 한 달에 한 번 찾아가면 그만이었다. 그리고 얘기를 듣고 돌아왔다. 간단한 일이다.

그리고 우리는 혼다 씨를 금방 좋아하게 되었다. 혼다 씨는 귀가 몹시 어두워 늘 텔레비전을 크게 켜 두는 것만 빼면(정말 시끄러웠다.) 정말 인상 좋은 할아버지였다. 그는 술을 좋아해서, 우리가 됫병 술을 들고 찾아가면 무척 반가운 표정을 지었다.

우리는 언제나 오전에 혼다 씨의 집을 찾았다. 혼다 씨는 여름이나 겨울이나 다다미방의 호리고타쓰 앞에 앉아 있었다. 겨울에는 거기에 이불이 덮여 있고 안에 전열기가 켜져 있었고, 여름에는 이불도 없고 전열기도 꺼져 있었다. 그는 상당히 유명한 점쟁이인 것 같았지만, 정말 검소하게 생활했다. 검소하다 못해 세상을 등진 사람에 가깝게 생활하고 있다고 해도 좋을 정도였다. 집은 작고, 현관은 겨우 한 사람이 신발을 신고 벗을 수 있는 넓이밖에 안 되었다. 다다미는 닳아 해지고, 깨진 유리창은 접착테이프로 땜질했을 뿐이었다. 집 건너편에 자동차 수리 공장이 있어, 늘 누군가가 큰 소리로 고함을 질러 댔다. 그가 입은 옷은 잠옷도 아니고 작업복도 아닌 허름한 것이었고, 최근에 빨았겠다 싶은 흔적은 거의 찾아볼 수 없었다. 혼자 살았고, 매일 가사 도우미가 와서 청소를 하고 식사를 준비했다. 그런데 그는, 이유는 알 수 없지만, 자기 옷을 빠는 걸 한사코 거부하는 듯했다. 홀쭉한 뺨에는 늘 허연 수염이 송송 돋아 있었다.

그의 집에 있는 물건 중에 그나마 멀쩡한 것은 위압적일 만큼 거대한 텔레비전이었다. 그리고 텔레비전 화면은 언제나 NHK 채널에 고정되어 있었다. 혼다 씨가 NHK 방송을 특별히 좋아하는지, 채널을 바꾸는 게 그저 귀찮을 뿐인지, 아니면 NHK밖에 볼 수 없는 특수한 텔레비전인지, 나는 판단할 수 없었다.

우리가 가면 그는 도코노마에 놓인 텔레비전을 향하고 앉아, 가는 대나무 막대기를 고타쓰 위에 주르륵 흩뿌렸다. 그 사이에 NHK는 요리 프로그램이나 분재 손질 방법이나 정각 뉴스, 정치 좌담회 등을 쉴 새 없이 내보냈다. 그것도 아주 큰 소리로.

"자네 적성이 법률이 아닌지도 모르겠어." 하고 어느 날 혼다 씨가 내게 말했다. 어쩌면 그는 내 뒤로 20미터 정도 떨어진 누군가를 향해 말했는지도 모른다.

"그런가요." 하고 나는 말했다.

"법률이란 건, 요컨대 말이야, 지상의 만사를 관장하는 거야. 음은 음이며, 양은 양인 세계 말이야. 나는 나이며 그는 그인 세계지. '나는 나, 그는 그, 가을날의 해 질 녘.' 그런데 자네는 거기에 속해 있지 않아. 자네가 속해 있는 세계는 그 위거나 아래야."

"그 위거나 아래, 어느 쪽이든 상관없는 겁니까?" 나는 순수한 호기심에서 그렇게 질문했다.

"어느 쪽이든 상관없는 건 아니지." 하고 혼다 씨는 말했다. 그리고 잠시 컥컥 기침을 하고는 휴지에 가래를 탁 뱉었다. 그는 자신이 뱉어 낸 가래를 한참 바라보고는, 휴지를 돌돌 말아 쓰레기통에 버렸다. "어느 쪽이 좋고 어느 쪽은 나쁘다, 그런 유가 아니야. 흐름을 거역하지 말고, 위로 가야 할 때는 위로 가고, 아래로 가야 할 때는 아래로 가야지. 위로 가야 할 때는 가장 높은 탑을 찾아서 그 꼭대기에 올라가면 되고. 아래로 가야 할 때는 가장 깊은 우물을 찾아 그 바닥으로 내려가면 돼. 흐름이 없을 때는, 그저 가만히 있으면 되고. 흐름을 거역하면 모든 게 말라 버려. 모든 게 말라 버리면 이 세상은 암흑이지. '나는 그, 그는 나, 봄날의 초저녁.' 나를 버릴 때, 나는 있어."

"지금은 흐름이 없는 때인가요?" 하고 구미코가 물었다.

"뭐?"

"지금은 흐름이 없는 때인가요?" 하고 구미코가 소리를 질렀다.

"지금은 없어." 하고 혼다 씨는 고개를 끄덕이면서 말했다. "그러니까 꼼짝 않고 가만히 있으면 돼. 아무것도 안 해도 괜찮아. 다만 물은 조심하는 편이 좋겠어. 앞으로 이 사람이 물과 관련된 일로 고생할지도 모르겠어. 있어야 할 장소에 없는 물. 있어서는 안 되는 장소에 있는 물. 아무튼 물을 아주 조심해야겠군."

옆에서 구미코가 사뭇 진지한 표정으로 고개를 끄덕거렸다. 하지만 나는 그녀가 웃음을 꾹 참고 있다는 것을 알고 있었다.

"어떤 물인가요?" 하고 내가 물었다.

"몰라, 물이야." 하고 혼다 씨는 말했다.

"사실은 나도 물 때문에 엄청나게 고생했어." 하고 혼다 씨는 내 질문을 무시하고 말했다. "노몬한에는 물이 한 방울도 없었어. 전선이 복잡하게 엉켜 있어서, 보급이 완전히 끊겼지. 물도 없고. 식량도 없고. 붕대도 없고. 탄약도 없고. 참혹한 전쟁이었어. 후방에 있는 높으신 양반들은 얼마나 빨리 어디를 점령할 것인가, 그 관심밖에 없었어. 보급 같은 건 아무도 생각지 않았어. 나는 사흘 동안 거의 물을 먹지 못한 일도 있어. 아침에 수건을 꺼내 놓고, 거기에 이슬이 약간 스미면, 수건을 꽉꽉 짜서 떨어지는 물방울을 마실 수는 있었지만, 그게 다였어. 그 외에는 물이 전혀 없었어. 그때는 차라리 죽는 게 좋겠다고 생각했지. 세상에 목이 마른 것만큼 고통스러운 일도 없어. 이렇게 목이 말라 고통을 당할 거면 차라리 총에 맞아 죽는 편이 낫다고 생각했을 정도야. 배에 총을 맞은 전우들이 물을 달라고 아우성이었지. 미쳐 버린 놈까지 있었어. 정말 생지옥이었어. 눈앞에 큰 강이 흐르고 있었어. 거길 가면 물은 얼마든지 있는데. 그런데 거기까지 갈 수가 없는 거야. 우리와 강 사이에

화염방사기를 장착한 소련군의 대형 전차가 줄지어 있었어. 기관총 진지도 바늘 산처럼 줄지어 있었고. 언덕 위에는 저격병도 있었지. 놈들은 밤중에도 조명탄을 팡팡 쏘아 올렸어. 우리가 가진 무기는 38식 보병총과 일인당 스물다섯 발의 총알뿐이었어. 전우들 대부분이 강에 물을 뜨러 갔어. 목이 말라 참을 수 없었던 거지. 그러나 한 명도 돌아오지 못했어. 다 죽었어. 그러니, 가만히 있어야 할 때는 가만히 있는 게 좋아."

그는 휴지를 뜯어 코를 팽 풀고는, 자신의 콧물을 잠시 점검한 다음에 또 돌돌 말아 버렸다.

"흐름이 생기기를 기다리는 건 괴로운 일이야. 그러나 기다려야 할 때는 반드시 기다려야 해. 죽었다 생각하고 있으면 돼."

"그러니까 저는 한동안 죽은 것처럼 있는 편이 좋다는 말씀인가요?" 하고 나는 물었다.

"뭐?"

"그러니까 저는 한동안 죽은 것처럼 있는 편이 좋다는 말씀인가요?"

"그래." 하고 그는 말했다. "죽어야 삶도 있으니, 노몬한."

그리고 그는 한 시간 정도 계속 노몬한 얘기를 했다. 우리는 그저 듣고만 있었다. 혼다 씨 집을 일 년 동안 한 달에 한 번 다니면서, 우리가 그의 '지시를 받아' 한 일은 거의 없었다. 그는 거의 점을 치지 않았다. 그가 우리에게 한 얘기는 대부분 노몬한 전투에 관한 것이었다. 옆에 있던 중위의 머리가 포탄을 맞아 절반쯤 날아갔으며, 소련군 전차에 달려들어 화염병으로 불태웠으며, 사막에 불시착한 소련기 조종사를 다 같이 쫓아가 사살했다는 등의 얘기들이었다. 상당히 흥미롭고 스릴 있었지만, 어떤 얘기든 일곱 번이고 여덟 번이고 반복해서 듣다 보면 그 빛이 조금씩 희미해지는 건 당연지사다. 게다가 그 목소리는 '얘기를 한다'고 할 수 있을 만큼 평화로운 음량이 아니었다. 그것은, 바람이 세차게 부는 날 절벽 저편을 향해서 고함을 치는 듯한 느낌이었다. 또는 변두리 영화관의 제일 앞줄에 앉아 오래된 구로사와 아키라의 흑백 영화를 보고 있는 듯한 느낌이었다. 우리 둘은 혼다 씨 집에서 나오면 한동안 귀가 잘 들리지 않았다.

하지만 우리는, 적어도 나는, 혼다 씨의 얘기를 듣는 게 싫지 않았다. 그건 우리로서는 상상력의 범위를 초월한 얘기였다. 대부분 피비린내 나는 얘기였지만, 더럽고 허름한 옷을 입고 금방이라도 죽을 듯한 노인에게 전투의 전말을 듣고 있자니, 왠지 옛날이야기처럼 현실감이 없게 들렸다. 그들은 반세기 전에 만주와 외몽골의 국경 지대에서, 풀 한 포기 제대로 나지 않는 황야의 일부를 놓고 치열한 전투를 벌였다. 나는 혼다 씨 얘기를 듣기 전까지는, 노몬한 전쟁에 대해 거의 아무것도 몰랐다. 하지만 그것은 상상을 넘어설 만큼 처절하고 장렬한 전쟁이었다. 그들은 거의 빈손에 맨주먹으로 소련의 우수한 기계화 부대와 맞서 싸웠으며, 그러다 완벽하게 패배했다. 전투 부대는 괴멸하고, 전멸했다. 전멸을 피하기 위해 후방으로 이동하는 독단 행동을 취한 지휘관은 상관의 자살 명령을 받고 허망하게 죽어 갔다. 소련군의 포로가 된 병사들 대부분은 적전 도망죄에 부쳐질 것이 두려워 전후의 포로 교환에 응하지 않고 몽골 땅에 뼈를 묻었다. 그리고 혼다 씨는 청각이 망가져 제대했고, 이렇게 점쟁이가 되었다.

"그러나 결과적으로는 잘된 일인지도 몰라." 하고 혼다 씨는 말했다. "만약 내가 귀에 부상을 입지 않았더라면, 아마 남방의 섬으로 보내져 죽었을 테지. 사실 노몬한에서 살아남은 병사들 대부분이 남방으로 동원되었다가 죽었어. 노몬한은 제국 육군 입장에서는 더없이 수치스러운 전투였고, 거기서 살아남은 병사는 하나같이 격전장으로 보내졌으니 말이야. 거기 가서 죽으라는 것이나 다름없었지. 노몬한에서 대충 지휘하고도 살아남은 참모들은 훗날 중앙으로 진출해 출세했어. 놈들 중에는 전쟁이 끝난 후에 정치가가 된 작자도 있어. 그러나 그 밑에서 목숨을 걸고 싸운 병사들은 거의 대부분 압살당하고 말았지."

"노몬한 전쟁이 육군에게 왜 그렇게 수치스러운 것이죠?" 하고 나는 물어보았다. "병사들은 모두 용감하고 치열하게 싸웠잖아요. 수많은 병사들이 죽었잖아요. 왜 살아남은 사람들이 그렇게 냉대를 받아야 하는 거죠?"

그러나 내 질문은 그의 귀에 들리지 않은 듯했다. 그는 대나무 막대기를 다시 한번 좌르륵 흩뿌렸다.

"물을 주의하는 편이 좋겠어." 하고 그는 말했다.

그 말이 그날 얘기의 끝이었다.

내가 아내의 아버지와 싸운 후, 우리는 혼다 씨 집에 가지 않게 되었다. 아내의 아버지가 돈을 지불하고 있었기 때문에, 지금까지 하던 대로 계속 갈 수는 없었고, 그렇다고 그 사례(얼마나 되는지 상상도 가지 않았지만)를 내 주머니에서 낼 만큼의 경제적인 여유는 없었다. 결혼했을 당시, 우리의 경제 사정은 물 위로 겨우 목만 내밀 수 있을 정도였다. 그러다 끝내 우리는 혼다 씨를 잊어버렸다. 대개의 젊고 바쁜 사람이 대개의 노인을 자신도 모르게 잊어버리는 것처럼 말이다.

침대에 들어가서도 나는 혼다 씨 생각을 했다. 나는 혼다 씨가 했던 물 얘기와, 가노 마르타의 물 얘기를 같이 생각해 보았다. 혼다 씨는 내게 물을 주의하라고 했다. 가노 마르타는 물을 연구하기 위해 몰타섬에서 수행을 거듭했다. 우연의 일치일 수도 있지만, 그들은 물에 몹시 주의를 기울였다. 그게 조금 마음에 걸렸다. 그리고 나는 노몬한의 전투 광경을 떠올려 보았다. 소련군 전차와 기관총 진지, 그 너머로 흐르는 강. 그리고 견딜 수 없는 심한 갈증. 나는 어둠 속에서 흐르는 그 강물 소리를 똑똑히 들을 수 있었다.

"여보." 하고 아내가 조그만 소리로 말했다. "아직 안 자?"

"응." 하고 나는 말했다.

"넥타이 말인데, 지금 겨우 기억났어. 그 물방울무늬 넥타이를 지난 연말에 세탁소에 맡겼어. 구겨져 있어서 스팀다림질을 해야겠다 싶어서. 그러고는 가지러 가는 걸 까맣게 잊었어."

"연말?" 하고 나는 물었다. "벌써 반년이나 지났잖아."

"응. 어떻게 이런 일이 생겼나 모르겠네. 당신 내 성격 알지?

그런 거 나는 절대 안 잊어버려. 아, 어떻게 하지, 그 넥타이 아주 멋졌는데." 그녀는 손을 뻗어 내 팔을 만졌다. "역 앞에 있는 세탁소야. 아직 있을 것 같아?"

"내일 가 볼게. 아마 있을 거야."

"왜 그렇게 생각해? 벌써 반년이나 지났는데. 세탁소에서는 보통 석 달 안에 가지러 오지 않는 물건은 처분해 버려. 처분 해도 법적으로 아무 문제가 없으니까. 그런데 왜 아직 있을 거 라고 생각해?"

"가노 마르타가 괜찮다고 했으니까 그렇지." 하고 나는 말했 다. "넥타이는 집 안이 아닌 곳에서 발견될 거라고 했어."

어둠 속에서 그녀가 이쪽으로 얼굴을 돌리는 게 느껴졌다. "당신 믿는 거야, 그녀가 한 말을?"

"왠지 믿어도 될 듯한 기분이 들어."

"그러다 언젠가 당신도 오빠랑 얘기가 잘 맞는 날이 오는 거 아냐." 하고 아내는 달가운 목소리로 말했다.

"그럴지도 모르지." 하고 나는 말했다.

아내가 잠든 후에도, 나는 여전히 노몬한 전투를 생각했다. 모든 병사들이 잠자고 있었다. 머리 위에는 별이 총총한 하늘 이 있고, 무수한 귀뚜라미가 울고 있었다. 그리고 흐르는 강물 소리가 들렸다. 나는 그 강물 소리를 들으면서 잠이 들었다.

5
레몬 사탕 중독,
날지 못하는 새와 마른 우물

아침 설거지를 끝낸 다음, 자전거를 타고 역 앞에 있는 세탁소에 갔다. 세탁소 주인은 이마에 깊은 주름이 있는 사십 대 후반의 야윈 남자로, 선반 위에 놓인 카세트 라디오에서 흘러나오는 퍼시 페이스 오케스트라의 연주를 듣고 있었다. 저음 전용 스피커가 달려 있는 JVC의 대형 카세트 라디오다. 그 옆에는 카세트테이프가 산더미처럼 쌓여 있었다. 오케스트라는 그 화려한 현악 구성으로 「바람과 함께 사라지다」를 연주하고 있었다. 그는 안쪽에서 음악 소리에 맞춰 휘파람을 불면서 경쾌한 동작으로 스팀다림질을 하고 있었다. 나는 카운터 앞에 서서, 미안하지만, 실은 넥타이를 작년 연말에 맡긴 채 잊고 있었다고 말했다. 아침 9시 반의 안온한 그의 작은 세계에서, 나의 출현은 보나마나 그리스 비극에서 불행한 소식을 알리는 사자의 도래와 흡사했을 것이다.

"물론 교환증도 없으시겠지." 하고 세탁소 주인은 무게 없는 목소리로 말했다. 그는 나를 향해 그렇게 말한 것이 아니었다. 카운터 옆 벽에 붙어 있는 달력을 향해 그렇게 말했다. 달력의 6월 사진은 알프스의 풍경이었다. 푸르른 골짜기가 있고, 소 떼가 느긋하게 풀을 뜯고 있다. 그 너머에 있는 마터호른인지 몽블랑인지, 아무튼 산에는 하얗고 또렷한 구름이 걸려 있다. 그리고 그는 '이왕 잊어버린 거 계속 잊고 있지그랬어.' 하는 표정을 띠고 내 얼굴을 보았다. 상당히 직설적이고 하고 싶은 말이 많다는 표정이었다.

"작년 말이라, 그거 참 난감하군. 반년이나 지났는데. 일단 찾아보기는 하겠지만."

그는 다리미 스위치를 끄고 다리미대에 세워 놓은 후, 「피서지에서 생긴 일」의 테마곡에 맞춰 휘파람을 불면서, 안쪽 선반을 주섬주섬 뒤졌다.

나는 그 영화를 고등학교 다닐 때 여자 친구와 둘이 보았다. 트로이 도나휴와 샌드라 디가 출연한 영화다. 리바이벌 상영이었고, 아마 코니 프랜시스의 「보이 헌터」와 동시상영이었던 것으로 기억한다. 「피서지에서 생긴 일」, 내 기억에 그렇게 볼 만한 영화는 아니었다. 그러나 십삼 년이 지나 세탁소에서 그 테마곡을 듣고 있자니, 그 무렵의 좋은 일밖에 떠오르지 않았다.

"파란 물방울무늬 넥타이라고 했나?" 하고 세탁소 주인이 말했다. "이름은 오카다 씨, 맞고?"

"네." 하고 나는 말했다.

"당신, 운이 좋군." 하고 그는 말했다.

나는 집에 돌아오자마자 아내 직장으로 전화를 걸었다. "넥타이가 있었어." 하고 나는 말했다.

"와, 잘됐네." 하고 아내는 말했다.

그녀의 말투에는 어딘가 모르게, 좋은 성적을 받은 아이를 칭찬할 때 같은 인공적인 울림이 있었다. 그 말투는 나를 다소 불편하게 했다. 점심시간이 되기를 기다렸다가 전화를 걸었어야 했다.

"있어서 정말 다행이다. 여보, 지금 내가 좀 바빠. 다른 통화 하는 중에 받은 거야. 점심시간에 다시 걸어 줄래, 미안하지만."

"점심때 다시 걸게." 하고 나는 말했다.

전화를 끊은 다음 나는 신문을 들고 툇마루로 나가, 늘 그러듯 거기에 엎드려 구인 광고 페이지를 펼치고, 그 불가해한 암호와 암시로 가득한 광고란을 이 구석에서 저 구석까지 천천히 읽었다. 세상에는 온갖 종류의 직업이 존재했다. 그것들은 마치 새로운 묘지의 배당표처럼, 신문 지면을 작은 틀로 반듯반듯하게 나누며 정렬해 있었다. 하지만 그 안에서 내게 맞는 직업 하나를 찾아내기는 거의 불가능할 듯한 기분이 들었다. 물론 그 틀 안에는 단편적이나마 정보와 사실이 존재했지만, 그 아무리 확대해도 정보와 사실이 일정한 이미지를 맺지 못했기 때문이다. 거기에 죽 정렬된 이름과 기호와 숫자는 내게, 너무 잘게 흩어진 탓에 이미 복원할 수 없게 된 동물의 뼈를 연상케 했다.

오랜 시간 구인 광고 페이지를 들여다보고 있으면, 나는 늘 일종의 마비 같은 것을 느꼈다. 자신이 지금 대체 뭘 원하고 있는지, 앞으로 어디에 가려고 하는지, 또는 어디로는 가지 않으려 하는지, 그런 것들을 점점 알 수 없어졌다.

언제나 그렇지만, 어느 나무 위에선지 태엽 감는 새가 우는 소리가 들렸다. 끼이이익 하고 울었다. 나는 신문을 놓고 일어나, 기둥에 기대어 마당을 바라보았다. 잠시 후에 새가 또 울었다. 이웃집 마당의 소나무 위에서, 그 끼이이이익 하고 우는 소리가 들려왔다. 눈을 찡그리고 보았지만, 새의 모습은 찾을 수 없었다. 우는 소리뿐이다. 늘 그렇듯이. 아무튼 이렇게 해서 세계의 하루치 태엽이 감겼다.

10시 전에 비가 내리기 시작했다. 큰비는 아니다. 내리는 건지 내리지 않는 건지 잘 모를 만큼 부슬부슬 내렸다. 하지만 눈을 찡그리고 보면, 비가 틀림없이 내리고 있다는 걸 알 수 있다. 세계에는 비가 내린다는 상황과 비가 내리지 않는다는 상황이 있고, 그 두 상황 어딘가에는 경계선이 그어져 있어야 한다. 나는 툇마루에 앉아, 그 어딘가에 있을 경계선을 한동안 가만히 노려보고 있었다.

그리고 나는 점심시간이 될 때까지 근처에 있는 구립 수영장에 가서 수영을 할지, 아니면 골목에 가서 고양이를 찾을지를 고민했다. 툇마루 기둥에 기대어, 마당에 내리는 비를 바라보면서 한참이나 그 생각을 했다.

수영장 / 고양이 찾기

결국 고양이를 찾으러 나가기로 했다. 가노 마르타가 고양이는 이미 이 근처에는 없다고 했다. 하지만 그날 아침, 나는 왠지 고양이를 찾으러 나가고 싶은 기분이었다. 고양이를 찾으러 나가는 건 이미 내 일상의 일부가 되었고, 게다가 내가 고양이를 찾으러 다녔다는 걸 알면 구미코도 조금은 기뻐할지 모른다. 나는 얇은 비옷을 입었다. 우산은 쓰지 않기로 했다. 테니스화를 신고, 비옷 주머니에 현관 열쇠와 레몬 사탕 몇 개를 넣고 집을 나섰다. 마당을 가로질러 담벼락에 손을 대는데 전화벨 소리가 들렸다. 나는 그 자세로 가만히 귀를 기울였다. 하지만 그 소리가 우리 전화벨 소리인지, 아니면 다른 집에서 울리는 벨 소리인지, 구분할 수 없었다. 전화벨 소리는, 한 걸음 집 밖으로 나가면 다 똑같이 들리는 법이다. 나는 포기하고 벽돌담을 넘어 골목에 내려섰다.

테니스화의 얇은 고무창으로 풀의 부드러움이 느껴졌다. 골목은 평소보다 고요했다. 한참을 거기 서서 숨죽이고 귀 기울여 보았지만, 어떤 소리도 들리지 않았다. 전화벨 소리는 이제 그쳤다. 새 울음소리도 들리지 않고, 동네의 소음도 들리지 않았다. 하늘은 한 치의 빈틈도 없이 회색으로 덮여 있었다. 이런 날에는, 아마 구름이 땅 위의 온갖 소리를 빨아들이는 것이리라. 아니, 빨아들이는 것은 소리만이 아니다. 그들은 다양한 것들을 빨아들인다. 가령 감각 같은 것마저.

나는 비옷 주머니에 손을 쑥 넣은 채, 그 좁은 골목을 지나 빈집 앞에 도착했다. 빈집은 여전히 그곳에 소리 없이 존재했다. 덧문을 못으로 쾅쾅 박은 이 층짜리 가옥은 낮게 드리운 회색 비구름을 배경으로, 사뭇 음울하게 거기에 솟아 있었다.

아주 오래전 비바람이 몰아치는 밤에 만의 암초에 부딪힌 채로 방치된 화물선처럼 보였다. 만약 마당의 잡초가 얼마 전에 봤을 때보다 웃자라지 않았더라면, 어떤 이유로 그 장소에서만 시간이 멈춰 있다고 해도, 나는 어쩌면 믿었을지도 모른다. 장마철에 며칠을 계속 내린 비 탓에, 풀잎은 선명한 초록으로 반짝이며 흙에 뿌리를 내린 것만이 발산할 수 있는 원초적인 냄새를 사방에 풍겼다. 그 풀의 바다 한가운데쯤에서, 새의 석상이 전에 보았을 때와 똑같은 자세로, 금방이라도 날아오를 듯 날개를 펼치고 있었다. 그러나 물론 그 새가 날아오를 가능성은 없었다. 그건 나도 알고 있었고, 새도 알고 있었다. 석상은 거기에 고정된 채 어디로 옮겨지든지, 아니면 파괴되기를 기다리고 있을 뿐이다. 그 외에 새가 이 마당에서 나갈 수 있는 방법은 없다. 거기에서 움직이는 것은, 풀 위를 하늘하늘 헤매는 계절을 잊은 배추흰나비뿐이었다. 배추흰나비는 뭔가를 찾는 중에 뭘 찾는지 잊어버린 사람처럼 보이기도 했다. 5분 정도 찾지 못할 뭔가를 찾다가, 나비는 어딘가로 날아가 버렸다.

나는 사탕을 오물거리며 철망에 기대어 마당을 잠시 바라보았다. 고양이의 기척은 없었다. 그 어떤 기척도 없었다. 그곳은, 어떤 강력한 힘이 자연스러운 흐름을 억지로 막은 웅덩이처럼 보였다.

불현듯 등 뒤에 사람의 기척 같은 것이 느껴져, 뒤돌아보았다. 하지만 아무도 없었다. 골목 맞은편 집의 나무 울타리가 있고, 조그만 문이 있었다. 얼마 전, 여자애가 서 있던 문이다. 그러나 문은 닫혀 있고, 울타리 너머 마당에도 사람은 없었다.

모든 것이 희미한 습기만 머금고 있을 뿐, 아무 소리도 내지 않았다. 잡초와 비 냄새가 났다. 내가 입은 비옷 냄새도 났다. 그리고 내 혀 밑에는 절반 녹은 사탕이 있었다. 크게 숨을 들이쉬자, 갖가지 냄새가 하나가 되었다. 주위를 다시 한번 돌아보았다. 어디에도, 아무도 없었다. 가만히 귀를 기울이자, 멀리서 헬리콥터 소리가 나직하게 들렸다. 구름 위를 날고 있는 것이리라. 하지만 그 소리도 점점 멀어지고, 마침내 사방은 다시 원래의 침묵에 싸였다.

빈집 마당을 두르고 있는 펜스의 출입구에는, 역시 철망으로 된 문이 달려 있었다. 혹시나 해서 열어 보니, 어이없을 만큼 쉽게 열렸다. 마치 나를 반겨 맞으려는 것처럼. 별것 아니야, 간단한 일이지, 그냥 쓱 안으로 들어오면 돼, 하고 그 문이 말하고 있었다. 그러나 아무리 빈집이라도 남의 집 마당에 멋대로 들어가는 것은, 약 팔 년에 걸쳐 꾸준히 쌓은 나의 법률 지식을 새삼스럽게 들추지 않더라도, 법률에 위배되는 행위다. 만약 동네 사람이 빈집 안에 있는 내 모습을 보고 수상히 여겨 경찰에 신고하면, 경찰이 당장 달려와 나를 신문할 것이다. 나는 고양이를 찾고 있었다고 말하리라. 키우던 고양이가 사라져서 동네를 이리저리 찾아다니고 있다고. 경찰은 내 주소와 직업을 물을 것이다. 그렇게 되면 직장을 그만두고 쉬는 중이라고 말해야 한다. 그 사실은 반드시 상대에게 경계심을 품게 할 것이다. 경찰은 최근에 극좌파 테러리스트들 때문에 상당히 예민해져 있다. 그들은 도쿄의 온갖 곳에 극좌파의 아지트가 있고, 그 지하에는 라이플과 수제 폭탄이 숨겨져 있다고 믿고 있다. 어쩌면 내 말을 확인하기 위해 아내 직장으로 전화를 걸지도 모른다. 만약 그런 일이 벌어지면, 구미코는 몹시 당황하고 혼란에 빠질 것이다.

그런데도 나는 그 마당 안으로 들어갔다. 그리고 재빨리 손을 뒤로 돌려 문을 닫았다. 무슨 상관이야 하고 나는 생각했다. 벌어질 일이라면 벌어지면 된다. 무슨 일이 벌어지고 싶다면, 벌어지면 될 일이다. 상관없다.

나는 천천히 사방을 살피면서 마당을 가로질렀다. 풀을 밟는 테니스화는 여전히 발소리 하나 내지 않았다. 이름 모를 키 낮은 과수가 몇 그루 서 있고, 잔디가 무성하게 자란 넓은 장소가 있었다. 그러나 지금은 모든 것이 잡초에 덮여 뭐가 뭔지 거의 알아볼 수 없었다. 과수 중의 두 그루는 못생긴 시계초 넝쿨에 휘감겨, 그대로 질식해서 죽어 버린 것 같았다. 철망을 따라 줄지은 금목서는 무슨 병에 걸렸는지 새하얗게 말라 있었다. 조그만 날벌레가 귓가에서 한참을 윙윙 맴돌았다.

나는 석상 옆을 지나 하얀 플라스틱 가든 체어가 쌓여 있는 처마 밑까지 가서, 한 개를 들어 보았다. 제일 위에 쌓인 의자는 흙투성이였지만, 그 아래 있는 의자는 그렇게 더럽지 않았다. 손으로 표면에 묻은 먼지를 털어 내고, 그 의자에 앉았다. 무성하게 자란 잡초에 가린 위치라서, 골목에서는 내 모습이 보이지 않았다. 처마 밑이라, 비에 젖을 염려도 없었다. 거기에 앉아, 부슬부슬 내리는 비를 맞고 있는 마당을 바라보면서, 조그만 소리로 휘파람을 불었다. 그게 어떤 곡인지 한참을 나 자신도 깨닫지 못했다. 그 곡은 로시니의 「도둑 까치」 서곡이었다. 이상한 여자의 전화가 걸려 왔을 때, 스파게티를 삶으면서 역시 휘파람으로 불었던 곡이다.

아무도 없는 마당에 앉아 잡초와 새 석상을 바라보면서 엉터리 휘파람을 불고 있자니, 왠지 자신이 어린 시절로 돌아간 듯한 기분이 들었다. 나는 아무도 모르는 비밀 장소에 있다. 아무도 내 모습을 볼 수 없다. 그렇게 생각하자, 기분이 아주 고요해졌다.

다리를 의자에 올려 무릎을 세우고, 거기에다 턱을 괴었다. 그리고 잠시 눈을 감고 있었다. 여전히 소리는 들리지 않는다. 눈 속의 어둠은 구름에 덮인 하늘과 비슷했지만, 그보다 조금 짙은 회색이었다. 그리고 몇 분 간격으로 누군가가 다가와, 그 회색을 조금 다른 감촉의 회색으로 바꿔 칠했다. 금색이 섞인 회색과, 거기에 초록색을 더한 회색, 빨간색이 두드러지는 회색으로. 그렇게 갖가지 회색이 존재한다는 게 놀라웠다. 인간이란 참 신비롭군 하고 나는 생각했다. 십 분 정도 눈을 감고 있었는데, 이렇게 많은 종류의 회색을 볼 수 있다니.

나는 회색의 샘플을 바라보면서 아무 생각 없이 휘파람을 불었다.

"저기요." 하고 누군가가 말했다.

나는 얼른 눈을 떴다. 그리고 옆으로 몸을 내밀어, 잡초 뒤에서 펜스 문 쪽을 돌아보았다. 문이 활짝 열려 있었다. 내가 들어온 뒤에 누군가가 들어온 것이다. 맥박이 빨라졌다.

"저기요." 하고 그 누군가가 다시 한번 말했다. 여자 목소리였다. 그녀는 석상 뒤에서 나타나, 내 쪽으로 다가왔다. 전에 건너편 집에서 일광욕을 하고 있던 여자애였다. 그녀는 그 때처럼 밝은 하늘색 아디다스 티셔츠에 짧은 바지를 입고, 다리를 약간 절고 있었다. 지난번과 다른 점은 선글라스를 끼지 않은 것뿐이었다.

"저, 그런 데서 뭐 하고 있어요?" 하고 그녀가 물었다.

"고양이를 찾고 있었어." 하고 나는 말했다.

"정말요?" 하고 그녀가 말했다. "내 눈에는 그렇게 보이지 않는데. 그런 곳에 가만히 앉아서 눈감고 휘파람 분다고 고양이가 찾아지나."

나는 얼굴을 약간 붉혔다.

"나야 별 상관 없지만, 모르는 사람이 지금 아저씨 모습 보면 변태라고 오해하겠어요. 조심을 해야지." 하고 그녀는 말했다. "아저씨, 변태 아니잖아요?"

"아니지." 하고 나는 말했다.

그녀는 내 옆으로 다가와, 처마 밑에 쌓여 있는 가든 체어 중에서 덜 더러운 것을 천천히 고르고, 그걸 다시 꼼꼼하게 살핀 다음에 땅에 내려놓고 거기 앉았다.

"그리고 무슨 곡인지 모르겠지만, 아저씨가 부는 휘파람 소리 도무지 멜로디로 들리지 않아요. 아저씨, 혹시 동성애자인 건 아니죠?"

"아닐 거야." 하고 나는 말했다. "그런데 왜?"

"동성애자는 휘파람을 잘 못 분다고 들어서. 그거, 정말이에요?"

"글쎄."

"뭐 아저씨가 동성애자든, 변태든, 뭐든, 나는 전혀 상관없지만." 하고 그녀는 말했다. "아저씨 이름이 뭐예요? 이름을 모르면, 뭐라고 부를 수가 없으니까."

"오카다 도오루." 하고 나는 말했다.

그녀는 내 이름을 입속에서 몇 번 웅얼거렸다. "별로 신통치 않은 이름이네요."

"그럴지도 모르지." 하고 나는 말했다. "그래도 오카다 도오루라는 이름에는 어딘가 모르게 전쟁 전의 외무장관 같은 울림이 있다고 생각하는데."

"무슨 말인지 난 잘 모르겠어요. 역사는 질색이거든요. 하지만 뭐, 그건 됐고. 별명 같은 다른 이름 없어요, 오카다 도오루 씨? 좀 더 부르기 쉬운 거요."

생각해 보았지만, 별명 따위는 하나도 떠오르지 않았다. 태어나서 지금까지, 나는 별명이 있었던 적이 한 번도 없었다. 어째서일까? "없어." 하고 나는 대답했다.

"예를 들어서, 곰 아저씨라든지, 개구리 군이라든지."

"없어."

"아 참." 하고 그녀는 말했다. "하나 생각해 봐요."

"태엽 감는 새." 하고 나는 말했다.

"태엽 감는 새?" 하고 그녀는 입을 절반 벌린 채 내 얼굴을 보았다. "뭐예요, 그게?"

"태엽을 감는 새야." 하고 나는 말했다. "매일 아침 나무 위에서 이 세상의 태엽을 감지. 끼이이익 하고 말이야."

그녀는 아직도 내 얼굴을 빤히 쳐다보고 있었다.

나는 한숨을 쉬었다. "그냥 불쑥 생각난 거야. 매일 우리 집 근처에 그 새가 오거든. 이웃집 나무에서 끼이이익 하고 울어. 그런데 아무도 그 모습을 보지는 못했어."

"흐음." 하고 그녀는 말했다. "뭐 아무튼. 역시 부르기 힘든 이름이지만, 오카다 도오루보다는 훨씬 낫네요, 태엽 감는 새 아저씨."

"고마워." 하고 나는 말했다.

그녀는 두 다리를 의자에 올리고, 턱을 무릎에 괴었다.

"그런데 네 이름은?" 하고 나는 물어보았다.

"가사하라 메이." 하고 그녀가 말했다. "5월을 뜻하는 메이."

"5월에 태어났니?"

"당연하죠. 6월에 태어났는데 메이라는 이름이면 골치 아파서 어쩌게요."

"하긴 그렇군." 하고 나는 말했다. "학교에 아직 안 가는 모양이구나?"

"계속 지켜보고 있었어요, 태엽 감는 새 아저씨." 가사하라 메이는 내 질문에는 대답하지 않고 그렇게 말했다. "방에서 아저씨가 철망 문을 열고 이 마당으로 들어가는 걸 망원경으로 다 보고 있었어요. 나 언제나 조그만 망원경을 가까이에 두고 있거든요. 그리고 이 골목을 지켜봐요. 아저씨는 모르겠지만, 여기 꽤 많은 사람들이 들락거려요. 동물도 다니고. 아저씨는 이런 데 앉아서 혼자 대체 뭐 하고 있었어요?"

"그저 멍하니 있었어." 하고 나는 말했다. "옛날 생각도 하고, 휘파람도 불고."

가사하라 메이는 손톱을 깨물었다. "아저씨 좀 별나네요."

"별나기는. 다들 그러는데."

"그럴지도 모르지만, 일부러 동네에 있는 빈집에 들어와서 그러는 사람은 없어요. 그저 멍하니 있으면서 옛날 생각 하고 휘파람 불고 싶으면, 자기네 마당에서 하면 되잖아요."

맞는 말이기는 하다.

"아무튼, 고양이 와타야 노보루는 아직 돌아오지 않은 거요?" 하고 그녀가 물었다.

나는 고개를 저었다. "우리 고양이 못 봤어, 그 후에?"

"갈색 줄무늬에 꼬리가 약간 굽은 고양이 말이죠. 한 번도 못 봤어요. 그 후로 계속 주의해서 지켜봤지만."

가사하라 메이는 짧은 바지 주머니에서 쇼트 호프 담뱃갑을 꺼내, 종이 성냥으로 불을 붙였다. 그리고 잠시 아무 말 않고 담배를 피우다, 내 얼굴을 빤히 쳐다보았다. "아저씨, 머리 좀 빠진 거 아니에요?"

나는 무의식적으로 머리를 만졌다.

"거기 말고요." 하고 가사하라 메이가 말했다. "거기 말고, 이마에 가는 머리 나는 데요. 과하게 많이 빠진 것 같은데."

"글쎄, 난 잘 모르겠는데."

"이제 대머리가 시작되는 거예요. 알아요, 난. 아저씨 경우는, 점점 이렇게 벗어질걸요." 그녀는 자신의 머리칼을 움켜잡아 뒤로 당기고는, 드러난 하얀 이마를 내게로 향했다. "조심하는 게 좋아요."

나는 내 이마를 더듬어 보았다. 그런 말을 들어서 그런지,

머리가 전에 비해서 뒤로 물러난 것처럼 느껴졌다. 나는 조금 불안해졌다.

"그럼, 어떤 식으로 조심하면 되지?"

"뭐 실제로는 조심할 방법이 없죠." 하고 그녀는 말했다. "대머리에 대한 대책은 없어요. 머리가 벗어지는 사람은 벗어지고, 벗어질 때는 어떻게든 벗어지니까. 그런 건 막을 방법이 없죠. 그래서들 흔히 말하잖아요. 머리 손질을 꼼꼼하게 잘하면 벗어지지 않는다고. 하지만 그런 말도 다 거짓말이에요. 거짓말. 신주쿠역에 가서 거기 드러누워 있는 노숙자 아저씨들을 보라고요. 머리 벗어진 사람 한 명도 없잖아요. 그런데 그 사람들이 매일 클리니크나 사순 같은 샴푸로 머리를 감겠어요? 매일매일 머리에다 무슨무슨 로션을 벅벅 바르겠냐고요? 그런 건 다 화장품 회사가 머리 빠진 사람들에게 돈을 뜯으려고 지어낸 엉터리 말이에요."

"호오." 하고 나는 감탄해서 말했다. "그런데 넌 대머리에 대해서 어떻게 그렇게 잘 알지?"

"나, 요즘 가발 회사에서 아르바이트하고 있거든요. 어차피 학교에도 안 가고, 시간도 많으니까. 길거리에 나가서 설문조사도 하고, 그런 일을 해요. 그래서 머리 벗어진 사람에 대해서는 꽤 잘 알아요. 정보도 많이 갖고 있고."

"흐음."

"그런데 말이죠." 하고 그녀는 말하고는, 담배를 땅에 버리고 발로 밟아 껐다. "내가 아르바이트하는 회사에서는 절대 대머리라는 말을 못 쓰게 해요. '머리숱이 적은 분'이라고 해야 돼요. 대머리라는 말, 차별 용어잖아요. 언젠가 한번 농담 삼아 '머리칼이 가난하신 분'이라고 해 봤거든요. 그랬더니 엄청 화를 내더라고요. 그런 걸 가지고 농담하면 안 된다고. 모두 아주아주 착실하게 일하고 있다면서요. 아저씨, 그거 알아요? 세상 사람들이 대부분 아주아주 착실하다는 거."

나는 주머니에서 레몬 사탕을 꺼내 한 개를 입에 넣고, 가사하라 메이에게도 권했다. 그녀는 고개를 젓고 대신 담배를 또 꺼냈다.

"있죠, 태엽 감는 새 아저씨." 하고 가사하라 메이가 말했다. "아저씨 실업 중이라고 했는데, 아직도 그래요?"

"그런데."

"착실하게 일할 생각 있어요?"

"있지." 하고 대답했지만, 내가 한 말에 점점 자신이 없어졌다. "모르겠어." 하고 나는 다시 말했다. "뭐랄까, 난 생각할 시간이 필요한 것 같아. 나 자신도 분명하게는 잘 모르겠어. 그래서 설명을 잘 못하겠지만."

가사하라 메이는 손톱을 깨물면서 내 얼굴을 보고 있었다.

"저, 태엽 감는 새 아저씨, 괜찮으면 다음에 나랑 같이 가발 회사에서 아르바이트 안 할래요? 시급이 그렇게 높은 건 아니지만, 일은 편하고, 시간도 꽤 자유롭게 쓸 수 있는데. 그러니까 그렇게 너무 깊이 생각지 말고, 틈날 때 일을 해 보면 많은 것이 알기 쉬워지지 않을까요. 기분 전환도 되고."

그러는 것도 나쁘지 않겠군, 하고 나는 생각했다. "나쁘지 않은데." 하고 나는 말했다.

"좋아요, 그럼 다음에 데리러 갈게요." 하고 그녀는 말했다. "집이 어디죠?"

"설명하기가 좀 어려운데, 이 골목을 죽 가서, 길을 따라 몇 번 모퉁이를 돌면 왼쪽에 빨간 혼다 시빅 차가 세워진 집이 있어. 범퍼에 '세계 인류가 평화롭기를'이라는 스티커가 붙은 차야. 그다음 집이 우리 집인데, 골목에 입구가 없으니까 벽돌담을 뛰어 넘어야 돼. 내 키보다 조금 낮은 담이야."

"문제없어요. 그 정도 담은 쉽게 넘을 수 있으니까."

"다리는 이제 아프지 않니?"

그녀는 한숨을 쉬는 듯한 소리를 내고는, 담배 연기를 내뿜었다. "안 아파요. 학교 가기 싫어서 일부러 저는 거예요. 부모님 체면을 봐서 저는 척할 뿐이니까. 그런데 계속 그러다 보니까 버릇이 됐어요. 보는 사람이 없을 때도, 방에 혼자 있을 때도, 다리를 절어요. 나, 완벽주의자거든요. 타인을 속이려면 먼저 자신을 속이라는 말도 있잖아요. 저, 태엽 감는 새 아저씨, 아저씨는 용기가 있는 편인가요?"

"별로 없는데." 하고 나는 말했다.

"호기심은요?"

"호기심은 조금 있어."

"용기와 호기심은 비슷한 거 아닌가요?" 하고 가사하라 메이가 물었다. "용기가 있는 곳에 호기심도 있고, 호기심이 있는 곳에 용기도 있는 거 같은데."

"하긴 그렇군. 비슷한 면이 있을지도 모르겠어." 하고 나는 말했다. "그리고 경우에 따라서는 네 말대로 호기심과 용기가 하나로 합쳐지는 일도 있을 수 있겠고."

"남의 집에 무단으로 들어가는 경우는 특히."

"그래." 하고서 나는 혀 위에서 레몬 사탕을 굴렸다. "남의 집 마당에 무단으로 들어갈 때는, 호기심과 용기가 같이 작용하는 것처럼 보이지. 때에 따라서는 호기심이 용기를 자극해서 부추기기도 하고. 하지만 호기심은 대부분의 경우 바로 사라지고 말지. 용기만 먼 길을 홀로 나아가야 하고. 호기심은 넉살만 좋았지 신뢰할 수 없는 친구와 같은 거야. 너를 한껏 들쑤셔 놓고는, 적당한 선에서 슬쩍 사라져 버리는 일도 있고. 그렇게 되면, 너는 네 힘으로 용기를 끌어모아 어떻게든 헤치고 나아가야 하지."

그녀는 그 말에 대해서 잠시 생각했다. "그렇네." 하고 그녀는 말했다. "그렇게 생각할 수도 있겠어요." 가사하라 메이는 의자에서 일어나 짧은 바지의 엉덩이에 묻은 먼지를 손으로 털어냈다. 그리고 내 얼굴을 내려다보았다. "저요, 태엽 감는 새 아저씨, 우물 보고 싶지 않아요?"

"우물?" 하고 나는 물었다. 우물?

"마른 우물이 있어요, 여기에." 그녀가 말했다. "나, 그 우물을 그런대로 좋아하는데, 아저씨는 보고 싶지 않아요?"

우물은 마당을 지나서 집 옆으로 돌아간 곳에 있었다. 지름이 약 1미터 50센티미터 정도 되는 둥그런 우물로, 두껍고 둥그런 널 뚜껑이 덮여 있고, 뚜껑 위에는 시멘트 벽돌 두 개가 얹혀 있었다. 땅에서 1미터 정도 튀어나온 우물 테두리 근처에는, 마치 이 우물은 자신이 지키고 있다는 듯이 해묵은 나무 한 그루가 서 있었다. 무슨 과수처럼 보였지만, 이름은 알 수 없었다.

우물은, 이 집에 속한 다른 사물이 그렇듯 오랜 세월 방치되고 버려진 듯이 보였다. '압도적인 무감각'이라고 부르고 싶은 것이 느껴졌다. 어쩌면 무생물은 사람이 시선을 보내지 않으면 더욱 무생물적으로 되는지 모른다.

하지만 가까이 다가가 자세하게 관찰해 보니, 우물이 주위에 있는 다른 것들보다 훨씬 오래전에 만들어진 것 같았다. 아마 이 집이 세워지기 훨씬 전부터, 우물은 여기 존재했던 것이리라. 뚜껑의 널판도 아주 오래된 것이었다. 우물 벽은 시멘트가 빈틈없이 발려 있었지만, 원래 있던 어떤 벽 위에 ─ 아마 보강하기 위해서였을 것이다 ─ 새로 시멘트를 바른 것으로 보였다. 우물 옆에 선 나무 역시, 자신은 주위에 있는 다른 나무보다 훨씬 오래전부터 여기 있었다고 주장하는 듯한 인상이었다.

시멘트 벽돌을 들어내고, 절반으로 나뉜 반달 모양 널판을 옆으로 민 다음 우물 테두리를 잡고 몸을 쑥 내밀어 안을 들여다보았지만, 바닥까지는 전혀 보이지 않았다. 꽤 깊은지, 도중에 어둠에 묻히고 말았다. 나는 냄새를 맡아 보았다. 곰팡내가 약간 났다.

"물은 없어요." 하고 가사하라 메이가 말했다. "물 없는 우물."

날지 못하는 새, 물 없는 우물 하고 나는 생각했다. 출구 없는 골목, 그리고……

그녀가 발 옆에 있는 벽돌 조각을 주워 우물 속에 던졌다. 잠시 후에 톡 하는 작고 메마른 소리가 들렸다. 그뿐이었다. 손바닥에 놓고 쓱쓱 비비면 가루가 되지 않을까 싶을 만큼 퍼석퍼석 메마른 소리였다. 나는 몸을 일으켜 가사하라 메이를 보았다. "왜 물이 없을까. 말라 버렸나. 아니면 누가 메웠나."

그녀는 어깨를 으쓱했다. "만약 누가 메운 거라면, 전부 메우지 않았을까요. 이렇게 어정쩡하게 구멍만 남겨 두는 건 의미도 없고, 누가 잘못해서 떨어지기라도 하면 위험하잖아요. 안 그래요?"

"그래, 당연히 그렇지." 하고 나는 인정했다. "물이 말라 버린 것 같네."

문득 전에 혼다 씨가 했던 말이 떠올랐다. '위로 가야 할 때는 가장 높은 탑을 찾아서 그 꼭대기에 올라가면 되고. 아래로 가야 할 때는 가장 깊은 우물을 찾아 그 바닥으로 내려가면 돼.' 일단 우물을 하나 발견한 셈이다.

다시 한번 몸을 구부리고, 아무 생각 없이 그 어둠을 그저 가만히 내려다보았다. 이런 곳에, 이런 대낮에, 이렇게 깊은 어둠이 있다, 하고 나는 생각했다. 헛기침을 하고, 침을 삼켰다. 그 소리는 어둠 속에서 누군가 다른 사람의 헛기침 소리처럼 울렸다. 침에는 레몬 사탕 맛이 남아 있었다.

나는 우물에 다시 뚜껑을 덮고, 벽돌을 원래대로 올려놓았다. 그리고 손목시계를 보았다. 벌써 11시 반이 다 되었다. 점심시간에 구미코에게 전화를 걸어야 한다.

"이제 가 봐야겠어." 하고 나는 말했다.

가사하라 메이가 얼굴을 약간 찡그렸다. "좋아요, 태엽 감는 새 아저씨. 집에 가세요."

우리가 마당을 가로지를 때, 새 석상은 여전히 그 마른 눈으로 하늘을 노려보고 있었다. 하늘 역시 회색 구름으로 완전히 덮여 있었지만, 비는 내리지 않았다. 가사하라 메이는 풀잎을 한 움큼 잡아 뜯어, 그걸 공중에 휙 던졌다. 바람이 없어서 풀잎은 그대로 그녀 발치에 하늘하늘 떨어졌다.

"오늘 해가 저물 때까지 아직 시간이 한참 있네요." 하고 그녀는 내 얼굴을 보지 않고 말했다.

"한참 있지." 하고 나는 말했다.

6
오카다 구미코는 어떻게 태어났고,
와타야 노보루는 어떻게 태어났나

나는 형제가 없기 때문에, 성인이 되어 각자 독립적으로 생활하는 형제나 자매가 어떤 감정으로 서로를 대하는지 상상이 잘 되지 않는다. 구미코는 와타야 노보루가 화제에 오르면 언제나, 좀 이상한 맛이 나는 무언가를 잘못 입에 넣었을 때처럼 다소 기묘한 표정을 짓는데, 나는 그 표정 속에 어떤 감정이 숨어 있는지 잘 모른다. 내가 그녀의 오빠에게 호감이랄 수 있는 감정을 털끝만큼도 품고 있지 않다는 걸 구미코는 알고 있고, 그걸 당연하게 생각하고 있다. 그리고 그녀 자신 또한, 와타야 노보루라는 인물을 결코 달갑게 생각지 않는다. 그러니까 가령 그녀와 와타야 노보루 사이에 오빠와 여동생이라는 혈연관계가 존재하지 않았다면, 그 두 사람이 친밀하게 대화를 나눌 가능성은 거의 없었으리라고 생각한다. 그러나 실제로는 오빠와 여동생이며, 따라서 상황은 다소 복잡한 양상을 띠게 된다.

구미코와 와타야 노보루가 현실적으로 얼굴을 마주할 기회는 현재 거의 없다. 나는 처가와는 전혀 교류가 없다. 전에 말했다시피 구미코의 아버지와 싸운 탓에 결정적으로 결별하고 말았다. 그것은 아주 격한 싸움이었다. 나는 태어나서 지금까지 사람과 싸운 적이 손가락으로 꼽을 정도밖에 안 되지만, 대신 한번 싸우기 시작하면 심각한 지경에 이를뿐더러 도중에 그만두지 못한다. 하지만 하고 싶은 말을 시시콜콜 다 쏟아 낸다음에는 신기하게도 장인에게 화가 나지 않았다. 오래도록 지고 있던 무거운 짐에서 겨우 해방된 기분이 들었을 뿐이었다. 증오도 분노도 남지 않았다. 그 사람의 인생도 ─ 내가 보기에 그것이 아무리 불쾌하고 어리석은 형태를 띠고 있었다 해도 ─ 나름 힘들었을 것이라는 생각마저 들었다. 나는 구미코에게, 이제 두 번 다시 당신의 아버지 어머니와 만나지 않을 것이라고 말했다. 하지만 만약 당신이 부모님을 만나고 싶다면, 그건 당신의 자유이고, 나와는 무관한 일이라고. 그러나 그녀는 그들을 만나러 가지 않았다. "괜찮아, 뭐. 지금까지도 딱히 만나고 싶어서 만난 건 아니니까." 하고 구미코는 말했다.

와타야 노보루는 당시 부모님과 같이 살고 있었는데, 나와 장인과의 다툼에 조금도 관여하지 않은 채 초연하게 어딘가에 틀어박혀 있었다. 딱히 이상한 일은 아니었다. 왜냐하면 와타야 노보루는 나라는 인간에게 조금도 관심이 없었고, 도저히 불가피한 경우가 아니면 나라는 개인과 관계하는 걸 거부했기 때문이다. 그렇게 해서 처가와 교류를 끊자, 내가 와타야 노보루와 얼굴을 마주할 이유도 없어졌다. 그리고 구미코 역시 그와 굳이 얼굴을 마주할 이유가 없었다. 그도 바빴고, 그녀도 바빴다. 게다가 두 사람은 원래부터 그렇게 친밀한 오누이도 아니었다.

그런데도 구미코는 간간이 대학 연구실로 전화를 걸어 와타야 노보루와 얘기한다. 와타야 노보루도 간간이 그녀 회사로 전화를 건다.(우리 집으로는 절대 걸지 않는다.) 오늘은 오빠에게 전화를 걸었는데, 오늘 오빠가 우리 회사로 전화를 걸었더라 하고 구미코는 내게 보고한다. 하지만 그들이 전화에서 무슨 얘기를 했는지는 모른다. 나는 굳이 묻지 않고, 그녀도 필요치 않으면 애써 설명하지 않는다.

나는 그녀와 와타야 노보루 사이에 어떤 내용의 얘기가 오갔는지 관심이 있는 것은 아니다. 또는 아내와 와타야 노보루가 전화로 얘기하는 걸 불쾌하게 여기는 것도 아니다. 솔직히, 그저 이해가 되지 않을 뿐이다. 구미코와 와타야 노보루라는, 아무리 생각해 봐도 얘기가 잘 맞지 않을 듯한 두 사람 사이에 과연 무슨 화제가 존재할지, 그리고 그것은 오누이라는 특수한 필터를 통해야 비로소 성립하는 것인지 어떤지가.

내 아내와 와타야 노보루는 오누이긴 해도 나이가 아홉 살이나 터울진다. 게다가 구미코가 어렸을 때 친가에서 몇 년을 자란 탓도 있어, 두 사람 사이에서는 오누이의 다정함 같은 것을 그다지 볼 수 없었다.

그리고 원래 와타야 노보루와 구미코 남매는 그들 둘만이다가 아니었다. 그 두 사람 사이에 또 한 명, 구미코의 언니에 해당하는 여자가 있었다. 구미코보다 다섯 살 위였다. 그러니까 그들은 원래는 삼 남매였다. 그런데 구미코는 세 살이 되었을 때, 친가에 양육을 맡기는 형태로 도쿄에서 니가타로 보내졌다. 그리고 할머니 손에 자랐다. 태어날 때부터 몸이 그리튼튼하지 않아 공기 맑은 시골에서 자라는 편이 좋았으니까, 훗날 니가타로 보낸 이유를 부모는 그렇게 가르쳐 주었지만, 구미코는 그 말을 수용할 수 없었다. 그녀가 유난히 병약한 것은 아니었기 때문이다. 큰 병을 앓은 일도 없었고, 시골에서 살 때도 주위 사람들이 건강에 신경을 써 줬다는 기억은 없었다. "아마 그냥 변명일 거야." 하고 구미코는 말했다.

세월이 한참 흘러 어느 친척에게 들은 얘기에 따르면, 오래도록 할머니와 구미코 어머니의 불화가 너무 심했기 때문에, 구미코가 니가타의 친가로 가게 된 것은 말하자면 두 사람 사이의 잠정적인 협약 같은 것이었다고 한다. 구미코의 부모는 일시적이나마 그녀를 보냄으로써 할머니의 분노를 잠재우고, 할머니 쪽은 손녀 하나를 당신 품에 두어 자신이 아들과(그러니까 구미코의 아버지와) 끈끈하게 이어져 있다는 것을 구체적으로 확인할 수 있었던 것이다. 그러니 인질 비슷했던 셈이다.

"게다가." 하고 구미코는 말했다. "오빠와 언니가 있었으니까, 나 하나 없어져도 큰 불편은 없었어. 물론 우리 부모님이 날 버릴 생각이야 아니었겠지만, 아직 어리니까 잠시 떨어져 있어도 괜찮을 거라는 가벼운 기분으로 보냈을 거야. 여러 의미에서, 그렇게 하는 게 모두에게 가장 편한 해결책이었겠지.

그런데 믿겨, 그럴 수 있다는 게? 이유는 모르겠지만, 그 사람들은 전혀 이해를 못 했어. 어린애에게 그런 일이 얼마나 심각한 영향을 미치는지 말이야."

그녀는 세 살에서 여섯 살이 될 때까지 니가타의 할머니 밑에서 자랐다. 그것은 절대 불행하거나 부자연스러운 생활은 아니었다. 구미코는 할머니의 지극한 사랑 속에서 자랐고, 또 터울이 많은 오빠나 언니와 같이 지내는 것보다, 나이가 비슷한 사촌 형제들과 노는 편이 오히려 마음 편하기도 했다. 초등학교에 들어갈 나이가 되어 그녀는 겨우 도쿄로 돌아오게 되었다. 부모님이 구미코와 너무 오래 떨어져 있는 것에 점차 불안을 느끼고, 더 늦기 전에 그녀를 무리하게 도쿄로 데려온 것이었다. 그러나 어떤 의미에서 때는 이미 늦은 상태였다. 그녀가 도쿄로 돌아가게 된 후로 몇 주 동안, 할머니는 몹시 흥분했고 전전긍긍했다. 할머니는 식사를 거부했고, 거의 잠도 자지 못했다. 그녀는 울고, 격하게 화를 내고, 그러다 침묵에 빠졌다. 구미코를 꼭 껴안는가 싶더니, 그다음 순간에는 살에 줄이 좍좍 생기도록 자로 그녀 팔을 세게 때렸다. 그리고 구미코 어머니가 얼마나 지독한 여자인지 욕설을 섞어 가며 떠들어 댔다. 너를 보낼 수 없다, 네 얼굴을 못 보느니 차라리 이대로 죽는 편이 좋다고 말하는가 하면, 너는 이제 꼴도 보기 싫다, 빨리 어디든 가 버려라 하고 말했다. 할머니는 가위를 꺼내 와 당신 손목을 찌르려고도 했다. 구미코는 자기 주위에서 대체 무슨 일이 벌어지고 있는 건지 전혀 이해할 수 없었다.

그때 구미코는 일시적이지만 바깥세상으로부터 자기 마음

을 닫아 버렸다. 무슨 생각을 하거나 뭘 바라는 행위를 일절 그만두고 만 것이다. 상황은 그녀의 판단력을 훨씬 넘어서는 곳에서 전개되고 있었다. 구미코는 눈을 감고, 귀를 막고, 사고를 정지했다. 그녀는 그 몇 달 동안의 기억이 거의 없다. 그동안에 무슨 일이 생겼는지, 무엇 하나 기억하지 못한다고 한다. 그러나 아무튼 정신이 돌아왔을 때, 구미코는 새 가정에 있었다. 그것은 원래 그녀가 있어야 할 가정이었다. 거기에는 부모가 있고, 오빠와 언니가 있었다. 그러나 그것은 그녀의 가정이 아니었다. 그것은 그저 새로운 환경이었다.

어떤 사정 때문에 자신이 할머니와 떨어져 거기에 오게 되었는지 구미코는 몰랐지만, 니가타 집의 생활로 다시 돌아갈 수 없다는 것만은 본능적으로 이해하고 있었다. 그러나 그 새로운 장소는, 여섯 살 난 구미코로서는 거의 이해를 넘어서는 세계였다. 구미코가 그때까지 있었던 세계와 그 세계는 모든 것이 다른 양상을 보였고, 비슷해 보이는 것도 전혀 다르게 움직였다. 그녀는 그 세계를 구성하고 있는 기본적인 가치관과 원리 같은 것을 파악할 수 없었다. 새로운 가정의 대화에 끼어들 수조차 없었다.

구미코는 그 새로운 환경 속에서, 말이 없고 성격이 까다로운 소녀가 되었다. 그녀는 누구를 믿고, 누구에게 무조건적으로 기대면 좋을지 판단할 수 없었다. 가끔 엄마와 아빠 무릎에 안겨 있어도, 마음이 편치 않았다. 그들의 몸에서 나는 냄새가 아주 낯설었기 때문이다. 그 냄새는 그녀를 몹시 불안하게 했다. 때로는 그 냄새를 미워하기까지 했다. 가족 가운데 그녀가 간신히 마음을 열 수 있는 사람은 언니뿐이었다. 부모는 까다롭게 구는 구미코를 어떻게 대하면 좋을지 우왕좌왕했고, 오빠는 그 당시부터 그녀가 존재한다는 사실에 거의 주의를 기울이지 않았다. 그러나 언니만은, 그녀가 혼란과 고독 속에 가만히 웅크리고 있다는 것을 알았다. 그녀는 인내심을 갖고 구미코를 돌봤다. 구미코와 같은 방에서 자고, 조금씩 여러 가지 얘기를 하고, 책을 읽어 주고, 같이 학교에 가고, 학교에서 돌아오면 공부하는 걸 봐줬다. 그녀가 방구석에서 몇 시간이나 울고 있으면, 그 옆에서 꼭 껴안아 주었다. 그리고 조금이라도 동생 마음을 열기 위해 노력했다. 그러니까 만약 그녀가 집으로 돌아온 이듬해에 언니가 식중독 사고로 죽지만 않았더라면, 여러 가지 상황이 아주 달라졌을 것이다.

"만약 언니가 계속 살아 있었다면, 우리 집안이 조금은 화목했을 거야." 하고 구미코는 말했다. "언니는 아직 어린 초등학교 6학년이었지만, 그런데도 이미 우리 집안의 기둥 같은 존재였어. 그녀가 죽지 않았더라면, 우리 가족이 지금보다는 제대로 살았을지도 몰라. 적어도 내게는 큰 위안이 되었을 거야. 당신, 알아? 나는 그 후로 모두에게 죄책감을 느끼며 살아왔어. 왜 언니 대신 내가 죽지 않았을까. 나 같은 사람은 살아 봐야 어차피 아무 도움도 안 되고, 누구를 기쁘게 할 수도 없는데 하고 말이야. 그리고 우리 부모나 오빠나, 내가 그렇게 생각한다는 걸 느끼고 있으면서도, 내게 따뜻한 말 한번 해 주지 않았어. 따뜻한 말은커녕, 그 사람들은 기회가 있을 때마다 죽은 언니 얘기를 했지. 그녀가 얼마나 예쁘고, 얼마나 머리가 좋은 아이였는지. 얼마나 남을 배려하고, 얼마나 모두가 좋아했으며, 얼마나 피아노를 잘 쳤는지. 나도 피아노를 배웠어. 언니가 죽은 다음에도 우리 집에 그랜드 피아노가 남아 있었기 때문에. 하지만 나는 피아노에 조금도 재미를 느낄 수 없었어. 내가 언니만큼 잘 칠 수 없으리란 건 알고 있었고, 내가 모든 면에서 언니보다 열등한 인간이란 걸 일일이 증명하고 싶지 않았어. 나는 누구를 대신할 수 없고, 그렇게 되고 싶지도 않았어. 그런데도 사람들은 내가 하는 말을 귀담아 들어주지 않았어. 내가 하는 말은 아무도 들어 주지 않았어. 그래서 나는 지금도 피아노가 보기 싫어. 피아노 치는 사람의 모습도 보기 싫어."

구미코에게 그 얘기를 들었을 때, 나는 그녀 가족에게 화가 났다. 그들이 구미코에게 한 행위에 대해서도. 그들이 구미코에게 하지 않은 행위에 대해서도. 그 무렵, 우리는 아직 결혼한 상태는 아니었다. 서로를 안 지 두 달 남짓밖에 지나지 않은 때였다. 조용한 일요일 아침이었고, 우리는 한 침대 안에 있었다. 그녀는 꼬인 끈을 풀어 가듯이, 천천히 한 가지 한 가지를 확인하면서 자신의 소녀 시절 얘기를 했다. 구미코가 그렇게 오래 자기 얘기를 한 것은 그때가 처음이었다. 그전까지 나는 그녀의 가정이나 성장 과정을 거의 아무것도 몰랐다. 내가 구미코에 대해 알았던 것은, 말수가 적고 그림 그리기를 좋아하며 곧고 아름다운 머릿결에 오른쪽 견갑골 위에 점이 두 개 있다는 것뿐이었다. 그리고 그녀는 나와 잔 것이 첫 경험이었다.

얘기를 하면서 구미코는 조금 울었다. 울고 싶어지는 기분은 나도 충분히 이해할 수 있었다. 나는 그녀를 안고, 머리칼을 쓰다듬었다.

"만약 언니가 살아 있었다면, 너도 틀림없이 좋아하게 되었을 거야. 누구든 언니를 한눈에 좋아했어." 하고 구미코는 말했다.

"어쩌면 그랬을지도 모르지." 하고 나는 말했다. "하지만 아무튼 나는 너를 좋아해. 아주 단순한 얘기야. 그리고 이건 나와 너 사이의 일이지, 네 언니와는 아무 관계 없어."

그리고 구미코는 한참이나 입을 다문 채 가만히 무슨 생각에 잠겼다. 일요일 아침 6시 반에는, 모든 소리가 부드럽고 허망하게 울린다. 나는 아파트 옥상 위에 있는 비둘기의 발소리와, 저 멀리서 누군가가 개 이름을 부르는 소리를 들었다. 구미코는 정말 오래도록 천장의 한 점을 쳐다보고 있었다.

"고양이 좋아해?" 하고 구미코가 내게 물었다.

"고양이, 좋아하지." 하고 나는 말했다. "무척 좋아해. 어렸을 때는 계속 고양이를 키웠어. 늘 고양이와 함께 놀았지. 잘 때도 같이 자고."

"좋았겠다. 나도 어렸을 때부터 고양이를 정말 키우고 싶었어. 그런데 키우게 해 주지 않았어. 엄마가 고양이를 싫어해서. 지금까지 살아온 인생에서, 정말 원했던 것을 단 한 번도 가져 보지 못했어. 단 한 번도. 어떻게 그럴 수 있어? 그런 게 어떤 인생인지, 너는 아마 모를 거야. 자신이 원하는 것을 가질 수 없는 인생에 길들면, 끝내는 자신이 뭘 원하는지 그것조차 모르게 돼."

나는 그녀의 손을 잡았다. "그래, 지금까지는 그랬을지도 모르지. 하지만 너는 이제 어린애가 아니고, 자신의 인생을 다시 선택할 수 있는 권리가 있어. 고양이를 키우고 싶으면, 고양이를 키울 수 있는 인생을 선택하면 되는 거야. 간단해. 네게는 그럴 권리가 있어. 그렇잖아?" 하고 나는 말했다.

구미코는 내 얼굴을 물끄러미 바라보았다. "그래." 하고 그녀는 말했다. 그리고 몇 달 후, 나와 구미코는 결혼 얘기를 했다.

구미코가 그 가정에서 왜곡되고 복잡한 소녀 시절을 보냈다면, 와타야 노보루는 다른 의미에서 부자연스럽고 일그러진 소년 시절을 보냈다. 그의 부모는 외아들을 끔찍하게 사랑했지만, 그냥 사랑하는 데 그치지 않고 아주 많은 것을 요구했다. 아버지는 일본이라는 사회 속에서 정상적으로 살아가려면 조금이라도 좋은 성적을 받고, 하나라도 더 많은 인간을 밟고 서야 한다는 신념을 가진 사람이었다. 정말 진지하게 그렇게 믿고 있었다.

결혼하고 얼마 지나지 않았을 무렵, 나는 장인에게 직접 그 얘기를 들은 적이 있다. 인간은 원래 평등하지 않다고 그는 말했다. 인간이 평등하다는 것은 학교에서 표면상 그렇게 가르치는 것일 뿐, 잠꼬대에 지나지 않는다고. 일본은 구조적으로 민주 국가이지만 동시에 치열한 약육강식의 계급 사회이며, 엘리트가 되지 못하면 이 나라에 살아 있는 의미 따위는 거의 없다. 그저 돌절구 안에서 천천히 뭉개지고 갈릴 뿐이다. 그러니 사람은 한 칸이라도 위로 사다리를 오르려 하는 것이다. 그것은 아주 건전한 욕망이다. 만약 사람들이 그 욕망을 잃어 버린다면, 이 국가는 멸망할 수밖에 없다. 나는 장인의 그 같은 의견에 딱히 아무런 느낌도 없었다. 게다가 그는 내게 의견이나 감상을 청하지도 않았다. 그는 영원토록 변하지 않을 자신의 신념을 토로했을 뿐이었다.

어머니 쪽은 도쿄의 부촌에서 아무 부족함 없이 자란 고위 관료의 딸로, 남편의 의견에 대항할 수 있는 의견도 인격도 갖추지 못한 사람이었다. 내가 보는 한, 그녀는 자신의 눈에 보이는 범위를 넘어선 일에 대해서는(실제로 그녀는 심한 근시였다.) 그 어떤 의견도 갖고 있지 않았다. 그 이상으로 넓은 세계에 대해서 자신이 의견을 가져야 할 필요가 있는 경우에는, 언제나 남편의 의견을 차용했다. 거기서 그쳤다면, 그녀는 누구에게도 피해를 끼치지 않았을지도 모른다. 그러나 그녀의 결점은, 그 같은 부류의 여자가 흔히 그렇듯, 도저히 손쓸 수 없을 만큼 허세가 심한 것이었다. 자기만의 가치관이 없으니 타인의 잣대나 시점을 빌리지 않고는 자신이 어디에 서 있는지 위치조차 파악하지 못한다. 그녀의 두뇌를 지배하는 것은 '자신이 타인의 눈에 어떻게 비치나.' 하는 것, 오로지 그뿐이었다. 그런 탓에 그녀는 남편의 사회적 지위와 아들의 학력밖에 눈에 들어오지 않는 시야가 좁고 신경질적인 여자가 되었다. 그 좁은 시야 안에 들어오지 않는 것은 그녀에게 아무런 의미가 없었다. 그녀는 아들에게 가장 유명한 고등학교에 들어가, 가장 유명한 대학교에 갈 것을 요구했다. 아들이 한 인간으로 어떻게 하면 행복한 소년 시절을 보낼 수 있을 것이며, 그 과정에서 어떤 인생관을 체득하게 될 것인가 하는 요소는 그녀 상상력의 틀 바깥 아득한 곳에 있었다. 만약 누군가가 그 점에 대해서 다소나마 의문을 표했다면, 그녀는 아마 정색하고 화를 냈을 것이다. 그녀의 귀에는 그 말이 아무 이유 없는 개인적인 모욕처럼 울렸을 것이다.

그렇게 해서 부모는 어린 와타야 노보루에게 문제로 가득한 그들의 철학과 왜곡된 세계관을 철저하게 세뇌했다. 그들의 관심은 맏아들인 와타야 노보루 한 사람에게만 집중되었다. 그들은 와타야 노보루가 누구에게 지는 것을 절대 용납하지 않았다. 반이나 학교 같은 좁은 사회에서 일등을 하지 못하는 인간이 어떻게 더 넓은 세계에서 일등을 할 수 있겠냐고 아버지는 말했다. 부모는 늘 최고의 가정교사를 붙이고 아들을 압박했다. 성적이 좋으면 그들은 그 대가로 아들이 원하는 것을 무엇이든 사 주었다. 덕분에 그는 물질적으로는 아주 풍족한 소년 시절을 보냈다. 그러나 인생에서 가장 감수성이 예민하고 상처받기 쉬운 시기에 그는 여자 친구 하나 만들 틈도 없고, 친구와 신나게 놀 여유도 없었다. 일등을 유지하기 위해, 오직 그 목적을 위해서 모든 힘을 쏟아부어야 했다. 그 같은 생활을 와타야 노보루가 기꺼이 받아들였는지 어떤지는, 나도 모르고 구미코도 모른다. 와타야 노보루는 그녀에게나 부모에게나, 또 타인에게나 자신의 기분을 솔직하게 털어놓는 인간이 아니었다. 하지만 그런 생활을 즐기든 즐기지 않았든, 어차피 선택의 여지는 없었을 것이다. 어떤 유의 사고 시스템은 그 일면성, 단순성 때문에 반박이 불가능하다고 나는 생각한다. 아무튼 그렇게 해서 그는 우수한 사립 고등학교에서 도쿄대학교 경제학부로 진학했고, 우등에 가까운 성적으로 대학을 졸업했다.

아버지는 그가 대학을 졸업한 다음 국가 공무원이 되든지, 또는 대기업에 들어가기를 기대했지만, 그는 대학에 남아 학자의 길을 걷기로 했다. 와타야 노보루는 바보가 아니었다. 현실 사회로 나가 집단 속에서 행동하기보다, 지식을 체계적으로 다루는 훈련을 필요로 하고, 개인의 지적 기능이 더 중시되는 세계에 남는 편이 자신의 적성에 맞는다는 것을 알고 있었던 것이다. 그는 예일 대학원에 이 년 동안 유학한 다음 도쿄대학교의 대학원으로 돌아왔다. 일본으로 돌아와 얼마 후에 부모가 권하는 대로 중매결혼을 했지만, 그 결혼 생활은 결국 이 년밖에 지속되지 않았다. 이혼하자 그는 집으로 들어와 부모와 함께 살았다. 그리고 내가 그를 처음 만났을 무렵, 와타야 노보루는 상당히 기묘하고 불쾌한 인물이 되어 있었다.

지금으로부터 삼 년 전, 서른네 살 나이에 그는 두꺼운 책을 써서 출판했다. 경제학에 관한 전문적인 책으로, 나도 읽어 보았지만 솔직히 전혀 이해할 수 없었다. 거의 한 페이지도 이해할 수 없었다. 읽어 보려고 해도 문장 자체를 독해할 수 없었다. 거기에 쓰인 내용이 난해한 것인지, 아니면 단순히 문장 자체가 안 좋은 것인지, 그것조차 판단할 수 없었다. 그러나 그 책은 전문가들 사이에서는 꽤 화제몰이를 했다. 몇몇 평론가는 그 책을 '아주 새로운 관점에서 쓴 아주 새로운 유의 경제학'이라고 절찬하며 평론을 썼지만, 나는 그 평론가들이 뭘 말하려는 것인지 전혀 이해할 수 없었다. 매스컴도 덩달아 그를 새로운 시대의 영웅으로 조금씩 소개하기 시작했다. 그 책을 해석하는 책까지 몇 권 출현했다. 그가 책 속에서 사용한 '성적 경제와 배설적 경제'라는 용어는 그해의 유행어가 되기까지 했다. 잡지와 신문이 그를 새로운 시대의 지성 중 한 사람으로 선정해, 특집 기사를 썼다. 그들이 그가 쓴 책의 내용을 이해하고 글이든 기사를 실었으리라고는 도무지 생각되지 않았다. 그들이 한 번이라도 그 책을 들춰 본 적이 있는지조차 의문이었다. 하지만 그들로서는 책을 펼쳐 보았든 안 펼쳐 보았든 상관없는 일이었다. 그들에게 와타야 노보루는 젊고 독신이며, 이해하기 어려운 난해한 책을 썼을 정도로 두뇌가 명석한 사람일 뿐이었다.

아무튼 그 책이 출판되면서 와타야 노보루는 세상에 이름을 알렸다. 그는 여러 잡지에 평론을 실었고, 또 텔레비전에 토론자로 출연해 경제와 정치 문제에 대해서 논했다. 그리고 마침내는 토론 프로그램의 정규 출연자가 되었다. 주위 사람들은(나와 구미코를 포함해서) 그의 성격이 그렇게 화려한 일에 맞으리라고는 생각지 않았다. 그는 오히려 예민하고, 전문 분야가 아니면 관심이 없는 학자 유형의 인간이라고 여겼다. 그러나 매스컴에 발을 들여놓자 그는 자신에게 주어진 역할을 혀를 내두를 만큼 보란 듯이 해냈다. 카메라가 그에게 초점을 맞춰도 조금도 기죽지 않았다. 현실 세계를 대하는 것보다 카메라를 향하고 있는 것이 오히려 편해 보이기까지 할 정도였다.

우리는 모두 그의 급속한 변모를 어리둥절하게 바라보았다. 텔레비전에 등장한 와타야 노보루는 그냥 보기에도 돈이 꽤나 들었을 고급 양복으로 단장하고, 거기에 딱 어울리는 넥타이를 매고 품위 있는 귀갑테 안경을 끼고 있었다. 머리 역시 최신 유행하는 스타일이었다. 아마 전문 스타일리스트가 붙었을 것이라고 생각한다. 그렇게 고급스러운 옷을 입은 그의 모습은 그때껏 한 번도 본 적이 없었으니까. 하지만 방송국이 그랬든 스타일리스트가 그랬든, 그 차림새는 그에게 정말 잘 어울렸다. 아주 오래전부터 그렇게 입어 왔던 것처럼. 그때 나는, 대체 저 남자는 어떻게 된 사람일까 하고 생각했다. 저 남자의 실체는 과연 어디에 있는 것일까 하고.

카메라 앞에서 그는 오히려 과묵하게 처신했다. 의견을 요구하면, 간단한 언어와 알기 쉬운 수사를 사용해서 적확하게 자기 의견을 피력했다. 사람들이 큰소리로 논쟁을 벌일 때는 차분하게 대처했다. 도발에 넘어가지 않고, 상대가 마음껏 말하도록 한 다음 마지막에 결정적인 한마디로 상대 의견을 뒤집었다. 그는 조용히 웃으면서 온화한 목소리로 상대의 등에 치명적인 일격을 가하는 요령을 숙지하고 있었다. 그리고 텔레비전 화면에 비친 그는, 왜 그렇게 되는지는 몰라도, 실물보다 훨씬 지적이고 훨씬 신뢰감 있어 보였다. 딱히 핸섬한 것은 아니었지만, 키가 크고 호리호리하고, 아주 곱게 자란 인상이었다. 한마디로 와타야 노보루는 텔레비전이라는 미디어 속에서 자신에게 딱 맞는 장소를 찾은 것이었다. 매스컴은 기꺼이 그를 받아들였고, 그도 기꺼이 매스컴을 받아들였다.

그러나 나는 그의 문장을 읽기도, 텔레비전을 통해 그의 모습을 보는 것도 싫었다. 그는 물론 재기가 있고, 재능도 있었다. 그 점은 나도 인정한다. 그는 짧은 말로 짧은 시간에 상대를 유효하게 굴복시켰다. 분위기를 순간적으로 파악하는 동물적인 감도 있었다. 그러나 주의 깊게 그의 의견을 듣고 그가 쓴 글을 읽어 보면, 거기에 일관성이 결여되어 있다는 것을 쉽게 알 수 있었다. 그는 철두철미한 신념에 기초한 세계관을 갖고 있지 않았다. 그의 세계관은 단면적인 사고 시스템을 복합적으로 조합해 구성한 것이었다. 그는 그 조합을 필요에 따라 순식간에 재조합하곤 했다. 그것은 교묘한 사상적 순열 조합이었다. 예술적이라고 해도 좋을 정도였다. 하지만 내 눈에는 그저 게임으로 보였다. 만약 그의 의견에 일관성에 준하는 것이 있다면, 그것은 '그의 의견에는 언제나 일관성이 없다.'는 일관성뿐이었고, 만약 그에게 세계관이 있다면, 그것은 '나는 세계관을 갖고 있지 않다.'는 세계관이었다. 그러나 그런 결여는, 뒤집어 말하면 그의 지적 자산이기도 했다. 일관성이나 확고한 세계관은 시간이 짧게 짧게 구분된 매스컴의 지적 기동전에는 불필요한 것이며, 그 같은 무거운 짐을 지지 않을 수 있다는 것은 그로서는 크나큰 메리트였다.

그에게는 지켜야 할 것이 없었다. 그러니 순수한 전투 행위에 온 신경을 집중할 수 있었다. 그는 공격만 하면 충분했다. 그저 상대를 때려눕히기만 하면 되었다. 와타야 노보루는 그런 의미에서는 지적인 카멜레온이었다. 상대의 색에 따라 자신의 색을 바꾸고, 그 자리에 유효한 논리를 만들어 냈으며,

그러기 위해 온갖 수사를 동원했다. 그 수사의 대부분은 어디선가 빌려 온 것이었고, 때로는 명백하게 아무 내용이 없었다. 그러나 그는 언제나 마치 마술사처럼 재빠르고 솜씨 좋게 그걸 공중에서 쓱 꺼냈기 때문에, 그 공허함을 그 자리에서 지적하기란 거의 불가능에 가까웠다. 게다가 사람들이 그의 논리가 지닌 사기성을 알아차렸다 해도, 다른 많은 사람들이 펼치는 정당한 논리(정직할지는 몰라도 전개에 시간이 걸렸고, 대개는 시청자에게 평범한 인상밖에 주지 못했다.)에 비하면 훨씬 신선하고, 훨씬 강하게 사람들의 주의를 끌었다. 대체 어디서 그런 기술을 터득했는지 나로서는 알 수 없었지만, 그는 대중의 감정을 직접적으로 선동하는 요령을 잘 알고 있었다. 대다수의 사람들이 어떤 논리로 움직이는지를 실로 잘 알고 있었다. 그것은 정확하게는 논리일 필요가 없었다. 논리로 보이면 그만이었다. 중요한 것은 그것이 대중의 감정을 환기하느냐 마느냐였다.

때로 그는 난해한 학술 용어를 줄줄이 늘어놓기도 했다. 물론 그 용어들이 정확하게 뭘 의미하는지는 거의 아무도 몰랐다. 그러나 그런 경우에도 그는 '만약 이걸 모른다면, 모르는 쪽이 잘못'이라는 분위기를 만들어 냈다. 또는 줄줄이 숫자도 제시했다. 그 숫자들은 그의 머릿속에 전부 새겨져 있었다. 그리고 그 숫자는 상당한 설득력을 지니고 있었다. 그러나 나중에 잘 생각해 보면, 그 숫자의 출처가 공정한 것인지, 또 근거는 신뢰할 수 있는지, 그런 문제에 대해서는 논의다운 논의조차 이뤄지지 않았다는 것을 알 수 있었다. 숫자는 어떻게 인용하느냐에 따라 얼마든지 달라지는 법이다. 그 정도는 누구나 안다. 그러나 그의 전략이 너무도 교묘해서, 사람들은 그 같은 위험성을 쉬이 간파하지 못했다.

그런 교묘한 전략성은 나를 심히 불쾌하게 했지만, 그 불쾌함을 타인에게 정확하게 설명할 수는 없었다. 나는 그것을 논증할 수 없었다. 그것은 마치 실체 없는 유령을 상대하는 복싱 같은 것이었다. 수도 없이 펀치를 휘두르지만, 그 펀치는 허공을 때릴 뿐이다. 왜냐하면 거기에는 애당초 어떤 반응을 보일 만한 알맹이가 없기 때문이다. 나는 꽤나 지적이며 세련된 사람들까지 그의 선동에 놀아나는 것을 보고 놀랐다. 그리고 이상할 정도로 답답했다.

그렇게 해서 와타야 노보루는 가장 지적인 인간의 하나로 인식되기에 이르렀다. 세상은 이미 일관성이라는 것을 있으나마나 한 것으로 여기는 듯했다. 그들이 추구하는 것은 텔레비전 화면에서 거듭 펼쳐지는 지적 검투사의 경기이고, 사람들이 보고 싶어 하는 것은 그 경기에서 선연하게 흐르는 뻘건 피였다. 월요일과 목요일에 똑같은 인간이 전혀 반대되는 의견을 설파해도, 그런 것쯤이야 아무 문제가 되지 않는 것이다.

내가 와타야 노보루를 처음 만난 것은 구미코와 결혼하기로 결정한 때였다. 나는 그녀의 아버지를 만나기 전에 먼저 와타야 노보루를 만나기로 했다. 아버지보다는 아들이 나이도 비슷하고, 사전에 만나 얘기를 해 두면 뭐라도 편의를 봐주지 않을까 하는 속셈이 있었다.

"그렇게 기대하지 않는 편이 좋을 거야." 하고 구미코는 왠지 말하기 껄끄럽다는 듯이 말했다. "설명을 잘 못하겠는데, 그 사람은 그런 타입이 아니야."

"그래도 언젠가는 어차피 만나야 하잖아." 하고 나는 말했다.

"뭐, 그건 당연히 그렇지만." 하고 구미코는 말했다.

"그럼 얘기해 보는 것도 좋잖아. 무슨 일이든 시도해 보지 않고는 모르잖아."

"그래. 그렇긴 하지."

전화를 걸자, 와타야 노보루는 나를 만나는 게 그다지 내키지 않는다는 투였다. 그러나 기어코 만나고 싶다면, 삼십 분 정도는 시간을 낼 수 있다고 했다. 그리고 우리는 오차노미즈역 근처에 있는 카페에서 만났다. 그는 당시에는 아직 책을 출판하지 않은 일개 대학 조교였고, 차림새도 그렇게 번듯하지 않았다. 재킷 주머니는 너무 오래도록 손을 쑥 넣고 다닌 탓에 부풀어 있었고, 머리는 이 주일 치쯤 길게 자라 있었다. 겨자색 폴로셔츠와 청회색 트위드 재킷은 색이 전혀 어울리지 않았다. 어느 대학에나 있는, 돈과는 거리가 먼 젊은 조교 분위기였다. 그의 눈은 아침부터 줄곧 도서관에서 조사를 하다가 지금 잠시 빠져나온 사람처럼 졸려 보였지만, 잘 보면 그 안에서 날카롭고 차가운 빛을 감지할 수 있었다.

나는 자기소개를 한 다음, 머지않아 구미코와 결혼할 계획이라고 말했다. 나는 그에게 최대한 솔직하게 설명했다. 지금은 법률사무소에서 일하고 있지만, 정확하게 말하면 자신이 원하는 일은 아니다. 아직 나 자신을 모색하고 있는 단계다,

하고 나는 말했다. 그런 인간이 그녀와 결혼한다는 것은 어쩌면 무모함에 가까운 행위일지도 모른다. 그러나 나는 그녀를 사랑하고, 그녀를 행복하게 할 수 있다고 생각한다. 우리는 서로를 치유하고, 서로에게 힘이 될 수 있을 것이라고 생각한다, 하고.

그러나 와타야 노보루는 내가 하는 말을 거의 이해하지 못하는 눈치였다. 그는 팔짱을 끼고 아무 반응 없이 듣고만 있었다. 내 말이 끝났는데도 그는 잠시 꼼짝하지 않았다. 무슨 다른 생각을 골똘히 하고 있는 것처럼 보였다.

처음에는 그 앞에 있는 것이 몹시 불편하게 느껴졌다. 아마나 자신이 놓인 처지 때문일 것이라고 생각했다. 처음 만나는 사람에게, 실은 당신의 여동생과 결혼하고 싶은데요 하는 말을 꺼내야 하니 마음이 편할 수는 없다. 그러나 그와 마주 앉아 있는 사이에, 불편함이라는 선을 넘어 나는 점점 불쾌해지고 말았다. 마치 쉰내를 풍기는 이물질이 배 속에 조금씩 쌓여 가는 듯한 기분이었다. 그의 어떤 언행이 나를 자극한 것은 아니었다. 내가 싫었던 것은 와타야 노보루라는 인간의 얼굴 자체였다. 내가 그때 직관적으로 느낀 것은, 이 남자의 얼굴이 뭔가 다른 것으로 덮여 있다는 것이었다. 뭔가 잘못되었다. 이건 그의 진짜 얼굴이 아니다. 나는 그렇게 느꼈다.

가능하면 그대로 자리를 박차고 일어나 돌아가고 싶었다. 하지만 얘기를 시작한 이상, 그런 식으로 어중간하게 끝낼 수는 없었다. 그래서 나는 식은 커피를 마시면서 거기에 머물러, 그가 얘기하기를 기다렸다.

"솔직하게 말해서." 하고 그가 마치 에너지를 절약하려는 것처럼 작고 낮은 목소리로 말을 시작했다. "지금 당신이 한 말이 나는 이해가 잘 안 돼, 또 별 관심도 없고. 나는 좀 다른 것에 관심이 있는데, 당신은 그걸 이해도 못할뿐더러 관심도 없을 거야. 결론을 요약해서 말하면, 당신이 구미코와 결혼하고 싶고, 구미코도 당신과 결혼하고 싶어 한다면, 나는 반대할 권리도 이유도 없어. 그러니까 반대하지 않아. 생각할 것도 없지. 그러나 그 이상의 것을 내게 기대하지 않았으면 좋겠군. 그리고, 내게는 이게 가장 중요한 점인데, 나의 개인적인 시간을 이 이상 빼앗지 않았으면 좋겠어." 그리고 그는 손목시계를 보고, 일어났다. 조금 다른 투로 말하지 않았나 싶은 생각도 드는데, 정확한 말투까지는 기억나지 않는다. 그러나 이게 그가 한 말의 골자인 것은 틀림없다. 아무튼 그건 아주 간결하고 요령 있는 발언이었다. 불필요한 부분도 없거니와 부족한 부분도 없었다. 그가 하려는 말을 아주 명확하게 이해할 수 있었고, 그가 나라는 인간에 대해 어떤 인상을 받았는지도 대충 이해할 수 있었다.

그리고 우리는 헤어졌다.

구미코와 결혼해 처남 매제 사이가 된 탓에 나와 와타야 노보루는 그 후에도 몇 번 대화를 나눌 기회가 있었다. 그러나 그것은 대화라고 할 만한 것이 아니었다. 우리 사이에는, 그가 말했던 것처럼 공통된 기반이 없었다. 그러니 아무리 얘기를 나눠도 그것은 대화가 될 수 없었다. 우리는 전혀 다른 언어로 얘기한 것이나 다름없었다. 어쩌면 에릭 돌피가 죽음의 침상에 누워 있는 달라이 라마에게 베이스 클라리넷의 음색 변화로, 자동차 엔진 오일 선택의 중요성을 설명하는 편이 우리의 대화보다는 다소 유익하고 효과적이었을지도 모른다.

나는 타인과 관계하면서 감정적으로 오래 혼란을 겪는 일이 거의 없다. 불쾌한 기분에 누군가에게 화를 내거나 짜증을 부리는 일은 물론 있다. 그러나 오래 지속되지 않는다. 나는 나와 타인을 전혀 다른 영역에 속한 존재로 구분하는 능력이 있다.(이걸 능력이라고 해도 지장 없을 것이다. 왜냐하면 그것은, 자랑은 아니지만, 절대 간단한 작업이 아니기 때문이다.) 다시 말해서 나는, 무슨 일로 불쾌해지거나 짜증이 나면, 그 대상을 일단 나 개인과는 무관한 어느 다른 구역으로 이동시킨다. 그리고 이렇게 생각한다. 그래, 알겠어. 지금 나는 불쾌하거나 짜증이 나 있지. 하지만 그 원인은 지금 여기에 없는 영역으로 가버렸어. 그러니까 그 일에 대해서는 나중에 천천히 검증하고 처리하도록 하자고. 그렇게 일시적으로 자신의 감정을 동결해 버리는 것이다. 나중에 동결 상태를 풀어 천천히 검증했는데도 여전히 감정이 혼란스러운 경우도 있다. 그러나 그 같은 경우는 오히려 예외에 가깝다. 시간의 경과에 따라 대개는 독기가 빠져 무해한 것이 된다. 그리고 나는 이르든 늦든 결국은 잊어버린다.

지금까지 살아온 인생의 과정에서 나는 그 같은 감정 처리 시스템의 적용으로 수많은 불필요한 문제를 피할 수 있었고, 나 자신의 세계를 비교적 안정된 상태로 유지할 수 있었다. 그리고 자신이 그렇게 유효한 시스템을 갖고 있다는 것을 꽤 자랑스럽게 여겨 왔다.

그런데 와타야 노보루에 대해서는 그 시스템이 아예 제 기능을 하지 못했다. 나는 와타야 노보루라는 인물을 '자신과는 무관한 영역'으로 간단히 밀어낼 수가 없었다. 오히려 반대로 와타야 노보루 쪽이 나를 재빨리 '자신과는 무관한 영역'으로 밀어내 버렸다. 그리고 그 사실은 나를 짜증 나게 했다. 구미코의 아버지는 당연히 오만하고 불쾌한 인물이었다. 그러나 그는 결국 단순한 신념을 고집하며 살아온 시야가 좁은 소인배에 지나지 않았다. 그래서 나는 그를 깨끗이 잊을 수 있었다. 그런데 와타야 노보루는 그렇지 않았다. 그는 자신이 어떤 인간인지를 확실하게 자각하고 있었다. 그리고 나라는 인간의 내용도 꽤 정확하게 파악하고 있었다. 만약 그가 그럴 마음이 있었다면, 나를 완전히 굴복시킬 수도 있었을 것이다. 그가 그러지 않은 것은 내게 그저 관심이란 걸 전혀 갖지 않았기 때문이었다. 그에게 나라는 인간은, 굳이 시간과 에너지를 소비하면서까지 때려눕혀야 할 만큼 가치 있는 상대가 아니었다. 내가 와타야 노보루에게 짜증이 난 것은 아마 그 때문일 것이라고 생각한다. 그는 본질적으로 저열한 인간이었고, 내용 없는 에고이스트였다. 하지만 나보다는 명백하게 유능한 인간이었다.

그를 만나고 난 후 한동안, 나는 상당히 뒷맛이 찜찜한 감정을 품은 채 지냈다. 마치 입안에 찜찜한 냄새 나는 벌레를 한 움큼 집어넣은 듯한 기분이었다. 벌레는 뱉어 냈지만, 그 감촉은 아직 입안에 남아 있다. 나는 며칠 동안이나 줄곧 와타야 노보루에 대해 생각했다. 다른 생각을 하려 해도 와타야 노보루 생각밖에 할 수 없었다. 콘서트에 가고, 영화를 보았다. 직장 동료와 같이 야구 경기를 보러 가기도 했다. 술을 마시고, 언젠가 틈이 나면 읽으려고 미뤄 둔 책도 읽었다. 그러나 그는 언제나 내 시야 안에 있었고, 팔짱을 끼고 녹진한 늪처럼 불길한 눈으로 나를 보고 있었다. 그 시선은 나를 화나게 했고, 내가 서 있는 기반 같은 것을 심하게 흔들어 댔다.

그다음 만났을 때, 구미코는 오빠에게 어떤 인상을 받았는지 내게 물었다. 하지만 나는 그때 느낀 감정을 솔직하게 말할 수 없었다. 그가 쓰고 있는 가면과, 그 안에 숨어 있을 부자연스럽게 뒤틀린 무언가에 대해, 구미코에게 캐묻고 싶었다. 불쾌함과 감정적인 혼란에 대해서 솔직하게 털어놓고 싶었다. 그러나 결국 아무 말도 하지 않았다. 아무리 설명해도, 제대로 전달되지 않을 것이라고 생각했기 때문이다. 그리고 제대로 전달되지 못한다면, 지금 그녀에게 말해서는 안 될 것이라고.

"좀 이상한 사람이기는 하더군." 하고 나는 말했다. 덧붙여 어떤 적당한 말을 하려 했는데, 말이 떠오르지 않았다. 구미코도 그 이상은 아무것도 묻지 않았다. 그저 묵묵히 고개를 끄덕였을 뿐이었다.

그 후로 와타야 노보루에 대한 나의 감정은 지금까지 거의 변하지 않았다. 지금도 그때처럼 그를 짜증스럽게 느끼고 있다. 그 감정은 미열처럼 언제나 내 안에 있다. 우리 집에는 텔레비전이 없다. 그러나 이상하게도 내가 어떤 장소에서 문득 텔레비전을 쳐다볼 때마다, 늘 거기에는 무슨 발언을 하는 와타야 노보루의 모습이 있었다. 어느 대합실에서 잡지를 들출 때마다, 거기에는 와타야 노보루의 사진이 있고, 와타야 노보루의 문장이 실려 있었다. 마치 와타야 노보루가 전 세계의 모퉁이에서 나를 기다리고 있는 것처럼 생각되기까지 했다.

좋아, 솔직하게 인정하지, 나는 아마도 와타야 노보루를 증오하고 있는 것이리라.

7
행복한 세탁소,
그리고 가노 크레타의 등장

나는 구미코의 블라우스와 치마를 들고 역 앞에 있는 세탁소에 갔다. 나는 평소에는 집 근처에 있는 세탁소를 이용한다. 딱히 거기가 마음에 들어서는 아니고, 그저 거리상 가깝기 때문이다. 역 앞에 있는 세탁소는, 아내가 출근길에 간혹 이용한다. 회사에 출근하는 길에 맡기고 돌아오는 길에 찾아오는 것이다. 그쪽이 가격은 약간 비싸지만 꼼꼼하게 손질해 준다고 그녀는 말한다. 그리고 그녀는 자신이 아끼는 옷은 조금 귀찮더라도 역 앞에 있는 세탁소에 맡긴다. 그래서 나는 그날 일부러 자전거를 타고 역 앞까지 가기로 한 것이다. 그녀가 자신의 옷이 그쪽 세탁소에 맡겨지기를 원하리라고 생각했기 때문이다.

나는 얇은 그린색 면바지에 구미코가 어디선가 받아 온 레코드 회사 판촉용인 노란색 밴 헤일런 티셔츠를 입고, 늘 신는 테니스화를 신고서, 블라우스와 치마를 껴안고 집을 나섰다. 세탁소 주인은 지난번처럼 JVC 카세트 라디오를 커다란 소리로 듣고 있었다. 오늘 아침에는 앤디 윌리엄스의 테이프였다. 내가 문을 열었을 때 마침 「하와이언 웨딩 송」이 끝나고 「캐나다의 석양」이 시작되었다. 주인은 볼펜으로 노트에 끼적끼적 뭘 적으면서 그 멜로디에 맞춰 행복하게 휘파람을 불었다. 선반에 쌓인 카세트테이프 컬렉션 중에 '세르지우 멘지스', '베르트 캠페르트', '101 스트링스' 같은 이름이 보였다. 그는 이지 리스닝 장르 마니아인 듯했다. 앨버트 아일러나 돈 체리, 세실 테일러의 열렬한 신봉자가 역 앞 상점가의 세탁소 주인이 되는 일이 과연 있을까 하고 나는 문득 생각했다. 있을 수도 있다. 그러나 그들은 그리 행복한 세탁소 주인이 될 수 없을 것이다.

내가 초록색 꽃무늬 블라우스와 세이지 색 주름치마를 카운터에 올려놓자, 그는 그것들을 죽 살펴본 다음 전표에 블라우스와 치마라고 꼼꼼하게 적었다. 나는 글자를 꼼꼼하게 쓰는 세탁소 주인을 좋아한다. 그런 데다 앤디 윌리엄스를 애호한다면 더할 나위 없다.

"오카다 씨라고 했지." 하고 그는 말했다. 그렇다고 나는 말했다. 그는 내 이름을 적어 넣고 카본지를 뜯어내 내게 건넸다. "다음 주 화요일에 되니까, 이번에는 잊지 말고 꼭 찾으러 와요." 하고 그는 말했다. "부인 옷?"

"네." 하고 나는 말했다.

"색감이 참 좋군." 하고 그는 말했다.

하늘은 구름 낀 잿빛이었다. 일기예보에서 비가 온다고 했다. 9시 반이 조금 지났는데, 서류 가방과 접은 우산을 들고 출근하는 사람들이 아직도 역 계단을 바삐 걸어가고 있었다. 아마도 늦게 출근하는 회사원일 것이다. 후덥지근한 아침인데, 그들은 별 상관 없다는 듯 반듯한 양복 차림에 반듯하게 넥타이를 매고 반듯하게 검은 구두를 신고 있었다. 내 또래 회사원으로 보이는 남자도 많았지만, 아무도 밴 헤일런 티셔츠는 입고 있지 않았다. 그들은 윗도리 옷깃에 회사 배지를 달고, 일본 경제 신문을 옆구리에 끼고 있었다. 플랫폼에서 벨이 울리자, 몇몇이 계단을 뛰어 올라갔다. 그런 사람들의 모습을 아주 오랜만에 보았다. 생각해 보면 나는 지난 일주일 동안, 집과 슈퍼마켓과 도서관과 근처에 있는 구립 수영장 사이만 오갔다. 내가 지난 일주일 동안 본 사람은 주부와 노인과 아이들과 가게 주인 몇 명뿐이었다. 나는 거기에 서서 한동안, 양복 차림에 넥타이를 맨 사람들의 모습을 멍하니 바라보았다.

역 앞까지 나온 김에 카페에 들러 커피라도 마실까 하다가, 귀찮아서 그만두었다. 커피가 마시고 싶은 것도 아니었다. 나는 꽃가게 유리창에 비친 자신의 모습을 쳐다보았다. 언제 묻었는지 티셔츠 자락에 토마토소스가 얼룩져 있었다.

자전거를 타고 집에 돌아오는 길에, 나는 나도 모르게 「캐나다의 석양」의 멜로디를 휘파람으로 불고 있었다.

11시에 가노 마르타에게 전화가 걸려 왔다.

나는 수화기를 들고 "여보세요." 하고 말했다.

"여보세요." 하고 가노 마르타가 말했다. "오카다 도오루 씨

댁인가요?"

"네. 오카다 도오루입니다." 상대가 가노 마르타라는 것은 첫 목소리로 알았다.

"저는 가노 마르타라고 합니다. 지난번에는 실례가 많았어요. 그런데 오늘 오후에 무슨 일정이 있으신지요?"

나는 없다고 말했다. 철새에게 저당용 자산이 없는 것처럼, 내게도 일정이란 게 없다.

"그럼 오늘 1시에 동생 가노 크레타가 댁을 방문하겠습니다."

"가노 크레타?" 하고 나는 밋밋한 목소리로 말했다.

"제 동생이에요. 지난번에 사진을 보여 드렸을 텐데요." 하고 가노 마르타는 말했다.

"그렇죠, 동생이라면 기억하고 있습니다. 그런데 ──"

"동생의 이름이 가노 크레타입니다. 동생이 저를 대신해서 댁을 찾아갈 거예요. 1시에 괜찮을까요?"

"시간은 괜찮은데."

"그럼 이만 전화를 끊겠습니다." 하고 가노 마르타는 전화를 끊었다.

가노 크레타?

나는 청소기를 꺼내 바닥을 밀고, 집 안을 정돈했다. 신문을 모아 끈으로 묶어 벽장에 던져 넣고, 이리저리 흩어져 있는 카세트테이프를 케이스에 넣어 정리하고, 부엌에서 설거지를 했다. 그리고 샤워를 하고, 머리를 감고, 새 옷을 입었다. 커피를 새로 끓여 마시고, 햄 샌드위치와 삶은 달걀을 먹었다.

그리고 소파에 앉아 《생활의 수첩》[8]을 읽고, 저녁에 뭘 만들지를 생각했다. 나는 '톳과 두부 샐러드'라는 페이지에 표시를 하고, 필요한 재료 목록을 메모했다. FM 라디오를 켜자 마이클 잭슨의 「빌리 진」이 흘러나왔다. 그리고 나는 가노 마르타를 생각하고, 가노 크레타를 생각했다. 자매가 나란히 참 이상한 이름도 갖다 붙였다. 마치 개그우먼 콤비 같지 않은가. 가노 마르타·가노 크레타.

내 인생은 분명 기묘한 방향으로 나아가고 있다. 고양이가 사라졌다. 이상한 여자로부터 알 수 없는 전화가 걸려 왔다. 묘한 소녀를 알게 되었고, 골목의 빈집을 드나들게 되었다. 와타야 노보루가 가노 크레타를 겁탈했다. 가노 마르타가 넥타이의 출현을 예견했다. 아내는 내게 이제 일은 안 해도 된다고 했다.

나는 라디오를 끄고, 《생활의 수첩》을 책꽂이에 다시 꽂고, 커피를 한 잔 더 마셨다.

1시 정각에 가노 크레타가 우리 집 벨을 눌렀다. 그녀는 사진과 정말 똑같았다. 자그마한 몸집에, 아마도 이십 대 초반일 테고, 차분해 보였다. 그리고 1960년대 초반의 모습을 완벽하게 구현하고 있었다. 「청춘 낙서」라는 영화를 일본을 배경으로 다시 제작한다면, 가노 크레타는 지금 모습 그대로 엑스트라가 될 수 있을 것이다. 그녀 머리는 사진에서 본 것처럼 전

_____
8) 일본의 가정용 종합 생활 잡지.

체적으로 풍성하게 부풀었고, 앞머리는 컬을 주어 구불거리는 스타일이었다. 그리고 이마 위의 잔머리는 깔끔하게 뒤로 넘겨 반짝거리는 커다란 머리핀으로 고정했다. 펜슬로 선명하고 깔끔하게 그린 검은 눈썹, 눈가에 신비로운 그림자를 드리운 마스카라 칠한 속눈썹, 당시 유행했던 색감을 그대로 재현한 립스틱. 마이크를 쥐여 주면 바로 「조니 에인절」을 노래할 것 같았다.

그녀가 입고 있는 옷은 화장보다는 한결 단순하고 특징이 없었다. 사무적이라고 해도 좋을 정도였다. 단순한 하얀 블라우스 아래에 역시 심플한 초록 타이트스커트를 입고 있었다. 액세서리라고 할 만한 것은 전혀 하고 있지 않았다. 그리고 하얀 에나멜 백을 옆에 끼고, 코가 뾰족한 하얀 펌프스를 신고 있었다. 사이즈가 작고 힐이 연필심처럼 가늘어서, 마치 장난감 구두처럼 보였다. 그런 걸 신고 여기까지 용케 걸어왔다 싶어 나는 무척 감탄스러웠다.

나는 아무튼 가노 크레타를 집으로 들어오게 한 다음 거실 소파에 앉으라고 권하고, 커피를 데웠다. 그리고 점심은 먹었는지 물어보았다. 그녀가 왠지 배가 고픈 것처럼 보였기 때문이다. 그녀는 아직 점심을 먹지 않았다고 말했다.

"하지만 신경 쓰지 말아요." 하고 그녀는 얼른 덧붙였다. "신경 쓰지 않아도 돼요. 점심은 늘 조금밖에 먹지 않아요."

"정말이요?" 하고 나는 말했다. "샌드위치를 만드는 정도는 큰일 아니니까 사양하지 않아도 됩니다. 그렇게 간단한 먹거리를 만드는 일에는 익숙하니까요, 힘든 일도 아니고."

그녀는 몇 번이나 고개를 살랑살랑 저었다. "친절에는 감사드립니다. 하지만 정말 괜찮아요. 괘념치 마세요. 커피면 충분해요."

하지만 나는 혹시나 해서 초콜릿 쿠키를 접시에 담아 내왔다. 가노 크레타는 그 쿠키를 네 개나 맛있게 먹었다. 나도 쿠키를 두 개 먹고, 커피를 마셨다.

쿠키를 먹고, 커피를 다 마시자, 그녀는 다소 안정을 찾은 듯했다.

"오늘은 언니 가노 마르타를 대신해서 왔어요." 하고 그녀는 말했다. "저는 가노 크레타라고 해요. 가노 마르타의 동생입니다. 물론 이 이름은 본명이 아니에요. 진짜 이름은 가노 세쓰코입니다. 그런데 언니 일을 돕게 된 후로는 이 이름을 사용하고 있어요. 달리 말해서 직업상의 이름이죠. 제가 크레타섬과 무슨 관계가 있는 것은 아니에요. 크레타섬에는 가 본 적도 없고요. 언니가 마르타라는 이름을 사용하고 있어서, 관계되는 이름을 적당히 선택했을 뿐이에요. 마르타가 크레타라는 이름을 선택하고 붙여 줬어요. 오카다 씨는 혹시 크레타섬에 가 보신 적이 있나요?"

아쉽지만 없다, 하고 나는 말했다. 크레타섬에는 가 본 적도 없고, 가까운 앞날에 갈 예정도 없다.

"언젠가 크레타섬에 가 보고 싶어요." 하고 그녀는 말했다. 그리고 아주 진지한 표정으로 고개를 끄덕였다. "크레타는 그리스에서 아프리카에 가장 가까운 섬이죠. 크기도 크고 고대 문명이 발달했던 곳이에요. 언니 마르타는 크레타섬에도 가

본 적이 있는데, 멋진 곳이라고 하더군요. 바람이 세고, 벌꿀이 아주 맛있다고 해요. 저는 벌꿀을 무척 좋아한답니다."

나는 고개를 끄덕였다. 나는 벌꿀을 그렇게 좋아하지 않는다.

"오늘은 한 가지 부탁이 있어서 이렇게 찾아왔어요." 하고 가노 크레타가 말했다. "실은 댁의 물을 채취하고 싶어요."

"물?" 하고 나는 말했다. "수돗물 말인가요?"

"수돗물이라도 괜찮아요. 만약 이 근처에 우물이 있다면, 그 물도 채취하고 싶은데요."

"이 근처에 우물은 아마 없을 겁니다. 하나 있기는 한데, 남의 집 마당에 있고, 이미 말라서 물이 없습니다."

가노 크레타가 복잡한 눈빛으로 나를 보았다. "그 우물에서 정말 물이 나오지 않나요? 틀림없나요?"

그 소녀가 빈집 우물에 돌을 던졌을 때 났던 툭 하는 마른 소리를 떠올렸다. "말라서 물은 없습니다. 틀림없어요."

"좋아요. 그럼 댁의 수돗물을 채취할게요."

나는 그녀를 부엌으로 안내했다. 그녀는 하얀 에나멜 백에서 조그만 약병 같은 것을 두 개 꺼냈다. 그리고 그 하나에 수돗물을 받고 조심스럽게 뚜껑을 닫았다. 그다음 그녀는 욕실에 가고 싶다고 했다. 나는 그녀를 욕실로 안내했다. 욕실 앞 탈의실에는 아내의 속옷과 스타킹이 잔뜩 널려 있었지만, 가노 크레타는 조금도 개의치 않고 수도꼭지를 틀어 다른 약병에 물을 받았다. 그녀는 뚜껑을 닫고 거꾸로 세워 물이 새지 않는지 확인했다. 두 약병 뚜껑은 각기 색이 달라, 욕실 물과 부엌 물을 구별할 수 있었다. 욕실 물을 담은 병의 뚜껑은 파란색이고, 부엌 물을 받은 병의 뚜껑은 초록색이었다.

그녀는 거실로 돌아오자, 조그만 플라스틱 지퍼 백에 그 두 병을 넣고 입구를 닫았다. 그리고 그것을 소중하게 하얀 에나멜 백 안에 집어넣었다. 탁 하는 마른 소리가 나면서 백의 똑딱이가 잠겼다. 그녀가 그 동작을 지금까지 수도 없이 해 왔으리란 건, 손놀림을 보면 알 수 있었다.

"감사합니다." 하고 가노 크레타가 말했다.

"이제 된 겁니까?" 하고 나는 물었다.

"네, 지금은 그래요." 하고 가노 크레타가 말했다. 그리고 치맛자락을 여미고, 백을 옆구리에 끼고 소파에서 일어나려고 했다.

"저기요." 하고 나는 말했다. 그녀가 그렇게 뜬금없이 돌아갈 줄은 조금도 예측하지 못했던 터라, 나는 조금 당황했다. "잠시만요. 아내가 고양이의 행방에 대해서 궁금해합니다. 없어진 지 이제 이 주일이 다 되어 가는데, 뭐라도 아는 게 있으면 가르쳐 주세요."

가노 크레타는 백을 소중하게 옆구리에 낀 채 내 얼굴을 보다가, 몇 번 고개를 잘게 끄덕였다. 그녀가 고개를 끄덕이자, 구불구불한 머리가 1960년대 초반적으로 한들한들 흔들렸다. 그녀가 눈을 깜박이자, 그 길고 검은 인조 속눈썹이 흑인 노예가 손에 든 손잡이 긴 부채처럼 천천히 오르내렸다.

"솔직히 말씀드려서, 보기보다 훨씬 더 긴 얘기가 되지 않겠냐고 언니는 말하더군요."

"보기보다 훨씬 더 긴 얘기?"

'훨씬 긴 얘기'라는 표현에 나는, 아무것도 없고 한없이 평평한 황야에 홀로 서 있는 높은 말뚝 같은 것을 연상했다. 태양이 기울면 그림자가 점차 길게 뻗어, 그 끝이 육안으로는 보이지 않는.

"그래요. 얘기가 사라진 고양이에서 끝나지 않을 것이란 뜻이죠."

나는 조금 당황스러웠다. "하지만 우리가 원하는 건, 없어진 고양이의 행방을 찾는 것뿐입니다. 고양이만 찾으면 그만입니다. 만약 죽었다면, 그래도 정확하게 알고 싶어요. 그게 전부인 일이 어떻게 훨씬 더 긴 얘기가 되는 거죠. 난 잘 모르겠는데."

"저도 잘 몰라요." 하고 그녀는 말했다. 그리고 그녀는 머리 위에서 반짝반짝 빛나는 머리핀에 손을 대고 그걸 약간 뒤로 밀었다. "하지만 언니를 신뢰하세요. 물론 언니가 모든 것을 알고 있다는 말은 아니에요. 그러나 만약 언니가 '거기에 훨씬 더 긴 얘기가 있다.'라고 하면, 거기에는 틀림없이 '훨씬 더 긴 얘기'가 있어요."

나는 잠자코 고개를 끄덕였다. 그 이상 뭐라 할 말이 없었다.

"오카다 씨는 지금 바쁘신가요? 잡혀 있는 일정이 혹시 있나요?" 하고 가노 크레타가 공손한 목소리로 물었다.

전혀 바쁘지 않다, 아무런 일정이 없다, 하고 나는 말했다.

"그럼 제 얘기를 조금 해도 될까요?" 하고 가노 크레타는 말했다. 그녀는 손에 들고 있던 하얀 에나멜 백을 소파에 내려놓고, 초록색 타이트스커트를 입은 무릎 위에 두 손을 포갰다.

손톱에 예쁜 분홍색 매니큐어를 바르고 있었다. 반지는 하나도 끼지 않았다.

그렇게 하시죠 하고 나는 말했다. 그러고 나서 나의 인생은 ─ 가노 크레타가 현관벨을 눌렀을 때부터 충분히 예측하고 있었던 일이지만 ─ 점점 더 기묘한 방향으로 흘러가게 되었다.

8
가노 크레타의 긴 얘기,
고통에 관한 고찰

"저는 5월 29일에 태어났습니다." 하고 가노 크레타가 얘기를 시작했다. "그리고 저는 스무 살이 되는 생일날 저녁에, 스스로 목숨을 끊자고 다짐했죠."

나는 새로 끓인 커피를 컵에 따라 그녀 앞에 놓았다. 그녀는 거기에 크림을 넣고, 스푼으로 천천히 저었다. 설탕은 넣지 않았다. 나는 평소에 하던 대로 크림도 설탕도 넣지 않고 블랙으로 한 모금 마셨다. 탁상시계가 재깍재깍 마른 소리를 내며 시간의 벽을 두드리고 있었다.

가노 크레타는 내 얼굴을 빤히 들여다보듯 하면서 말했다. "오래전 일부터 순서대로 얘기하는 게 좋을까요. 그러니까 제가 태어난 장소나 자라난 가정 환경, 그런 것부터?"

"좋을 대로 하세요. 자유롭게, 당신이 얘기하기 쉬운 대로." 하고 나는 말했다.

"저는 세 남매 중에 막내로 태어났어요." 하고 가노 크레타는 말했다. "언니 마르타 위로 오빠가 한 명 있어요. 아버지는 가나가와현에서 병원을 경영하고 있었죠. 가정적으로도 문제랄 만한 문제는 없었습니다. 어디에나 있는, 아주 평범한 가정이에요. 부모님은 노동을 존중하는, 무척 성실한 사람들이었죠. 훈육은 엄격한 편이었지만, 자잘한 일은 타인에게 폐를 끼치지 않는 범위 안에서 우리가 자주적으로 판단하고 행동할 수 있게 해 주었어요. 경제적으로도 윤택한 환경이었지만, 부모님은 아이들에게 불필요한 용돈을 주지 않고 과도한 사치도 하지 않는다는 방침을 유지했어요. 생활은 오히려 검소한 편이 아니었나 합니다.

언니 마르타는 저보다 다섯 살이 많은데, 그녀는 어렸을 때부터 뭘 잘 알아맞히는 남다른 구석이 있었어요. 조금 전에 몇 호실 환자가 죽었다든지, 없어진 지갑이 어디어디에 있을 거라든지, 그런 걸 딱딱 알아맞혔지요. 처음에는 언니의 그런 능력을 모두 흥미로워하고 또 편리하게 여겼는데, 그러다 점차 불길하게 여기게 되었어요. 그래서 부모님은 그녀에게 그런 '확실한 근거가 없는 말'은 사람들 앞에서 하면 안 된다고 주의를 주었지요. 아버지는 병원장이라는 입장도 있고 해서, 딸에게 초자연적인 능력이 있다는 사실이 남의 귀에 들어갈까 노심초사했어요. 그 후로 마르타는 입을 딱 다물고 말았죠. '확실한 근거가 없는 말'을 하지 않았을 뿐만 아니라, 극히 평범한 일상생활의 대화에도 거의 끼어들지 않았어요.

다만 마르타는 동생인 제게만은 마음을 열고 얘기했습니

다. 우리는 정말 사이좋은 자매로 자랐어요. 다른 사람에게는 절대 말하면 안 된다고 하고서, '머지않아 이 동네에서 불이 날 거야.' 하는 것도 '세타가야 숙모가 병이 날 거야.' 하는 것도 몰래 가르쳐 주었죠. 그리고 그 말은 사실이 되었어요. 저는 아직 어린애였기 때문에, 그런 게 너무너무 재미있었어요. 무섭다거나 불길하다는 생각은 조금도 없었죠. 저는 철이 들었을 때부터 지금까지 늘 마르타를 따라다니면서, 그녀의 '예견'을 들었습니다.

마르타의 특수한 능력은 성장하면서 더욱 강해졌어요. 그러나 그녀는 자기 안에 있는 그 능력을 어떻게 다루고 어떻게 키워 나가면 좋을지 몰랐어요. 마르타는 그 때문에 줄곧 고민했어요. 누구에게 의논할 수도 없었죠. 누군가의 지시를 바랄 수도 없었고요. 그런 의미에서 십 대 시절의 그녀는 아주 고독했습니다. 마르타는 자기 혼자 힘으로 모든 것을 해결해야 했어요. 그녀는 모든 것의 해답을 스스로 찾아야만 했어요. 우리 가정에서 마르타는 절대 행복하지 못했습니다. 그녀는 가정에서 한시도 마음이 편치 못했어요. 그 안에서는 자신의 능력을 억누르고, 사람들 눈으로부터 숨겨야만 했기 때문이죠. 마치 힘 있는 식물을 조그만 화분 속에서 키우는 것이나 다름없는 양상이었죠. 그것은 부자연스럽고, 잘못된 일이었어요. 마르타가 아는 건 자신이 이곳을 조금이라도 빨리 벗어나야 한다는 것뿐이었습니다. 세상 어딘가에는 자신에게 옳은 세계가 있고, 삶이 있을 것이라고 그녀는 생각하게 되었어요. 그러나 그녀는 고등학교를 졸업할 때까지 꾹 참고 살아야만 했습니다.

마르타는 고등학교를 졸업하면 대학에 가지 않고, 새로운 길을 찾아 혼자 외국으로 나가겠다고 결심했어요. 그러나 저희 부모님은 매우 상식적인 인생을 살아온 사람들이라, 그런 일을 쉽게 허락할 리 없었죠. 그래서 마르타는 모든 방법을 동원해 돈을 끌어 모은 다음, 부모님에게는 아무 말 않고 집을 뛰쳐나갔어요. 그녀는 우선 하와이에 가 카우아이섬에서 이 년을 살았습니다. 카우아이섬의 북쪽 해안에 아주 정결한 물이 솟는 곳이 있다는 얘기를 어디선가 읽은 적이 있기 때문이었죠. 마르타는 그 무렵부터 물에 상당히 관심이 깊었어요. 물의 조성이 인간을 크게 지배한다는 신념을 갖고 있었던 것이죠. 그래서 카우아이섬에 살기로 했던 거예요. 당시에도 카우아이섬의 깊은 오지에는 대규모 히피 공동체가 남아 있었어요. 그녀는 거기에서 공동체의 일원으로 생활했습니다. 거기에서 나는 물은 마르타의 초능력에 큰 영향을 미쳤습니다. 그 물을 몸에 받아들임으로써 그녀는 자신의 육체와 능력을 '더 조화롭게' 할 수 있었죠. 그녀가 제게 보낸 편지에, 그것은 정말 멋진 일이었다고 쓰여 있었습니다. 저도 그 내용을 읽고 무척 기뻤어요. 그러나 그녀는 결국 그 고장에서도 충분히 만족할 수 없게 되었어요. 물론 아름답고 평화로운 곳이었고, 사람들은 물욕을 떠나 정신의 평온을 추구했죠. 그런 한편 지나치게 마약이나 성적 방종함에 의지하고 있었습니다. 그것들은 가노 마르타는 필요로 하지 않는 것이었어요. 이 년 후 그녀는 카우아이섬을 떠났습니다.

그리고 그녀는 캐나다로 갔다가 미국 북부를 여기저기 떠돈 후에 유럽 대륙으로 건너갔습니다. 그녀는 각지의 물을 마시면서 여행했어요. 그리고 좋은 물이 나는 몇몇 장소를 발견했지요. 하지만 그 물도 완전한 물은 아니었어요. 그렇게 그녀는 여행을 계속했어요. 돈이 떨어지면 사람들에게 점을 봐 주기도 했어요. 분실물이나 사라진 사람을 찾아 주고 사례를 받는 것이죠. 그녀는 사례를 그다지 달가워하지 않았어요. 하늘이 준 능력을 물질로 바꾸는 것은 결코 좋은 일이 아니죠. 그러나 그 당시에는 그러지 않고는 살아갈 수 없었어요. 마르타의 점은 어디에서든 호평을 불러, 돈을 쉽게 모을 수 있었습니다. 영국에서는 경찰 수사에도 협력했어요. 행방불명된 어린 여자아이의 시신이 숨겨진 장소를 찾아냈고, 근처에서 범인의 장갑도 찾아냈지요. 범인은 체포되었고, 바로 범행을 자백했습니다. 그 일은 신문에도 기사화되었어요. 다음에 기회가 있으면 오카다 씨에게도 그 신문 기사를 보여 드리죠. 그런 식으로 그녀는 유럽 전역을 방랑했고, 그러다 마침내 몰타섬에 가게 되었어요. 몰타섬에 도착한 것은 일본을 떠난 지 오 년째 되는 해였죠. 그리고 그곳은 물을 탐색하며 떠돈 그녀의 마지막 고장이 되었습니다. 그 얘기는 마르타에게 직접 들었겠죠?"

　나는 고개를 끄덕였다.

　"마르타는 방랑 생활을 하는 동안, 제게 늘 편지를 보내 주었어요. 무슨 사정이 있어서 편지를 쓸 수 없을 때는 물론 달랐지만, 대개 일주일에 한 번은 저를 위해 긴 편지를 써서 보내 주었습니다. 자신이 지금 어디서 뭘 하고 있는지, 그런 내용이었죠. 우리는 정말 사이좋은 자매였어요. 우리는 멀리 떨어져 있어도 편지로 어느 정도 마음을 나눌 수 있었어요. 그것은 정말 멋진 편지였죠. 오카다 씨도 그 편지를 읽으면, 가노 마르타가 얼마나 훌륭한 인간인지를 알 수 있을 거예요. 저는 그녀의 편지를 창구로 다양한 세계의 모습을 알 수 있었어요. 여러 흥미로운 사람들이 있다는 것도 알 수 있었어요. 그렇게 언니는 편지로 저를 격려해 주었습니다. 그리고 저의 성장을 도와주었지요. 저는 그 점에서는 언니에게 깊이 감사하고 있어요. 그걸 부정할 마음은 없습니다. 하지만 편지는 결국 편지에 지나지 않지요. 제가 십 대의 가장 힘겨운 시절에, 언니를 가장 필요로 할 때, 언니는 언제나 멀리 있었습니다. 손을 아무리 뻗어도, 거기에는 언니가 없었어요. 저는 가족들 사이에서 늘 혼자였어요. 저의 인생은 고독했습니다. 저는 고통에 찬 — 그 고통에 대해서는 나중에 자세하게 말씀드리겠지만 — 십 대를 보냈습니다. 제게는 의논할 상대도 없었어요. 그런 의미에서는 저 역시 마르타만큼이나 고독했습니다. 만약 그때 마르타가 가까이에 있었다면, 제 인생은 지금과는 조금 달라졌을 거예요. 그녀는 제게 유효한 조언을 해 주고, 또 저를 구원해 주었을 거라고 생각합니다. 그러나, 지금 그렇게 말해 봐야 소용없는 일이죠. 마르타가 스스로 자신이 길을 찾아야 했던 것처럼, 저 역시 스스로 제 길을 찾아야 했어요. 스무 살이 되었을 때, 저는 자살하기로 결심했습니다."

가노 크레타는 컵을 들어 남은 커피를 마셨다.

"커피가 맛있군요." 하고 그녀는 말했다.

"고맙습니다." 나는 별것 아니라는 식으로 말했다. "아까 달걀을 삶았는데, 괜찮으면 드시겠습니까?"

그녀는 잠시 생각한 후에, 한 개를 먹겠다고 했다. 나는 부엌에서 삶은 달걀과 소금을 가져왔다. 그리고 컵에 또 커피를 따랐다. 나와 가노 크레타는 천천히 껍질을 벗겨 달걀을 먹고, 커피를 마셨다. 그사이에 전화벨이 울렸지만, 나는 받지 않았다. 벨은 열다섯 번인가 열여섯 번 울린 후 뚝 멈췄다. 가노 크레타는 울리는 벨 소리를 듣지 못하는 것처럼 보였다.

가노 크레타는 달걀을 다 먹자, 하얀 에나멜 백에서 조그만 손수건을 꺼내 입가를 닦았다. 그리고 치맛자락을 잡아당겼다.

"죽기로 결심한 다음, 저는 유서를 쓰기로 했어요. 저는 책상 앞에 앉아 한 시간쯤, 죽는 이유를 쓰려고 했어요. 제가 죽는 것은 누구 탓이 아니라, 어디까지나 저 자신의 문제 때문이라는 것을 글로 남기고 싶었어요. 제가 죽은 후에 누군가가 엉뚱하게 책임감 같은 것을 느끼지 않기를 바랐기 때문이죠.

하지만 저는 유서를 끝까지 쓰지 못했습니다. 몇 번이나 몇 번이나 다시 썼지만, 몇 번을 다시 쓰고 다시 읽어 보아도, 그 내용이 하나같이 어이없고 우스꽝스럽게 느껴졌어요. 진지하게 쓰려면 더더욱 우스꽝스러워지는 듯했지요. 그래서 결국, 아무것도 쓰지 않기로 했어요.

이건 단순한 일이다, 하고 저는 생각했어요. 저는 그저 단순히 자신의 인생에 실망했던 거예요. 저는 제 인생이 저에게 지속적으로 가하는 여러 고통을 그 이상 견뎌 낼 수 없었어요.

저는 이십 년을 사는 동안, 줄곧 그 고통을 견뎌 왔습니다. 제 인생은, 이십 년에 걸친 끊임없는 고통의 연속이었어요. 하지만 저는 그때껏 어떻게든 그 고통을 견디려고 노력했어요. 얼마나 노력했는지는, 절대적으로 자신합니다. 저는 당당하게 단언할 수 있어요. 저는 누구에게도 지지 않을 만큼 노력했습니다. 투쟁을 쉽게 포기한 게 아니에요. 그런데 스무 살이 되는 생일을 맞았을 때 끝내 저는 이런 생각을 하게 되었어요. 인생에는 그런 노력을 경주할 만한 가치가 없다고 말이죠."

그녀는 잠시 말을 끊고, 무릎 위에 놓인 하얀 손수건의 모서리를 맞췄다. 그녀가 눈을 내리깔자, 검은 인조 속눈썹이 그녀 얼굴에 소리 없는 그림자를 드리웠다.

나는 헛기침을 했다. 무슨 말을 하는 편이 좋을까 하는 생각도 했지만, 무슨 말을 하면 좋을지 몰라 잠자코 있었다. 멀리서 태엽 감는 새가 우는 소리가 들렸다.

"제가 죽기로 결심한 것은 바로 그 고통 때문이었어요. 통증 때문이었어요." 하고 가노 크레타는 말했다. "그렇다고 제가 말하는 통증이 정신적인 통증이거나 비유적인 통증은 아니에요. 제가 말하는 통증은 순수하게 육체적인 통증입니다. 단순하고, 일상적이며, 직접적이고, 물리적인, 그리고 그 때문에 더욱 절박한 통증이었어요. 구체적으로 말씀드리면, 두통, 치통, 생리통, 요통, 어깨 결림, 발열, 근육통, 화상, 동상, 염좌, 골절, 타박상…… 그런 유의 통증입니다. 저는 남들보다 한층 자주, 그리고 줄곧 심하게 그런 통증을 체험해 왔습니다. 예를 들어서, 저는 태어났을 때부터 이가 좋지 않았던 것 같아요.

저는 일 년 내내 이가 아팠어요. 하루에 몇 번을 아무리 꼼꼼하게 이를 닦아도, 아무리 단것을 피해도 소용없었어요. 아무리 노력해도 이가 썩었어요. 게다가 저는 마취가 잘 안 되는 체질이었어요. 그래서 치과는 제게 악몽 같은 곳이었습니다. 그것은 뭐라 설명할 수 없는 고통이었어요. 공포였어요. 그리고 생리통도 심했습니다. 저는 생리를 극단적으로 무겁게, 일주일을 꼬박 했어요. 송곳으로 아랫배를 후벼 파는 듯한 통증이었어요. 두통도 그랬어요. 아마 오카다 씨는 모르실 거예요. 정말 눈물이 솟을 정도로 아팠습니다. 저는 한 달에 일주일을, 마치 고문 같은 통증에 시달렸어요.

비행기를 타면, 늘 기압 변화 때문에 머리가 깨질 것 같았어요. 의사는 귀의 구조 탓일 거라고 하더군요. 귀의 내부가 기압의 변화에 민감한 구조를 갖고 있으면 그런 일이 생긴다고 말이죠. 엘리베이터를 타도 그런 일이 종종 있었어요. 그래서 저는 고층 건물에 가서도 엘리베이터를 탈 수 없었어요. 머리가 군데군데 찢어져, 거기에서 피가 솟구치는 게 아닐까 싶을 정도의 고통에 시달렸어요. 그리고 아침에 눈을 뜨면 적어도 일주일에 한 번은 몸을 일으킬 수 없을 정도로 위가 욱신욱신 아프기도 했고요. 병원에 가서 몇 번 검사도 받아 보았지만, 원인이라 할 만한 것은 발견되지 않았습니다. 혹시 심인성이 아니겠냐는 소견도 있었습니다. 하지만 뭐가 원인이 되었든, 아픈 것은 다르지 않았어요. 그러나 그렇게 아픈 때에도 저는 학교에 가지 않을 수 없었어요. 통증을 느낄 때마다 학교를 쉬면, 학교에 갈 수 있는 날이 거의 없기 때문이었죠.

어딘가에 부딪히면, 반드시 몸에 멍이 남았습니다. 욕실 거울에 비친 자신의 몸을 볼 때마다, 저는 울고 싶은 심정이었어요. 몸의 온 곳에 상해 가는 사과처럼 시퍼런 멍이 남아 있었기 때문이에요. 그렇다 보니 수영복을 입고 사람들 앞에 나서기가 싫어서, 철이 든 후로는 거의 수영을 하지 않았습니다. 또 좌우 발의 크기가 다른 탓에, 새 구두를 살 때마다 뒤꿈치가 심하게 까지고 물집이 생겨 고생했어요.

그래서 저는 스포츠란 것을 거의 하지 않았는데, 중학생 때 누가 권해서 억지로 스케이트를 탄 적이 있었어요. 그때 넘어져서 허리를 삔 탓에, 그 후로는 겨울이 오면 그 부분이 욱신욱신 심하게 아팠어요. 굵은 바늘로 힘껏 찔리는 듯한 아픔이었죠. 의자에서 일어나려다 그대로 넘어진 일도 몇 번이나 있어요.

변비도 심해서 사나흘에 한 번 하는 배변은 그야말로 고통이었죠. 어깨 결림도 정말 심했습니다. 어깨가 뭉치면, 그 부분이 돌처럼 딱딱해졌어요. 가만히 서 있을 수 없을 정도로 괴롭고 힘들었지만, 그렇다고 누워도 힘들기는 마찬가지였지요. 옛날에 어떤 책에서, 중국에는 좁은 나무 상자에 몇 년 동안이나 사람을 가둬 두는 형벌이 있다는 얘기를 읽은 적이 있는데, 그 고통이 아마 이런 느낌일 거라고 상상했어요. 어깨가 너무 심하게 결릴 때면, 거의 숨조차 쉴 수 없었어요.

제가 느꼈던 고통은 아직도 얼마든지 열거할 수 있습니다. 하지만 이런 얘기만 계속하면 오카다 씨가 지루하실 테니까, 이제 그만하겠어요. 저는 제 몸이 그야말로 고통의 견본 책자 같은 것이었다는 걸 전하고 싶을 뿐이에요. 온갖 통증이 제 몸에 쏟아졌어요. 저는 무언가의 저주라고 생각했어요. 누가 뭐라고 하든, 인생은 불공평하고, 불공정한 것이라고 생각했어요. 만약 세상 사람들이 저와 똑같은 통증을 짊어진 채 살아가고 있다면, 저는 그나마 참을 수 있었을 거예요. 그러나 현실은 그렇지 않았어요. 통증이란 정말 불공평한 것입니다. 저는 많은 사람들에게 통증에 대해서 물어봤어요. 하지만 어느 누구도 진정한 아픔이 어떤 것인지 모르더군요. 세상 사람들은 대부분, 일상적으로 거의 아픔을 느끼지 않고 살아가고 있었어요. 그 사실을 알고(그 사실을 분명하게 인식한 것은 중학교에 들어간 무렵이었습니다.) 저는 눈물이 흐를 만큼 슬펐습니다. 왜 나만 이렇게 무거운 짐을 지고 살아가야 하는 거야 하고 생각했어요. 가능하다면 이대로 미련 없이 죽고 싶다고 생각했어요.

하지만 그와 동시에 저는 이런 생각도 했어요. 아니야, 이런 아픔이 언제까지 계속될 리 없어, 어느 날 아침에 눈을 떴더니 고통이 아무 설명 없이 홀연히 사라져 버려서 아주 새롭고 평온한 무통의 인생이 거기에 펼쳐져 있을 거야. 하지만 저는 확신은 가질 수 없었어요.

저는 언니 마르타에게 솔직하게 털어놓았어요. 이렇게 힘겨운 인생을 사는 건 싫다. 대체 나는 어떻게 하면 좋을까 하고 말이죠. 마르타는 잠시 생각했어요. 그리고 이렇게 말했죠. '나도 너의 무언가가 잘못되었다고 생각해. 하지만 그게 어떻게 잘못되었는지는 나도 몰라. 어떻게 하면 좋은지도 몰라. 나는 아직 그런 판단을 내릴 힘이 없어. 내가 할 수 있는 말은, 아무튼 스무 살이 될 때까지 기다리는 편이 좋겠다는 것뿐이야. 스무 살이 될 때까지 견디고, 그다음에 결정하는 게 좋겠어.' 언니는 그렇게 말했어요.

그래서 저는 아무튼 스무 살까지 살아 보기로 했어요. 하지만 아무리 세월이 흘러도, 뭐 하나 사태는 좋아지지 않았습니다. 좋아지기는커녕, 아픔은 전보다 훨씬 격해졌어요. 제가 아는 것은 단 한 가지뿐이었어요. 그것은 '몸이 성장할수록 고통의 양도 더불어 커지는 법이다.'라는 것이었죠. 그러나 팔 년간, 저는 그 고통을 견뎠어요. 그동안에 저는 인생의 좋은 면만을 보자고 다짐하면서 생활했습니다. 저는 더는 누구에게도 불평하지 않았어요. 아무리 고통스러울 때에도, 평소처럼 생글생글 웃으려고 노력했어요. 너무 아파서 서 있을 수 없을 때도, 아무 일 없는 것처럼 태연한 표정을 짓는 훈련도 했어요. 울고 불평한다고 아픔이 줄어드는 것은 아니니까요. 그러면 자신이 더욱 한심해질 뿐이죠. 그 같은 노력 덕분에 저는 많은 사람의 사랑을 받았습니다. 사람들은 저를 조신하고 호감 가는 여자라고 생각했어요. 어르신들은 저를 신뢰했고, 주위에 또래 친구들도 많이 생겼어요. 만약 고통이 없었더라면, 그것은 더할 나위 없는 인생이며 청춘이었을지도 몰라요. 그러나 언제나 고통이 따라다녔습니다. 고통은 제 그림자 같은 것이었어요. 제가 그걸 조금이라도 잊을라치면, 바로 고통이 밀려와 제 몸 어딘가를 아프게 때렸습니다.

대학에 들어가자 연인이 생겨, 대학교 1학년 여름에 처녀

성을 잃었습니다. 하지만 그것은 ― 당연히 예상한 일이었지만 ― 그저 고통일 뿐이었습니다. 경험 있는 여자 친구들은 '잠시 참으면 익숙해지고, 익숙해지면 아프지 않으니까 괜찮아.' 하고 말했죠. 하지만 실제로는, 시간만 흘렸지 고통은 사라지지 않았어요. 그 연인과 잘 때마다, 저는 너무 심한 통증에 눈물을 흘렸습니다. 그러다 섹스에 넌더리가 나고 말았어요. 어느 날 연인에게 이렇게 말했어요 '너를 좋아하지만, 그렇게 아픈 일은 두 번 다시 하고 싶지 않아.' 하고요. 그는 깜짝 놀라면서, 그렇게 얼토당토않은 말이 어디 있느냐고 하더군요. '넌, 정신적으로 무슨 문제가 있는 거야.' 하고요. '좀 더 마음을 편하게 가지면 되잖아. 그러면 아프지도 않고, 기분도 좋아질 텐데. 다들 하는 일인데 네가 못 할 리 없잖아. 노력이 부족해서 그런 거야. 결국 자신에게 엄격하지 못한 거라고. 너는 모든 문제를 전부 아픔 탓으로 돌리고 있어. 불평만 해서는 되는 일이 없잖아.'

그 말을 듣고 지금까지 참아 왔던 것이, 말 그대로 제 안에서 폭발하고 말았어요. '웃기는 소리 하고 있네.' 하고 저는 말했어요, '네가 고통이 뭔지 알기나 해? 내가 느끼는 아픔은 그냥 평범한 아픔이 아니라고. 아픔에 대해서라면, 나는 온갖 종류를 다 알고 있어. 내가 아프다고 할 때는 정말 아픈 거야.' 저는 그렇게 말했어요. 그리고 자신이 지금껏 경험한 아픔이란 모든 아픔을 있는 대로 늘어놓고 설명했어요. 하지만 그는 거의 아무것도 이해하지 못했죠. 진정한 아픔은, 그걸 경험해 보지 못한 사람은 절대 이해하지 못해요. 그렇게 해서 우리는 헤어졌습니다.

그리고 저는 스무 살 생일을 맞았죠. 저는 이십 년을 계속 참아 왔어요. 어딘가에 뭐가 눈부시게 빛나는 획기적인 전환이 있지 않을까 생각하면서 말이에요. 그러나 그런 것은 없었습니다. 저는 정말 실망하고 말았어요. 그러기 전에 죽는 편이 좋았죠. 저는 먼 길을 돌다 오히려 고통을 오래 끌었을 뿐이에요."

가노 크레타는 거기까지 얘기하고는 숨을 깊이 들이쉬었다. 그녀 앞에는 달걀 껍질이 담긴 접시와, 빈 커피 컵이 놓여 있었다. 무릎 위에는 반듯하게 접힌 손수건이 있었다. 그녀는 불쑥 생각났다는 듯이 선반 위의 탁상시계를 보았다.

"죄송합니다." 하고 가노 크레타는 조그맣고 마른 목소리로 말했다. "생각했던 것보다 얘기가 정말 길어지고 말았네요. 이 이상 오카다 씨의 시간을 빼앗으면 누가 되겠죠. 장황하게 얘기를 늘어놓아, 정말 뭐라 사과하면 좋을지."

그렇게 말하고 그녀는 하얀 에나멜 백의 어깨끈을 잡고는 소파에서 일어났다.

"잠시만요." 하고 나는 얼른 말했다. 뭐가 어찌되었든, 얘기가 이렇듯 어중간하게 끝나는 것은 싫었다. "만약 제 시간 때문이라면, 그럴 필요 없습니다. 오늘 오후는 어차피 한가합니다. 이왕 거기까지 얘기를 했으니, 끝까지 해서 마무리를 짓는 게 어떨지요. 더 길게 계속되는 얘기잖아요?"

"물론 더 길게 계속됩니다." 하고 가노 크레타는 선 채로, 내 얼굴을 내려다보듯 하며 말했다. 두 손으로 가방 끈을 꼭 잡고 있었다. "지금까지 한 얘기는 말하자면 서두 같은 것이니까요."

나는 잠시 기다려 달라고 하고서, 부엌에 갔다. 싱크대를 향하고 서서 심호흡을 두 번 한 후, 식기장에서 잔을 두 개 꺼내 얼음을 담았다. 그리고 냉장고에서 오렌지 주스를 꺼내 따랐다. 조그만 쟁반에 잔 두 개를 담아 들고 거실로 돌아갔다. 그 몇 가지 동작을 시간을 들여 아주 천천히 했는데도, 내가 거실에 돌아왔을 때 가노 크레타는 아직 그 자리에 선 채 꼼짝 않고 있었다. 하지만 내가 그녀 앞에 주스 잔을 내려놓자, 마음을 바꿨다는 듯이 소파에 앉아 가방을 옆에 내려놓았다.

"정말 괜찮은 건가요." 하고 그녀가 내게 확인하듯이 물었다. "끝까지 다 얘기해도."

"그럼요." 하고 나는 말했다.

가노 크레타는 오렌지 주스를 절반 마시고 그다음 얘기를 시작했다.

"물론 저는 자살에 실패했습니다. 그건 오카다 씨도 이미 아시겠죠. 제가 자살에 성공했다면, 여기에 이렇게 앉아 주스를 마시지 않을 테니까요." 그렇게 말하고 가노 크레타는 내 눈을 가만히 쳐다보았다. 나는 동의하는 뜻으로 살며시 미소 지었다. "만약 계획한 대로 제가 죽었다면, 제게는 최종적인 해결이 되었겠죠. 저는 죽어서 의식이 영원히 사라졌으니, 따라서 두 번 다시 통증을 느끼지 않았을 테죠. 그것이 제가 바라는 것이었어요. 하지만 저는 불행하게도 잘못된 방법을 선택했어요.

저는 5월 29일 밤 9시에 오빠 방에 가서, 차를 잠깐 빌려 달라고 했어요. 막 새로 산 차여서 오빠는 내키지 않는 표정이었지만, 저는 신경 쓰지 않았습니다. 그 차를 살 때 제게도 돈을 빌렸으니까 오빠는 거절할 수 없었어요. 저는 키를 받아 들고 그 번쩍거리는 도요타 MR2를 타고, 삼십 분 정도 달려 보았죠. 차는 아직 주행거리가 1800킬로미터밖에 안 되는 새 차였어요. 가볍고, 액셀을 밟자 순식간에 속도가 올라갔어요. 저의 목적에는 실로 딱 맞는 차였죠. 다만 강둑에 다 왔을 때, 저는 아주 튼튼한 돌벽을 발견했어요. 어느 맨션의 외벽이었죠. 게다가 그 돌벽은 마침 T자로 끝에 있었어요. 저는 가속하는 데 필요한 만큼 거리를 두고 액셀을 끝까지 밟았어요. 그리고 그 벽을 향해 돌진했습니다. 시속 150킬로미터는 족히 되었을 거예요. 차의 앞 범퍼가 벽에 부딪치는 순간 저는 정신을 잃었습니다.

그러나 제게는 불행하게도, 그 벽은 보기보다 훨씬 부실했어요. 아마 공사 당시 인부가 일을 적당히 해서, 기초를 튼튼하게 다지지 않았던 거겠죠. 벽은 무너지고, 차의 앞부분은 납작하게 찌그러졌죠. 하지만 그게 다였어요. 부드러운 벽이 충격을 완전히 흡수하고 말았던 것이죠. 게다가, 그 정도로 제 머리가 혼란스러웠다는 뜻이겠지만, 저는 안전벨트를 푸는 것조차 잊고 있었어요.

그래서 저는 목숨을 건졌습니다. 아니, 거의 다치지도 않았어요. 그리고 신기하게도 아픔조차 거의 없었습니다. 저는 여우에 홀린 기분이었어요. 병원에 실려가 딱 하나 부러진 늑골을 잇는 수술을 받았어요. 경찰이 조사차 병원으로 찾아왔을 때, 저는 아무것도 기억나지 않는다고 말했습니다. 아마 액셀을 브레이크로 알고 잘못 밟았을 거라고 말했어요. 경찰은 제 말을 전부 믿었습니다. 저는 막 스무 살이 되었고, 운전면허를 딴 지도 반년밖에 지나지 않은 때였으니까요. 게다가 저는 그냥 봐서는 자살할 사람 같지 않았을 거예요. 무엇보다 안전벨트를 맨 채로 자살을 시도하는 사람은 없으니까요.

그러나 퇴원한 다음 저는 몇 가지 현실적인 문제에 직면하게 되었습니다. 우선 그 고철덩어리가 된 MR2의 대출금을 갚아야 했어요. 게다가 보험을 처리하는 과정에 사소한 착오가 있어, 차에는 보험이 적용되지 않았어요.

일이 이렇게 될 줄 알았으면 보험이 되는 렌터카를 빌릴 걸 그랬다고 후회했지요. 하지만 그때에는 보험 따위는 생각지 못했어요. 설마 오빠의 그 멍청한 차가 보험이 안 돼 있고, 더구나 자살에 실패하리란 것은 상상도 못 했으니까요. 150킬로미터 속도로 돌벽에 돌진했잖아요. 이렇게 살아 있는 편이 이상한 거죠.

그리고 얼마 후에 맨션의 관리 조합에서 보낸 벽의 수리 비용 청구서가 날아왔어요. 청구서에는 136만 4294엔이라고 적혀 있었지요. 저는 그 돈을 지불해야 했어요. 그것도 현금으로 바로 지불해야 했죠. 저는 할 수 없이 아버지에게 그 돈을 빌렸습니다. 아버지는 돈에 대해서는 아주 분명한 사람이어서, 제게 대출을 받아서라도 빌린 돈을 갚으라고 하더군요. 애당초 그런 사고를 일으킨 것은 네 책임이니, 이 돈은 한 푼도 남기지 않고 반드시 갚아야 한다고 아버지는 말했어요. 사실, 아버지도 돈에 여유가 있는 것은 아니었어요. 그 무렵에 병원

확장 공사를 했기 때문에, 아버지도 돈을 마련하느라 골치를 앓았거든요.

저는 다시 한번 죽음을 생각했어요. 이번에야말로 제대로 죽자고 생각했습니다. 대학의 본부 건물 15층에서 투신하려고 했어요. 그러면 확실하게 죽을 테니까요. 거의 틀림없죠. 저는 몇 번이나 사전 조사를 했고, 뛰어내릴 수 있는 창문도 하나 확보해 두었어요. 정말 거기에서 뛰어내릴 생각이었죠.

그런데 그때, 무언가가 나를 막았어요. 무언가가 이상했어요. 무언가가 마음에 걸렸어요. 그리고 그 '무언가'가 마지막 순간에, 말 그대로 뒤에서 잡아당기는 것처럼 저를 막았습니다. 하지만 그 '무언가'가 과연 무엇인지를 깨닫기까지는 시간이 무척 걸렸죠.

통증이 없었어요.

그 사고를 내고 입원한 후로, 저는 아픔을 거의 느끼지 않았어요. 잇달아 여러 가지 일이 생겨 부산한 통에 미처 자각하지 못하고 있었지만, 제 몸에서 아픔이 완전히 사라졌던 거예요. 배변은 원활하고, 생리통도 없고, 두통도 없고, 위도 아프지 않았어요. 늑골이 부러졌는데도 거의 아픔을 느끼지 않았어요. 어떻게 그런 일이 있을 수 있는지, 저는 이해할 수 없었습니다. 하지만 아무튼 아픔이란 아픔이 모두 사라지고 없었어요.

저는 일단 조금 더 살아 보기로 했어요. 궁금했어요. 아픔이 없는 인생이 어떤 것인지, 조금이라도 좋으니 느껴 보고 싶었어요. 죽는 건 언제든 할 수 있잖아요.

그러나 제가 계속 살아간다는 것은, 다름 아닌 빚을 갚아야 한다는 의미이기도 했죠. 빚은 전부 300만 엔이 넘었어요. 그래서 저는 그 돈을 갚기 위해 창부가 되었습니다."

"창부가 되었다?" 나는 놀라서 말했다.

"네, 그래요." 하고 아무 일 아니라는 듯 가노 크레타는 말했다. "단기간에 돈이 필요했어요. 빚을 최대한 빨리 갚고 싶었고, 그 방법 외에 제가 돈을 유효하게 벌 수 있는 수단은 없었습니다. 망설임은 조금도 없었어요. 저는 정말 진지하게 죽으려고 했어요. 그리고 이르든 늦든, 언젠가는 죽게 될 것이라고 생각했어요. 그때도, 통증이 없는 인생에 대한 호기심이 일시적으로 저를 살아 있게 했을 뿐이에요. 죽음에 비하면 몸을 파는 것 정도는, 그렇게 대수로운 일이 아니죠."

"그렇기도 하군요."

가노 크레타는 얼음이 녹아 버린 오렌지 주스를 빨대로 휘저은 다음, 조금 마셨다.

"한 가지 질문을 해도 될까요?" 하고 나는 물었다.

"물론이죠. 말씀해 보세요."

"그 일로 언니와 의논하지 않았습니까?"

"그 무렵 마르타는 몰타섬에서 수행하고 있었어요. 언니는 수행 중에는 자기가 어디 있는지 절대 주소를 가르쳐 주지 않았어요. 수행에 방해가 되기 때문이었죠. 집중에 방해가 되니까요. 그래서 언니가 몰타섬에 있는 삼 년 동안, 저는 언니에게 편지를 거의 보낼 수 없었어요."

"그랬군요." 하고 나는 말했다. "커피 더 드시겠어요?"

"고맙습니다." 하고 가노 크레타는 말했다.

나는 부엌에 가서 커피를 데웠다. 그동안 환기구를 쳐다보면서 몇 번 심호흡을 했다. 데워진 커피를 새 컵에 따라 초콜릿 쿠키를 담은 접시와 함께 쟁반에 놓고 거실로 가져갔다. 우리는 잠시 커피를 마시고, 쿠키를 먹었다.

"크레타 씨가 자살하려고 했던 때가 언제죠?" 하고 나는 물어 보았다.

"제가 스무 살이 되었을 때니까 지금으로부터 육 년 전, 즉 1978년 5월의 일이에요." 하고 가노 크레타는 대답했다.

1978년 5월은 우리가 결혼한 달이다. 바로 그때 가노 크레타는 자살을 시도했고, 가노 마르타는 몰타섬에서 수행하고 있었다.

"저는 유흥가에 가서 적당한 남자를 골라 말을 건네고, 가격을 흥정하고, 근처에 있는 호텔에 가서 잤어요." 하고 가노 크레타는 말했다. "이미 저는 섹스를 할 때, 그 어떤 육체적 고통도 느끼지 않았어요. 예전처럼 아프지 않았어요. 쾌감은 전혀 없었습니다. 하지만 고통도 없었죠. 그것은 그저 육체의 움직임에 지나지 않았어요. 저는 돈을 받고 섹스를 한다는 것에 아무런 죄책감도 느끼지 않았어요. 저는 바닥이 보이지 않을 만큼 깊은 무감각에 싸여 있었습니다.

아주 좋은 돈벌이였어요. 저는 첫 한 달에 100만 엔 가까운 돈을 모을 수 있었죠. 그대로 서너 달 계속하면, 쉽게 빚을 갚을 수 있었겠죠. 저는 학교에서 돌아오면 저녁때 시내로 나가서, 늦어도 10시까지는 일을 끝내고 집으로 돌아왔어요.

부모님에게는 레스토랑에서 웨이트리스로 일한다고 말해 두었어요. 아무도 그 말을 의심하지 않았죠. 큰돈을 한 번에 갚으면 의심을 살 것 같아, 저는 한 달에 10만 엔 정도만 갚기로 했어요. 그리고 남은 돈은 은행에 저금했어요.

그런데 어느 밤, 평소처럼 역 근처에서 남자에게 말을 걸려고 할 때, 갑자기 뒤에서 두 남자가 제 팔을 잡았어요. 경찰이라고 생각했죠. 그런데 잘 보니 그들은 그 지역의 야쿠자였어요. 그들은 저를 뒷길로 끌고 가 칼 같은 것을 꺼내 보이고는, 그대로 사무소로 데려갔습니다. 그다음 저를 안쪽 방으로 끌고 가 발가벗기고 몸을 묶었어요. 그러고는 긴 시간 강간했습니다. 그 과정 전체를 비디오카메라로 촬영했고요. 저는 그동안 눈을 꼭 감고 아무 생각도 하지 않으려 했어요. 그건 어려운 일이 아니었죠. 왜냐하면, 제게는 쾌감도 고통도 없었으니까요.

그 후에 그들은 제게 비디오를 보여 주었어요. 그리고 이 비디오가 공개되기를 원치 않는다면, 우리 조직에 들어와서 일하라고 했어요. 그들은 제 지갑에 들어 있는 학생증을 꺼내 들고서, 만약 싫다고 하면 이 비디오의 복사본을 부모 앞으로 보내서, 돈을 있는 대로 우려내겠다고 했습니다. 제게는 선택의 여지가 없었어요. 저는 무슨 일이든 좋다, 시키는 대로 다 하겠다고 했어요. 저는 그 무렵에는 뭐가 어떻게 되든 정말 상관없었어요. 그들은 '확실하게 우리 조직에 들어와서 일하게 되면, 손에 남는 돈이 줄지도 모른다.'고 했어요. '우리가 네가 받은 돈의 70퍼센트를 가져갈 거니까 말이지. 그러나 손님을 찾아야 하는 수고는 덜게 되지. 경찰에 잡힐 염려도 없고. 대신에 질 좋은 손님을 안겨 주겠어. 너처럼 닥치는 대로 남자에게 말을 걸면, 언젠가 호텔에서 목 졸려 죽게 될 거야.' 하고 그들은 말했어요.

저는 이제 길모퉁이에서 서성일 필요가 없게 되었어요. 저는 저녁때가 되면 그들 사무소에 가서, 그들이 하라는 대로 지정된 호텔에 가면 그만이었어요. 그들은 약속했던 대로 제게 좋은 손님을 보내 주었어요. 무슨 이유인지는 몰라도, 저는 특별 대우를 받았습니다. 제가 어디로 보나 초짜에, 다른 여자들보다는 곱게 자란 것처럼 보였던 거겠지요. 아마 저 같은 여자를 좋아하는 손님도 많지 않나 합니다. 다른 여자들은 보통 하루에 세 명 이상 손님을 받았지만, 제 경우는 하루에 한 명이나 두 명만 받아도 괜찮았어요. 다른 여자들은 늘 핸드백에 호출기를 넣고 다니다가 사무소에서 연락이 오면 서둘러 어딘가에 있는 허름한 호텔에 가서, 정체 모를 남자와 자야 했어요. 그런데 저는 거의 늘 예약이 되어 있었어요. 장소는 특급 호텔인 경우가 많았고요. 때로는 호화 아파트인 경우도 있었습니다. 상대는 대개 중년 남자였지만, 가끔은 젊은 남자도 있었어요.

그리고 일주일에 한 번, 사무소에서 돈을 받았어요. 금액이 예전보다 많지는 않았지만, 손님이 개인적으로 주는 팁까지 합하면 그런대로 나쁘지 않은 액수였죠. 물론 이상한 요구를 하는 손님도 있었지만, 저는 전혀 거슬리지 않았어요. 그 요구가 이상하면 이상할수록, 그들은 제게 많은 팁을 주었죠. 몇몇 사람은, 거듭해서 저를 지정하게 되었어요. 그런 남자들 대부분 씀씀이가 넉넉했죠. 저는 그런 돈을 몇 군데 은행에 나눠서 예금했어요. 하지만 그 무렵에는 사실, 돈 따위는 아무 문제가 되지 않았어요. 그것은 그저 숫자의 나열에 지나지 않았죠. 저는 오로지 자신의 무감각을 확인하기 위해 살아 있는 것이나 다름없었어요.

아침에 눈을 뜨면 저는 침대에 누운 채, 자신의 몸이 통증이라 할 만한 통증을 느끼지 않는다는 걸 확인했어요. 눈을 뜨고, 천천히 의식을 집중한 다음, 머리에서 발끝까지 차례차례 제 육체의 감각을 확인했어요. 그 어디에도 통증은 없었습니다. 정말 통증이 존재하지 않는지, 아니면 통증 그 자체는 존재하는데 자신이 못 느낄 뿐인지, 저는 판단할 수 없었어요. 그러나 아무튼, 통증은 없었습니다. 통증뿐만 아니라, 제 몸에는 어떤 유의 감각도 없었어요. 그리고 저는 침대에서 나와, 세면실에 가서 이를 닦았어요. 잠옷을 벗고 알몸으로 뜨거운 물을 틀어 샤워를 했어요. 몸이 아주 가볍게 느껴졌어요. 너무 가뿐해서, 자신의 몸이라 느껴지지 않았어요. 마치 자신의 혼이 제 것이 아닌 육체에 기생하고 있는 듯한, 그런 기분이었어요. 저는 거울에 몸을 비춰 봤어요. 그런데 거기에 비친 몸이 제게는 아주 멀리 있는 것처럼 느껴졌습니다.

아픔이 없는 생활 ― 그것은 제가 오래도록 꿈꾸었던 것이었어요. 그런데 그 꿈이 실제로 실현되고 나자, 저는 그 새로운 무통의 생활 속에서 자신이 있을 곳을 제대로 찾을 수가 없었죠. 거기에는 분명하게 괴리감 같은 것이 있었어요. 저는 혼란스러웠습니다. 저는 저라는 인간이 이 세상 어디와도 이어져 있지 않은 것처럼 느꼈어요. 그전에 저는 세계를 줄곧 증오하고 있었어요. 그 불공평함과 불공정함을 저는 증오했습니다. 그러나 적어도 그곳에서는, 저는 저이며 세계는 세계였습니다. 그런데 지금은 세계는 세계조차 아니었어요. 저는 저조차 아니었고요.

저는 툭하면 울게 되었어요. 저는 낮에 혼자 신주쿠교엔이나 요요기 공원에 가서 잔디밭에 앉아 울었어요. 한 시간이고 두 시간이고 계속해서 운 적도 있습니다. 소리 내어 엉엉운 적도 있었어요. 지나가는 사람들이 힐금힐금 쳐다보았지만, 저는 개의치 않았어요. 저는 그때에, 5월 29일 밤에, 깔끔하게 죽었더라면 얼마나 행복했을까 하고 생각했어요. 하지만이제는 죽을 수조차 없었죠. 저는 무감각 속에서, 자신의 목숨을 끊을 힘조차 잃고 말았던 것이에요. 아픔도 없거니와 기쁨도 없었습니다. 아무것도 없었어요. 있는 것은 그저 무감각뿐이었어요. 그리고 저는 저 자신조차 아니었어요."

가노 크레타는 숨을 깊이 들이쉰 후에, 컵을 들고 그 안을잠시 들여다보았다. 그리고 살며시 고개를 젓고는 컵을 컵받침 위에 내려놓았다.

"제가 와타야 노보루 씨를 만난 것은 그 무렵이었어요."

"와타야 노보루를 만났다고요?" 나는 놀라서 되물었다. "그말은, 그러니까, 손님으로 만났다는 뜻인가요?"

가노 크레타는 말없이 고개만 끄덕거렸다.

"하지만." 하고 나는 말했다. 그리고 잠시, 나는 조용히 말을음미했다. "이해가 안 되는군요. 언니는 내게, 당신이 와타야노보루에게 강간을 당했다는 것처럼 말했어요. 그건 다른 애기인가요?"

가노 크레타는 무릎에 놓인 손수건을 집어 또 입가를 살짝 닦았다. 그리고 내 눈을 빤히 들여다보듯 보았다. 그녀의 눈동자에는 뭔지 모르게 내 마음을 어지럽게 하는 것이 있었다.

"미안하지만, 커피를 한 잔 더 마실 수 있을까요."

"물론이죠." 하고 나는 말했다. 나는 테이블에 놓인 컵을 쟁반에 올려놓고, 부엌에 가서 커피를 데웠다. 나는 두 손을 바지 주머니에 쿡 쑤셔 넣고, 싱크대에 기댄 채 커피가 따끈해지기를 기다렸다. 하지만 내가 커피 컵을 들고 거실로 돌아갔을 때, 소파에 가노 크레타의 모습은 없었다. 그녀의 백도, 그녀의 손수건도, 모든 게 사라지고 없었다. 나는 현관에 나가 보았다. 그녀의 구두도 없었다.

9
전기의 절대적인 부족과 지하 수로, 가발에 대한 가사하라 메이의 고찰

아침, 구미코를 배웅한 다음 구립 수영장에 수영을 하러 갔다. 수영장은 오전이 가장 한산하다. 집에 돌아와서는 부엌에서 커피를 끓여 마시면서, 어중간하게 끝난 가노 크레타의 기묘한 신상 얘기를 이리저리 생각해 보았다. 그녀가 했던 얘기 하나하나를 순서대로 떠올렸다. 생각하면 생각할수록 기묘한 얘기였다. 그러다 머리가 잘 돌아가지 않았다. 졸음이 쏟아진 것이다. 정신이 아득해질 만큼 졸렸다. 나는 소파에 누워 눈을 감고, 그대로 잠들고 말았다. 그리고 꿈을 꾸었다.

꿈에 가노 크레타가 나왔다. 그러나 처음에 등장한 것은 가노 마르타 쪽이었다. 꿈속에서 가노 마르타는 티롤리안 모자를 쓰고 있었다. 모자에는 커다랗고 색이 선명한 깃털이 붙어 있었다. 사람이 북적북적 많은 장소였지만(넓은 홀 같은 장소다.) 화려한 모자를 쓴 가노 마르타의 모습은 금방 눈에 띄었다. 그녀는 혼자 바의 카운터 앞에 앉아 있었다. 커다란 유리잔에 든 트로피컬 음료 같은 것이 그녀 앞에 놓여 있었는데, 가노 마르타가 실제로 그 음료를 마셨는지는 알 수 없었다.

나는 양복 차림에 예의 물방울무늬 넥타이를 매고 있었다. 그녀의 모습을 보고 똑바로 그녀 쪽으로 가려 했는데, 인파에 떠밀려 앞으로 나아갈 수가 없었다. 간신히 카운터에 도착했을 때, 가노 마르타의 모습은 이미 거기에 없었다. 트로피컬 음료 잔만 덩그러니 놓여 있을 뿐이었다. 나는 그 옆자리에 앉아 스카치 온 더 록을 주문했다. 스카치는 뭘로 하겠냐고 바텐더가 물어, 나는 커티삭이라고 대답했다. 브랜드는 뭐가 되었든 상관없었지만, 커티삭이라는 이름이 제일 먼저 머리에 떠올랐기 때문이다.

그런데 주문한 술이 나오기 전에, 누군가가 뒤에서 마치 망가지기 쉬운 뭐라도 잡듯 조심스럽게 내 팔을 잡았다. 돌아보니, 거기에는 얼굴 없는 남자가 있었다. 얼굴이 정말 없는 것인지, 거기까지는 알 수 없었다. 하지만 얼굴이 있어야 할 부분이 어두운 그림자에 가려져, 그 안에 뭐가 있는지 보이지 않았다. "이쪽입니다. 오카다 씨." 하고 남자는 말했다. 나는 무슨 말을 하려 했지만, 그는 그럴 틈을 주지 않았다. "이쪽으로 오시죠. 시간이 별로 없습니다. 어서." 그는 내 팔을 잡은 채 혼잡한 홀을 총총 걸어 복도로 나갔다. 나는 저항하지 않고 남자가 이끄는 대로 복도를 걸었다. 적어도 이 남자는 내 이름을 알고 있다. 아무나 붙잡고 이런 행동을 하고 있는 게 아니다. 무슨 이유와 목적이 있을 것이다.

얼굴 없는 남자는 복도를 잠시 걷다가, 어느 문 앞에서 걸음을 멈췄다. 문에는 208이라는 번호패가 붙어 있었다. "문은 잠겨 있지 않습니다. 당신이 여시죠." 나는 그가 하라는 대로 문을 열었다. 문 안은 넓은 방이었다. 옛 호텔의 스위트룸처럼 보였다. 높은 천장에 고풍스러운 샹들리에가 매달려 있었다. 그러나 샹들리에에는 켜져 있지 않고, 벽에 붙은 조그만 전등이 어슴푸레하게 빛나고 있을 뿐이었다. 창문의 커튼은 전부 빈틈 하나 없이 닫혀 있었다.

"위스키는 저기에 얼마든지 있습니다. 커티삭이 좋다고 하셨죠. 사양 말고 마음껏 드시지요." 얼굴 없는 남자는 문 바로 옆에 있는 장식장을 가리키며 말했다. 그리고 나만 방에 남겨둔 채, 소리 없이 문을 닫았다. 나는 뭘 어쩌면 좋을지 정하지 못한 채, 오래도록 방 한가운데 서 있었다.

방의 벽에는 커다란 유화가 걸려 있었다. 강 그림이었다. 나는 마음을 진정시키려고 잠시 그 그림을 바라보았다. 강 위에 달이 떠 있었다. 달빛이 반대쪽 강기슭을 희붐하게 비추고 있었지만, 거기에 과연 어떤 풍경이 있는지, 나는 알아볼 수 없었다. 달빛이 너무 아련해서, 모든 윤곽이 막연하고 부옜다.

그러다 위스키를 한 모금 마시고 싶어졌다. 나는 얼굴 없는 남자가 말한 대로 장식장을 열고 위스키를 꺼내 한 모금 마시려고 했다. 그러나 도무지 문이 열리지 않았다. 문처럼 보이는 것은 교묘하게 꾸며진 가짜 문이었다. 나는 여기저기 손잡이를 밀어도 보고 당겨도 보았지만, 역시 어느 문이나 열리지 않았다.

"간단히 열리지 않아요, 오카다 씨." 하고 가노 크레타가 말했다. 문득 돌아보니 거기에 가노 크레타가 있었다. 그녀는 오늘도 1960년대 초반의 차림이었다. "열릴 때까지 시간이 걸려요. 오늘은 힘들어요. 포기하세요."

그녀는 내 눈앞에서, 마치 콩 껍질이라도 까듯이 스륵스륵 옷을 벗고 알몸이 되었다. 어떤 암시도 설명도 없었다. "오카다 씨, 시간을 오래 할애할 수 없어요. 최대한 서둘러서 끝내요. 느긋하게 할 수 없어 미안하지만, 여러 가지 사정이 있어요. 여기에 오는 것만 해도 쉽지 않았어요." 그리고 그녀는 이쪽으로 다가와 내 바지의 지퍼를 내리고, 아주 당연하다는 듯이 나의 페니스를 꺼냈다. 그리고 검은 속눈썹을 붙인 눈을 살며시 내리깔고, 페니스를 입안에 쏙 집어넣었다. 그녀의 입은 내가 생각했던 것보다 훨씬 컸다. 내 페니스는 그녀 입안에서 금방 딱딱하게 커졌다. 그녀가 혀를 움직이자 구불구불한 머리가 소슬바람에 살랑이듯 잘게 흔들렸다. 그 끝이 내 허벅지를 쓰다듬었다. 내게 보이는 것은 그녀의 머리칼과 속눈썹뿐이었다. 나는 침대에 걸터앉아 있고, 그녀는 바닥에 무릎을 꿇고 내 하복부에 얼굴을 묻고 있었다. "이럼 안 되지." 하고 나는 말했다. "이제 곧 와타야 노보루가 올 텐데. 괜히 마주쳤다가는 큰일이야. 나는 이런 곳에서 그 남자를 만나고 싶지 않아."

"괜찮아요." 하고 가노 크레타가 나의 페니스를 입에서 밀어내고 말했다. "아직 그 정도 시간은 있어요. 걱정 말아요."

그리고 그녀는 또 혀끝으로 나의 페니스를 핥았다. 나는 사정하고 싶지 않았다. 하지만 하지 않을 수 없었다. 그것은 어딘가에 삼켜지는 듯한 감각이었다. 그녀의 입술과 혀는 마치 미끈거리는 생명체처럼, 나를 단단히 휘감고 있었다. 나는 사정했다. 그리고, 잠에서 깨어났다.

허, 참 하고 나는 생각했다. 욕실에서 더러워진 팬티를 빨고, 끈끈한 꿈의 감촉을 떨어내기 위해 뜨거운 물로 온몸을 꼼꼼하게 씻어냈다. 몽정을 하다니, 대체 얼마 만일까. 나는 마지막으로 몽정을 한 게 언제였는지 기억해 내려 했다. 하지만 기억나지 않았다. 아무튼 기억나지 않을 정도로 오래전 일이었다.

욕실에서 나와 수건으로 몸을 닦고 있는데 전화벨이 울렸다. 전화를 건 사람은 구미코였다. 나는 꿈속에서 다른 여자를 상대로 막 사정했던 참이라, 구미코와 얘기하면서 약간 긴장했다.

"목소리가 좀 이상하네. 무슨 일 있었어?" 하고 구미코는 말했다. 그녀는 그런 일에는 아주 민감하다.

"딱히 아무 일 없는데." 하고 나는 말했다. "잠깐 꾸벅꾸벅 졸다가, 지금 막 눈을 떴어."

"흐음." 하고 그녀는 의심스럽다는 듯이 말했다. 그녀가 느끼는 의심스러움이 수화기를 통해 전해져, 나는 더욱 긴장했다.

"미안한데, 나 오늘 좀 늦을 것 같아. 어쩌면 9시나 되어야 할지도 몰라. 아무튼 저녁은 밖에서 먹고 들어갈 거야."

"알았어. 저녁은 내가 알아서 먹을게."

"미안해." 하고 그녀는 말했다. 문득 생각나 덧붙이듯이. 그리고 잠시 틈을 두었다가 전화를 끊었다.

나는 수화기를 물끄러미 바라보고는, 부엌에 가서 사과를 깎아 먹었다.

육 년 전에 구미코와 결혼한 후로 지금까지, 나는 다른 여자와 잔 적이 한 번도 없다. 그렇다고 내가 구미코가 아닌 여자에게 성욕을 느끼지 않았다는 말은 아니다. 또 그럴 기회가 전혀 없었다는 말도 아니다. 다만 나는 그 같은 기회를 굳이 추구하지 않았다. 뭐라 설명하기 어렵지만, 인생에서 뭘 우선할지 그 순위 같은 게 아니었나 하고 생각한다.

딱 한 번, 어쩌다 한 여자의 집에 묵은 적은 있었다. 나는 그 여자에게 호감을 품고 있었고, 그녀는 나와 자도 괜찮다고 여기고 있었다. 상대 생각이 그렇다는 것은 나도 알 수 있었다. 그런데도 나는 그녀와 자지 않았다.

그녀는 사무소에서 몇 년을 같이 일한 동료였다. 나이는 나보다 두 살이나 세 살 아래였을 것이다. 전화를 받고, 모두의 일정을 조정하는 일을 했다. 그런 일에 관한 한 그녀는 정말 유능했다. 감이 좋은 여자였고, 기억력도 뛰어났다. 누가 지금 어디서 어떤 일을 하고 있는지, 어떤 자료가 어느 선반에 보관되어 있는지를 알고 싶으면, 그녀에게 물어보면 해결되었다. 고객과의 약속도 전부 그녀가 잡았다. 모두가 그녀를 좋아했고, 또 신뢰했다. 나와 그녀는 개인적으로 친하다고 해도 좋을 관계였고, 둘이서 몇 번 술을 마시러 가기도 했다. 예쁘게 생겼다고는 하기 어려워도, 나는 그녀의 얼굴을 좋아했다.

그녀가 결혼을 앞두고 일을 그만두게 되었을 때(결혼 상대의 일 때문에 규슈로 이사를 가야 했다.) 마지막 근무 날 나는 직장의 다른 동료 몇몇과 함께 그녀를 데리고 술집에 갔다. 돌아오는 전철을 같이 탔고, 시간이 늦어서 그녀를 아파트까지 데려다 주었다. 아파트 입구에 도착하자, 그녀가 잠시 집에 들어가 커피라도 마시고 가지 않겠냐고 했다. 마지막 전철 시간이 걱정되었지만, 이제 더는 만날 수 없을지도 모르고, 커피로 취기를 씻고 싶은 마음도 있어서 들렀다 가기로 했다. 그야말로 여자 혼자 사는 방이다 싶은 공간이었다. 혼자 사용하기에는 다소 과하다 싶은 대형 냉장고와 책꽂이에 쏙 들어가는 작은 오디오가 있었다. 냉장고는 아는 사람에게 공짜로 받은 거라고 그녀는 말했다. 그녀는 옆방에서 편한 옷으로 갈아입고 나와 부엌에서 커피를 끓여 주었다. 우리는 바닥에 나란히 앉아서 얘기를 나눴다.

"있지, 오카다 씨는 특별히 무서운 거 있어, 구체적으로?" 얘기가 끊길 즈음, 그녀가 불쑥 생각났다는 듯이 내게 물었다.

잠시 생각한 후에 "그런 건 딱히 없는데." 하고 나는 대답했다. 무서운 게 몇 가지 있기는 하지만, 특별히 무서운 건 생각나지 않았다. "그쪽은?"

"나는 암거가 무서워." 하고 그녀는 무릎을 두 팔로 꼭 껴안은 자세로 말했다. "암거라고 알아? 지하 수로. 뚜껑에 덮인 캄캄한 흐름."

"암거." 하고 나는 말했다. 어떤 한자를 쓰는지, 나는 기억나지 않았다.

"난 후쿠시마의 시골에서 태어나고 자랐는데, 우리 집 바로 근처에 조그만 개천이 있었어. 농업용수로 사용되는 조그만 개천인데, 도중에 지하로 물이 흐르게 되어 있었어. 내가 두 살인가 세 살 때, 나보다 조금 나이가 많은 동네 아이들과 놀았던 것 같아. 그 아이들이 나를 조그만 배에 태워서 개천에 띄웠어. 늘 그렇게 하면서 놀았겠지. 그런데 그때는 비가 그친 후라 물이 불은 탓에, 배가 그 아이들 손을 떠나 암거 입구를 향해 똑바로 떠내려갔어. 그때 우연히 동네 아저씨가 그곳을 지나가지 않았더라면, 나는 틀림없이 그 암거 속으로 빨려 들어가서, 그대로 행방불명되었을지도 몰라."

그녀는 살아 있다는 것을 확인하는 것처럼 왼 손가락으로 입가를 문질렀다.

"그때 광경이 지금도 똑똑히 기억나. 나는 벌렁 누운 채 떠내려가고 있어. 돌담 같은 개천의 벽이 보이고, 그 위로는 선명하고 예쁜 파란 하늘이 펼쳐지고. 그리고 나는 점점, 점점 떠내려가. 뭐가 어떻게 된 건지, 나는 몰라. 그러다 그 앞에 캄캄한 어둠이 있다는 걸 갑자기 알게 되었어. 그게 정말 있거든. 마침내 그 어둠이 다가와서 나를 집어삼키려고 해. 서늘한 그림자의 감촉이 지금 그야말로 나를 뒤덮으려고 해. 그게 내 인생의 첫 기억."

그녀는 커피를 한 모금 마셨다.

"무서워, 오카다 씨." 하고 그녀가 말했다. "너무 무서워서 어떻게 하면 좋을지 모르겠어. 참을 수 없을 정도로 무서워. 그때처럼. 나는 점점 거기로 떠내려가고 있어. 나는 거기에서 벗어날 수 없어."

그녀는 핸드백에서 담배를 꺼내 입에 물고, 성냥으로 불을 붙였다. 그리고 천천히 연기를 토해 냈다. 담배를 피우는 그녀 모습을 보기는 처음이었다.

"결혼 얘기를 하고 있는 거야?"

그녀가 고개를 끄덕였다. "맞아, 결혼 얘기를 하고 있는 거야."

"결혼에 관해서 무슨 구체적인 문제라도 있는 건가?" 하고 나는 물었다.

그녀는 고개를 저었다. "구체적인 문제라 할 만한 건 딱히 없어. 물론 사소한 일들은 열거하자면 끝이 없지만."

뭐라고 말하면 좋을지 나는 몰랐지만, 아무튼 무슨 말이라도 해야 할 분위기였다.

"결혼을 앞둔 사람들은 모두 많든 적든 비슷한 기분을 경험하지 않을까 싶은데. 자신이 혹시 큰 잘못을 저지르고 있는 건 아닐까 하는 불안감 말이야. 하지만 그런 불안감은 오히려 당연한 거잖아. 다른 사람과 평생을 함께한다는 건, 아무래도 어마어마한 결단인걸. 그러니까 그렇게 겁낼 거 없다고 생각하는데."

"그런 식으로 말하는 건 간단하지. 다 그렇다, 다 똑같다, 그렇게 말하는 건." 하고 그녀는 말했다.

시곗바늘이 11시를 지나고 있었다. 나는 어떻게든 얘기를 잘 마무리해야겠다고 생각했다. 하지만 내가 무슨 말을 꺼내기 전에, 그녀가 갑자기 내게 안아 달라고 말했다.

"왜지?" 하고 나는 놀라서 물었다.

"나를 충전해 줘." 하고 그녀는 말했다.

"충전?"

"몸에 전기가 부족해." 하고 그녀는 말했다. "얼마 전부터 나, 거의 매일 잠을 못 잤어. 잠깐 잠이 들었다가 눈을 뜨면, 그다음에는 잠이 오지 않아. 아무 생각도 못하겠어. 이런 때에는 누가 충전을 해 줘야 돼. 그러지 않으면, 더 이상 살아갈 수가 없어. 정말이야."

나는 그녀가 취했나 싶어 눈을 들여다보았다. 하지만 그녀 눈은 평소와 똑같이 총명하고 쿨했다. 전혀 취한 게 아니었다.

"그래도, 다음 주면 결혼하잖아. 그 사람에게 마음껏 안기면 될 텐데. 매일 밤 안아 줄 수 있잖아. 결혼이란 건 그러기 위해서 있는 거야. 앞으로는 전기가 부족할 일이 없어."

그녀는 그 말에는 대꾸하지 않았다. 입술을 꼭 다물고, 그저 가만히 자신의 발끝을 보고 있을 뿐이었다. 두 발을 가지런히 모으고 있었다. 조그맣고 하얀 발, 거기에는 열 개의 예쁜 발톱이 붙어 있었다.

"지금이 문제지." 하고 그녀는 말했다. "내일이나, 다음 주, 다음 달을 말하는 게 아니야. 지금 부족하다고."

그녀가 간절하게 누군가의 품에 안기고 싶어 하는 것 같아, 나는 아무튼 그 몸을 꼭 껴안았다. 그것은 어쩐지 참 기묘한 포옹이었다. 내게 그녀는 유능하고 호감 가는 동료였다. 우리는 한 공간에서 일하고, 농담도 하고, 때로 술을 마시러 가기도 했다. 그런데 이렇게 일을 떠나 그녀 방에서 그 몸을 안고 있자니, 우리는 그저 따뜻한 살덩이에 지나지 않았다. 결국, 우리는 직장이라는 무대 위에서, 각자에게 주어진 배역을 연기했을 뿐이었다고 나는 생각했다. 그 무대에서 내려오고 나면, 거기에서 서로 교환했던 잠정적인 이미지를 제거하고 나면, 우리는 모두 불안정하고 서툰 살덩이에 지나지 않는다. 그것은 골격과, 소화기와 심장과 뇌와 생식기를 갖춘 그저 따스한 살덩이였다. 나는 팔을 그녀 등에 두르고, 그녀는 내 몸에 젖가슴을 딱 대고 있었다. 그렇게 맞대고 보니, 그녀의 젖가슴은 생각했던 것보다 크고 부드러웠다. 나는 바닥에 앉아 벽에 기댄 자세였고, 그녀는 내 몸에 축 늘어지듯 기대 있었다. 우리는 아무 말 않은 채, 오래도록 그 자세로 껴안고 있었다.

"이제 됐어?" 하고 나는 물었다. 그 소리가 자신의 목소리로 들리지 않았다. 다른 누가 나 대신 말하고 있는 것 같았다. 그녀가 고개를 끄덕이는 게 느껴졌다.

그녀는 면 티셔츠에 무릎까지 오는 얇은 치마를 입고 있었다. 그리고 나는, 그녀가 그 안에 아무것도 입고 있지 않다는 걸 알았다. 그렇다는 걸 알자, 거의 자동적으로 발기했다. 그녀도 내가 발기했다는 걸 눈치챈 듯했다. 그녀가 내쉬는 따스한 숨이 내 목덜미를 줄곧 간질였다.

나는 그녀와 자지 않았다. 하지만 결국은 2시 정도까지 그녀를 '충전'하게 되었다. 나를 혼자 내버려 두고 가지 마, 부탁이야, 내가 잠들 때까지 여기서 나를 꼭 안아 줘 하고 그녀는 말했다. 나는 그녀를 침대로 데려가, 거기 눕혔다. 하지만 그녀는 잠들지 않았다. 나는 잠옷으로 갈아입은 그녀를 꼭 껴안고 '충전'을 계속했다. 내 품 안에서 그녀의 볼이 뜨거워지고,

가슴이 두근두근 뛰는 것을 느낄 수 있었다. 자신이 과연 옳은 일을 하고 있는지, 나는 알 수 없었다. 하지만 그렇게 하지 않고서 이 상황을 처리할 수 있는 방도가 도무지 생각나지 않았다. 가장 간단한 방법은 그녀와 자 버리는 것이었지만, 나는 그 가능성을 머리에서 떨어냈다. 나의 본능이 그렇게 해서는 안 된다고 경고하고 있었다.

"오카다 씨, 오늘 일로 날 싫어하면 안 돼요. 어떻게 할 수 없을 정도로 전기가 부족할 뿐이니까."

"걱정 마. 잘 알고 있으니까." 하고 나는 말했다.

집에 전화를 걸어야 한다고 생각했다. 그러나 구미코에게 이 상황을 뭐라고 설명하면 좋을까. 거짓말을 하기는 싫었고, 그렇다고 지금 사정을 시시콜콜 설명해 봐야 그녀가 이해해 줄 것 같지도 않았다. 될 대로 되겠지 하고 나는 생각했다. 2시에 그녀 집에서 나와, 집에 들어간 시간은 3시였다. 택시를 잡는 데 시간이 걸렸던 것이다.

구미코는 물론 화가 나 있었다. 그녀는 자지 않고 부엌 식탁에 앉아 나를 기다리고 있었다. 동료와 술을 마신 다음에 마작을 하느라 늦었다고 나는 설명했다. 왜 전화 한 통 못 건 거야, 하고 그녀는 말했다. 전화는 생각도 못 했어 하고 나는 말했다. 하지만 당연히 그녀는 수긍하지 않았고, 거짓말을 했다는 게 금방 들통 나고 말았다. 지난 몇 년 동안 마작은 한 번도 하지 않았고, 게다가 나는 거짓말을 잘하게 생겨먹지 않았다. 그래서 사실대로 말했다. 처음부터 끝까지 — 물론 발기했다는 부분은 빼고 — 있는 그대로 얘기했다. 하지만 그녀와는 아무 일 없었어 하고 나는 말했다.

구미코는 그날부터 사흘 동안 내게 말을 하지 않았다. 한마디도 하지 않았다. 잠도 다른 방에서 자고, 밥도 혼자 먹었다. 그것은 우리 결혼 생활에서 직면한 최대의 위기라고 해도 좋을 사건이었다. 그녀는 내게 정말 화가 나 있었다. 그리고 그렇게 화가 나는 기분을 나도 충분히 이해할 수 있었다.

"만약 당신이 반대 입장에 놓였다면, 당신은 어떻게 생각할 것 같아?" 사흘 동안의 침묵 후에 구미코는 내게 그렇게 물었다. 그것이 그녀 입에서 나온 첫 말이었다. "만약 내가 전화 한 통 걸지 않고 일요일 새벽 3시에 집에 들어와서, 지금까지 어떤 남자와 같이 침대에 있었지만, 아무 일 없었으니까 걱정 마, 나를 믿어 줘. 그냥 그 사람에게 충전을 해 줬을 뿐이야. 자, 이제 아침밥 먹고 푹 자자고 하면, 당신은 화도 내지 않고 내 말을 그대로 믿을 거야?"

나는 대꾸하지 않았다.

"당신 경우는 그보다 훨씬 나빠." 하고 구미코는 말했다. "당신은 처음에는 거짓말을 했어. 처음에는 누구랑 술을 마신 다음에 마작을 했다고 했잖아. 그런데 그게 사실은 거짓말이었어. 당신이 그 여자랑 자지 않았다는 말을 왜 내가 믿어야 하는데? 그게 거짓말이 아닐지, 내가 어떻게 믿어?"

"거짓말을 한 건 내가 잘못했어." 하고 나는 말했다. "사실대로 말하기가 귀찮아서 그런 거야. 간단히 설명할 수 있는 일도 아니고. 하지만 이거 하나는 믿어 줘. 이상한 짓은 정말 하지 않았어."

구미코는 한참이나 식탁 위로 고개를 숙이고 있었다. 왠지 사방의 공기가 조금씩 엷어지는 것처럼 느껴졌다.

"뭐라 말을 잘 못하겠는데, 믿어 달라는 말밖에는 설명할 길이 없군." 하고 나는 말했다.

"당신이 믿어 달라고 하면, 믿어도 좋아." 하고 그녀는 말했다. "하지만 이것만은 기억해 둬. 나도 언젠가 똑같은 일을 당신에게 할 거야. 그때 당신은 내가 하는 말을 믿어. 내게는 그럴 권리가 있어."

그녀는 아직 그 권리를 행사하지 않았다. 간혹 나는 그렇게 되었을 때를 생각해 본다. 아마 나는 그녀 말을 믿으리라. 하지만 아마 나 역시 심경이 복잡하고, 그리고 답답한 기분이 들 것이다. 왜 굳이 그렇게 하지 않으면 안 되었을까 하고. 그리고 그것은 구미코가 바로 그때 내게 느낀 기분이었다.

"태엽 감는 새 아저씨." 하고 누군가가 마당 쪽에서 외쳤다. 가사하라 메이의 목소리였다.

나는 수건으로 머리를 닦으면서 툇마루에 나가 보았다. 그녀는 툇마루에 걸터앉아 엄지손톱을 깨물고 있었다. 그녀는 처음 만났을 때와 똑같은 선글라스를 끼고, 크림색 면바지 위에 검은색 폴로셔츠를 입고 있었다. 그리고 손에 파일을 들고 있었다.

"저기 넘어 왔어요." 하고 가사하라 메이는 말하고, 벽돌담을 가리켰다. 그리고 바지에 묻은 먼지를 털었다. "대충 여기다 싶어 뛰어 넘었는데, 아저씨 집이어서 다행이네. 담을 뛰어

넘었는데 엉뚱한 집에 들어간 거면 큰일이잖아요."

그녀는 주머니에서 호프 담배를 꺼내 불을 붙였다.

"그런데, 태엽 감는 새 아저씨, 잘 지냈어요?"

"뭐, 그런대로." 하고 나는 대답했다.

"저 있죠, 지금 아르바이트하러 가는 길인데, 괜찮으면 아저씨도 같이 가지 않을래요? 둘이서 한 팀으로 하는 일이라, 아는 사람이랑 같이 하는 게 나는 편하거든요. 처음 만나는 사람은 이것저것 자꾸 묻잖아요. 몇 살이냐, 학교에는 왜 안 가느냐, 그런 거 계속 물으면 귀찮죠. 상대가 혹시나 변태일 수도 있고. 그런 일이 없지는 않잖아요. 아저씨가 같이 가 주면 나는 정말 좋겠는데."

"전에 네가 말했던 가발 회사의 설문조사 일?"

"네." 하고 그녀는 말했다. "긴자에서 1시부터 4시까지 머리가 벗어진 사람 수를 세면 돼. 간단해요. 그리고 아저씨에게도 도움이 될 거예요. 아저씨도 지금 그 머리를 봐서는 언젠가는 어차피 벗어질 거니까, 지금 여러 가지로 보고 연구해 두는 편이 좋지 않겠어요."

"그런데 학교에는 가지 않고 대낮에 긴자에서 그런 아르바이트나 하고 있다가 경찰에 걸리는 거 아니니?"

"사회 과목 과외활동 때문에 조사를 하고 있다거나 뭐 그렇게 말하면 돼요. 늘 그렇게 둘러대고 있으니까 괜찮아요."

나는 이렇다 하게 할 일도 없어서 그녀와 함께 가기로 했다. 가사하라 메이는 그 회사에 전화를 걸어, 지금 그쪽으로 간다고 말했다. 그녀는 전화에서는 반듯한 말투로 얘기했다. 네,

그 사람과 팀으로 일하고 싶어요. 네, 그렇습니다. 괜찮아요. 감사합니다. 네, 이해했어요, 알겠습니다, 12시 조금 넘어서 도착하겠습니다, 하고 그녀는 말했다. 아내가 집에 빨리 돌아올 경우를 위해서, 6시까지 돌아온다는 메모를 남기고 나는 가사하라 메이와 함께 집을 나섰다.

가발 회사는 신바시에 있었다. 지하철을 타고 가는 동안 가사하라 메이가 조사할 내용을 간단히 설명해 주었다. 그녀의 설명에 따르면, 우리는 길모퉁이에 서서, 길거리를 지나다니는 머리가 벗어진(또는 머리숱이 적은) 사람들의 수를 센다. 그리고 그들을, 그 벗어진 정도에 따라 세 단계로 분류한다. (매) 머리숱이 다소 적어졌다고 여겨지는 사람, (죽) 머리숱이 상당히 적어진 사람, (송) 완전히 벗어진 사람, 이 세 단계다. 그녀는 파일을 열어 조사용 팸플릿을 꺼내고, 거기에 있는 다양한 실례를 보여 주었다. 머리숱이 적어지는 진행 정도에 따라 각각 송죽매 세 단계로 나뉘어 있었다.

"이제 대충 어떻게 하는지 요령은 알겠죠. 어느 정도 벗어진 사람이 어느 단계에 속하는지. 뭐 자세한 것까지 설명하려면 끝이 없지만, 대략 어느 정도가 어느 단계에 속하는지. 대충이면 돼요."

"대충은 알겠는데." 하고 나는 별 자신 없는 목소리로 말했다.

그녀 옆자리에 앉아 있는, 마침 확실하게 '죽' 단계에 도달한 투실투실한 회사원 분위기의 남자가 사뭇 불편하다는 듯이 팸플릿을 힐끔거렸지만, 가사하라 메이는 그런 것에는 전혀 신경을 쓰지 않는 눈치였다.

"내가 송, 죽, 매 분류를 맡을 테니까, 아저씨는 옆에서 내가 송, 죽, 매 하고 말할 때마다 조사 용지에 기록하면 돼요. 어때요, 간단하죠?"

"그렇네." 하고 나는 말했다. "그런데 이런 조사를 해서 대체 무슨 메리트가 있는 거지?"

"내가 어떻게 알겠어요." 하고 그녀는 말했다. "그 사람들 여기저기서 이런 조사를 해요. 신주쿠, 시부야, 아오야마 같은 데서. 어느 거리에 머리가 벗어진 사람이 가장 많은지 조사하는 거 아닐까요. 아니면 송죽매의 인구 비율을 조사하는지도 모르고. 아무튼 그 사람들, 돈이 남아돌아요. 그래서 이런 일에 돈을 쓸 수 있는 거죠. 가발 업계는 아무튼 돈을 많이 벌어요. 보너스도 웬만한 기업보다 훨씬 많이 주고. 왜 그런지 알아요?"

"글쎄."

"가발의 수명이, 실은 꽤 짧아요. 아저씨는 모를지 모르지만, 대개는 이삼 년밖에 못 써요. 요즘은 가발을 엄청 정교하게 만드니까 그만큼 소모가 심하거든요. 이 년이나 길어야 삼년 지나면 대개는 다시 사야 돼요. 피부에 딱 밀착되기 때문에 가발 밑에 있는 자기 머리가 더 빠지면 그래서 또 딱 맞는 가발로 바꿔야 되고. 그래서요, 뭐 아무튼, 만약 아저씨가 가발을 사용하는데, 이 년 지나서 쓸 수 없게 되면, 아저씨는 이렇게 생각할 수 있겠어요? 음, 가발이 많이 헐었군. 이제 못쓰겠어. 그런데 새로 사자니 또 돈이 들 테고, 내일부터 가발을 안 쓰고 회사에 가야겠군. 그렇게요?"

나는 고개를 저었다. "아마 그렇게 생각하지 못하겠지."

"그거 봐요. 그러니까 한번 가발을 쓰기 시작한 사람은 계속해서 써야 되는 숙명이에요. 그래서 가발 회사가 돈을 버는 거죠. 이렇게 말하면 좀 그렇지만, 마약 딜러와 똑같아요. 한번 잡은 손님은 영원히 손님인 거죠. 아마 죽을 때까지 손님일 걸요. 벗어진 머리에 느닷없이 검은 머리가 돋았다는 얘기는 들어 본 적 없잖아요. 가발은, 대략 50만 엔 정도, 제일 섬세하게 만든 건 100만 엔 정도 해요. 그런 걸 이 년에 한 번씩 바꾼다고요, 엄청나죠. 자동차도 보통 사 년이나 오 년은 모는데. 게다가 새 차를 사면서 중고로 팔 수도 있고. 하지만 가발은 그보다 훨씬 사이클이 짧아요. 그리고 중고로 팔 수도 없고."

"흠, 그렇군." 하고 나는 말했다.

"그리고요, 가발 회사는 미용실도 운영해요. 다들 그 미용실에 가서 가발도 세발하고, 자기 머리도 깎고. 그렇잖아요, 이발소에 가서 거울 앞에 앉아 으쌰 하고 가발을 벗은 다음에 머리를 깎아 달라고 하기 껄끄럽잖아요. 미용실 수입만 해도 상당해요."

"너 참 알기도 많이 아는구나." 하고 나는 감탄해서 말했다. 그녀 옆에 앉은 '죽' 단계 회사원이 우리 얘기에 열심히 귀를 기울이고 있었다.

"나, 그 회사 사람이랑 친해져서 얘기를 많이 들어요." 하고 가사하라 메이는 말했다. "그 사람들 돈을 너무 벌어서 탈이에요. 동남아시아 같은 임금이 싼 곳에서 가발을 제작해요. 모발도 그쪽에서 사들이고. 태국이나 필리핀 같은 나라요. 그런 나

198

라 여자들은 머리를 잘라서 가발 회사에 팔아요. 그 돈이 나라에 따라서는 신부의 혼수 자금이 된대요. 세상은 정말 요지경이에요. 저기 있는 아저씨 머리가 실은 인도네시아의 어느 여자 머리일 수도 있잖아요."

그 말을 들은 나와 '죽' 단계 회사원은 반사적으로 차 안을 돌아보고 말았다.

우리는 신바시에 있는 가발 회사에 가서, 종이봉투에 든 조사 용지와 연필을 받았다. 회사는 업계에서 두 번째로 매출이 많은 곳이었는데, 고객이 마음 편히 들어올 수 있도록 입구가 아주 고요했고, 겉에는 간판 하나 걸려 있지 않았다. 종이봉투에도 용지에도, 회사 이름은 한 글자도 적혀 있지 않았다. 나는 아르바이트생 등록 용지에 이름과 주소와 나이와 학력을 기입해서 조사과에 제출했다. 정말 조용한 회사였다. 전화에 대고 고함치는 사람도 없거니와, 와이셔츠 소매를 걷어붙이고 컴퓨터 키보드를 정신없이 두드리는 사람도 없었다. 모두 청결한 차림으로, 각자 소리 없이 업무에 임하고 있었다. 가발 회사에서는 당연한 일이겠지만, 머리가 벗어진 사람은 없었다. 그들 중 몇몇은 어쩌면 자사의 가발을 쓰고 있을지도 모른다. 하지만 누구는 가발을 쓰고 누구는 쓰지 않았는지, 구분할 수 없다. 그것은 지금까지 내가 본 중에서 가장 기묘한 분위기의 회사였다.

우리는 그곳에서 다시 지하철을 타고 긴자 거리로 나갔다. 아직은 조금 시간 여유가 있고 배도 고파서, 우리는 데어리 퀸

(Dairy Queen)에 들어가 햄버거를 먹었다

"저, 태엽 감는 새 아저씨." 하고 가사하라 메이가 말했다. "만약 머리가 벗어지면, 아저씨는 가발 쓸 거예요?"

"글쎄." 하고 나는 말했다. "귀찮은 건 싫으니까, 벗어지면 벗어진 대로 놔두지 않을까."

"맞아, 그러는 게 좋아요." 하고서 그녀는 입가에 묻은 케첩을 종이냅킨으로 닦았다. "머리가 벗어지는 건, 본인이 생각하는 만큼 나쁘지 않아요. 그렇게 신경 쓸 일은 아닌 것 같은데."

"흐음." 하고 나는 말했다.

그리고 우리는 와코 백화점 앞의 지하철 입구에 걸터앉아, 세 시간에 걸쳐 머리숱이 적은 사람들의 수를 세었다. 지하철 입구에 걸터앉아, 계단을 오르내리는 사람들의 머리를 내려다보면, 두발의 상태를 가장 정확하게 파악할 수 있다. 가사하라 메이가 송, 죽, 하고 말하면 나는 용지에 받아 적었다. 가사하라 메이는 그 작업에 아주 익숙한 듯 보였다. 그녀는 한 번도 우물쭈물하거나, 우왕좌왕하거나, 오락가락하지 않았다. 그녀는 실로 신속하고 적확하게, 머리가 벗어진 정도를 세 단계로 구분해서 말했다. 그녀는 보행자들이 눈치채지 못하도록, 조그만 소리로 짧게 "송" "죽" 하고 말했다. 머리숱이 적은 사람들이 한꺼번에 여럿 지나갈 때도 있었다. 그런 때면 그녀는 "매매죽송죽매" 하는 식으로 재빨리 말해야 했다. 한 번은 점잖은 노신사(그 자신은 완벽한 백발이었다.)가 우리가 하는 작업을 한참이나 바라보다가, 내게 "실례지만, 거기서 뭐 하는 겁니까." 하고 질문했다.

"조사 중입니다." 하고 나는 짧게 대답했다.

"무슨 조사요?"

"사회과 조사요." 하고 나는 대답했다.

"매송매." 하고 가사하라 메이가 작은 소리로 내게 말했다.

그는 그 후에도 뭔지 잘 모르겠다는 표정으로 한동안 우리의 작업을 바라보다가, 결국은 포기하고 어딘가로 가 버렸다.

길 건너 미쓰코시 백화점의 시계가 4시를 가리키자, 우리는 조사를 끝냈다. 그리고 또 데어리 퀸에 가서 커피를 마셨다. 딱히 힘을 쓰는 일도 아니었는데, 어깨와 목 근육이 이상하게 뻐근했다. 어쩌면 남몰래 머리가 벗어진 사람의 수를 세는 행위에 내가 죄책감 비슷한 것을 느껴서 그런지도 몰랐다. 지하철을 타고 신바시에 있는 회사로 가는 동안, 나는 머리가 벗어진 사람을 보면 반사적으로 송이나 죽, 매로 구분했고, 그것은 그다지 기분 좋은 일은 아니었다. 그런데 아무리 그만하려고 해도, 관성 같은 것이 붙어 버려 그만둘 수가 없었다. 우리는 그 조사 용지를 조사과에 건네고, 보수를 받았다. 노동 시간과 노동의 내용에 비해서 나쁘지 않은 금액이었다. 나는 영수증에 사인을 하고, 그 돈을 주머니에 집어넣었다. 나와 가사하라 메이는 다시 지하철을 타고 신주쿠로 갔다가, 거기에서 오다큐선을 타고 집으로 돌아왔다. 조금씩 퇴근 러시가 시작되고 있었다. 혼잡한 전철을 정말 오랜만에 탔지만, 그다지 반가운 느낌은 없었다.

"나쁘지 않은 일이죠?" 하고 가사하라 메이가 전철 안에서 말했다. "힘도 들지 않고, 시급도 그런대로 괜찮고."

"그래." 하고 나는 레몬 사탕을 핥으면서 말했다.

"다음에 또 같이 갈래요? 일주일에 한 번 정도 할 수 있는데."

"좋아."

잠시 말이 없던 가사하라 메이가 "있죠, 태엽 감는 새 아저씨." 하고 불현듯 생각났다는 듯이 말했다. "이건 내 생각인데, 사람이 머리가 벗어지는 걸 두려워하는 심리는 그게 인생의 종말 같은 걸 환기시키기 때문이 아닐까 해요. 다시 말해서, 머리가 벗어지기 시작하면 자신의 인생이 닳아 가고 있다고 느끼지 않을까 싶어요. 자신이 죽음을 향해서, 마지막 소모를 향해서, 한 걸음 크게 다가선 것처럼 느끼지 않을까요."

나는 그 말에 대해서 생각해 보았다. "음, 그렇게 생각할 수도 있겠군."

"태엽 감는 새 아저씨, 가끔 이런 생각도 하는데, 천천히 시간을 두고 조금씩 죽어 가는 거, 그거 어떤 기분일까요?"

나는 질문의 요지를 이해할 수 없어, 손잡이를 잡은 채 자세를 바꾸고 가사하라 메이의 얼굴을 들여다보았다. "천천히 조금씩 죽어 간다는 건, 구체적으로 어떤 경우를 말하는 거지?"

"예를 들자면…… 아주 어두운 곳에 혼자 갇혀 있는데, 먹을 것도 없고, 마실 것도 없고, 그렇게 조금씩 점점 죽어 가는 경우요."

"그런 경우라면 정말 괴롭고, 고통스럽겠지." 하고 나는 말했다. "가능하다면 그렇게는 죽고 싶지 않군."

"그래도, 태엽 감는 새 아저씨, 인생이란 원래 그런 거 아닌가요? 모두 어딘지 모를 캄캄한 곳에 갇혀서, 먹을 것도 마실 것도 없이, 천천히 조금씩 죽어 가는 거 아닌가요. 조금씩, 조금씩."

나는 웃었다. "나이치고는 너, 때로 아주 페시미스틱한 생각을 하는구나."

"그 페시 어쩌고 하는 게 무슨 말이에요?"

"페시미스틱. 이 세상의 어두운 부분만을 골라서 본다는 말이야."

페시미스틱 하고 그녀는 몇 번인가 그 말을 입안에서 중얼거렸다.

"태엽 감는 새 아저씨." 하고 그녀가 내 얼굴을 빤히 쏘아보듯 올려다보면서 말했다. "나는 아직 열여섯 살이고, 이 세상에 대해서도 아는 게 별로 없지만, 그래도 이거 하나는 확신을 갖고 단언할 수 있어요. 만약 내가 페시미스틱이라면, 페시미스틱이 아닌 이 세상 어른은 다 바보예요."

10
매직 터치,
대야 속의 죽음,
유품 배달원

　지금 살고 있는 단독주택으로 이사 온 것은, 결혼한 지 이 년째 되는 가을이었다. 그때껏 고엔지에 있는 아파트에 살았는데, 재건축을 하게 되어 그곳을 나와야만 했다. 그래서 집세가 싸면서도 편리한 아파트를 찾아 다녔지만, 우리 예산에 맞는 물건이 쉽게 나오지 않았다. 나의 삼촌이 그 사정을 듣고는, 세타가야에 있는 자기 소유의 집에서 일단 살지 않겠냐고 제안했다. 그가 젊었을 때 사서 십 년 정도 살았던 집이었다. 삼촌으로서는 그 낡은 집을 철거해서 좀 더 기능적인 집을 새로 짓고 싶었지만, 건축 규제 탓에 생각대로 집을 다시 지을 수가 없었다. 머지않아 규제가 완화된다는 얘기도 있어서 삼촌은 그때를 기다리고 있는데, 그동안 아무도 살지 않는 빈집으로 마냥 놔두면 세금도 나오고, 그렇다고 알지도 못하는 사람에게 빌려줬다가 때가 되어 일방적으로 나가라고 하면 문제가 생길 소지가 있었다. 그러니 세금 절감을 위해 명목상의 집세로, 그때껏 지불했던 아파트 월세(상당히 싸게 살았다.)만큼만 내면 된다, 그 대신 나가라고 하면 석 달 내로 나가 달라고 삼촌은 말했다. 삼촌의 제안에 우리는 이견이 없었다. 세금이 어떻게 돌아가는지는 잘 모르지만, 한동안이라도 단독주택에 싸게 살 수 있다면, 그건 정말 고마운 얘기였다. 오다큐선 역까지는 거리가 꽤 되었지만, 조용한 주택가에 있는 집이라 주변 환경이 좋았고, 조그맣지만 마당도 있었다. 남의 집이기는 해도 실제로 이사를 하고 보니, 우리는 '가정을 꾸리게 되었다.'라는 것을 실감할 수 있었다.

삼촌은 내 어머니의 남동생으로, 잔소리를 일절 하지 않는 사람이었다. 쿨하고 깔끔한 성격이라고 해도 좋을지 모르나, 불필요한 말을 전혀 하지 않아서 오히려 그 속을 알 수 없는 면이 다소 있었다. 하지만 나는 친척 중에서는 그 삼촌에게 가장 호감을 느끼고 있었다. 그는 도쿄에서 대학을 졸업하자, 방송국에 취직해서 라디오 아나운서가 되었다. 십 년 정도 일을 계속하더니 '염증이 났다.' 하면서 방송국을 그만두고, 긴자에다 바를 열었다. 소박하고 아담한 바였는데, 본격적인 칵테일을 팔다 보니 꽤 유명해져서, 몇 년 사이에 다른 음식점도 몇 군데 경영하게 되었다. 그는 그런 장사에 필요한 재능이 있는지, 가게들이 모두 번창했다. 학생 시절에 나는 한번 삼촌에게, 하는 가게마다 왜 그렇게 잘되는지 물어본 적이 있었다. 예를 들어서 긴자의 같은 장소에 비슷한 외양의 가게를 차려도, 어느 가게는 번창하지만 어느 가게는 망한다. 나는 그 이유를 알 수 없었다. 삼촌은 두 손바닥을 벌려 내게 보여 주었다. "매직 터치야." 하고 삼촌은 진지한 표정으로 말했다. 그 이상의 말은 없었다.

아닌 게 아니라 삼촌에게는 매직 터치 같은 능력이 있었는지도 모른다. 그러나 그뿐 아니라, 그에게는 우수한 인재를 끌어 모으는 재능이 있었다. 삼촌은 고액의 월급을 지불하며 그런 사람들을 우대했고, 그들 또한 삼촌을 따르고 성실하게 일했다. "이 사람이다 싶은 사람에게는 과감하게 돈을 투자하고 기회를 주는 거야." 하고 삼촌이 내게 말한 적이 있다. "돈으로 살 수 있는 건, 득이냐 실이냐를 따지지 말고 돈으로 사 버리는 게 최선이지. 여분의 에너지는 돈으로 살 수 없는 걸 위해 비축해 두는 게 좋아."

그는 경제적인 성공을 이룬 후 사십 대 중반에야 겨우 가정을 꾸렸으니, 만혼이었다. 상대는 서너 살 아래의 이혼 경력이 있는 여자로, 그녀 역시 상당한 재산을 갖고 있었다. 그녀를 어디서 어떻게 만났는지 삼촌도 얘기하지 않고, 나도 짐작이 가지 않는데, 그냥 봐도 곱게 자랐을 법한 조신한 여자였다. 두 사람 사이에는 자식이 없었다. 그녀는 첫 결혼에서도 아이를 얻지 못한 듯했다. 어쩌면 그 때문에 결혼 생활이 순조롭지 않았는지도 모른다. 아무튼 삼촌은 사십 대 중반에, 자산가라고까지는 할 수 없어도 그 이상 돈을 벌기 위해 아등바등 일하지 않아도 되는 상황이었다. 가게 수익 외에도 집세와 임대 아파트에서 들어오는 수입이 있었고, 투자로 배당금도 착실하게 챙기고 있었다. 삼촌은 술집을 하는 탓에, 견실한 직업에 종사하면서 소박하게 사는 우리 일가 사람들에게 냉대를 받았지만, 본인도 원래부터 친척들 간의 교류를 썩 좋아하지는 않았다. 그런 삼촌이 하나밖에 없는 조카인 내게는 옛날부터 여러 가지로 마음을 써 주었다. 내가 대학에 들어가던 해에 어머니가 돌아가시고, 아버지도 재혼해 사이가 삐걱거리기 시작하자 특히 그랬다. 도쿄에서 대학생으로 혼자 가난하게 살던 시절에는 긴자에 있는 자신의 가게 여러 군데에서 밥을 거저먹게 해 주기도 했다.

주택은 관리하기가 성가시다면서 삼촌 부부는 아자부의 언덕 위에 있는 맨션에 살았다. 호사스러운 생활을 즐기는 사람은 아닌데, 흔치 않은 차를 사는 것이 유일한 도락이라 구형 재규어와 알파 로메오를 소유하고 있었다. 양쪽 다 빈티지에 가까웠지만 꼼꼼하게 손질을 잘해서 막 태어난 갓난아기처럼 반짝거렸다.

삼촌에게 용건이 있어 전화를 건 김에, 조금 궁금해져 가사하라 메이의 집안에 대해 물어보았다.

"가사하라." 하면서 삼촌은 잠시 생각했다. "가사하라라는 성은 기억에 없는데. 거기 살 때는 나 혼자였고, 이웃들과 교류도 거의 없었던 터라."

"그 가사하라 씨 집에서 골목을 끼고 뒤편에 빈집이 하나 있는데요." 하고 나는 말했다. "전에 미야와키라는 사람이 살았던 것 같은데, 지금은 비어 있고 덧문에도 널판을 박아 놨더라고요."

"미야와키는 잘 알지." 하고 삼촌은 말했다. "옛날에 레스토 랑을 몇 군데 경영했던 남자야. 긴자에도 한 군데 있었지. 일 과 관련해서 몇 번 만나 얘기한 적도 있어. 솔직히 말해서 가 게는 별거 없었는데 목이 좋아서 경영은 꽤 순조로웠지, 아마. 미야와키란 남자, 인상은 상당히 좋은데 샌님이었어. 고생을 모르고 자란 건지 아니면 반성을 모르는 건지, 아무튼 나잇 값을 못하는 타입이었어. 누가 권해서 주식에 손을 댔는데, 그 게 시장이 안 좋을 때 돈을 쏟아부어서 말이야, 손해를 옴팡 뒤집어쓰고 집이며 가게며 몽땅 날렸어. 마침 새 가게를 차리 려고 집과 땅을 담보로 대출을 받은 시기였던 터라 문제가 더 심각했지. 비 새는 집에 폭우가 쏟아진 격이었으니까. 아마 그 때 한참 크는 딸이 둘 있었지 싶은데."

"그 후로 그 집에 아무도 살지 않나 봅니다."

"뭐." 하고 삼촌은 말했다. "아무도 안 산다고. 그럼 보나마 나 소유권 문제가 엉켜서 자산이 동결되었던지 그런 거겠지. 그런데 그 집은 좀 싸다 싶어도 안 사는 게 좋을 거야."

"싸다고 제가 살 수나 있나요." 하고 나는 웃으면서 말했다. "그런데 그건 왜죠?"

"나도 그 집을 살 때 좀 조사해 봤는데, 그 터에서 여러 가 지로 안 좋은 일이 있었어."

"유령이 나왔다던가, 그런 건가요?"

"유령까지는 모르겠지만, 그 터에 대해서 좋은 얘기를 듣 지 못했어." 하고 삼촌은 말했다. "전쟁이 끝날 때까지 모모라 고 하는 유명한 군인이 거기 살았대. 전쟁 중에는 중국 북부에 있었던 육군 대령인데, 아주 잘나가는 엘리트 군인이었지. 그가 통솔하는 부대가 그쪽에서 공훈을 많이 세웠는데, 동시에 몹쓸 짓도 많이 했던 모양이야. 전쟁 포로를 500명 가까이 한꺼번에 처형하기도 하고, 농민을 몇만 명이나 끌어모아 강제 노역을 시키다 절반 이상을 죽어 나가게 하고 말이야. 뭐, 다들은 얘기니까 진위 여부는 알 수 없지만. 아무튼 전쟁이 끝나기 조금 전에 본국으로 돌아와 도쿄에서 종전을 맞는데, 주변 상황을 봐서는 전범 용의로 극동 군사 재판에 회부될 공산이 컸어. 중국에서 날뛰었던 장군과 소령급 이상들이 헌병에게 잇달아 잡혀 갔지. 그러나 그는 재판정에 설 마음이 없었어. 남들 앞에 서서 창피를 당하는 것도 모자라 교수형에 처해지고 싶지 않았던 거지. 그런 꼴을 당하느니, 스스로 목숨을 끊겠다고 생각했어. 그래서 집 앞에 멈춰 선 미군의 지프에서 병사가 내리는 것을 보고는, 그 대령은 주저 없이 피스톨을 자기 머리에 대고 방아쇠를 당겼지. 사실은 할복을 하고 싶었겠지만, 그럴 시간적 여유는 없었어. 게다가 피스톨로는 깔끔하게 죽을 수 있고 말이야. 부인도 남편의 뒤를 따라 부엌에서 목을 맸어.”

“호오.”

“그런데 그 미군은 여자 친구 집을 찾으러 왔다가 길을 잃은 그냥 미국 병사였어. 지나는 사람이 있으면 길을 물어보려고 지프를 세웠을 뿐이었던 거지. 너도 알다시피, 그 근처 길은 처음 오는 사람들에게는 좀 복잡하잖아. 인간이 죽을 때를 분별한다는 게 쉬운 일이 아니야.”

"그렇군요."

"그 후에는 그 집이 한동안 비어 있었는데, 그러다 어느 여자 배우가 그 집을 샀어. 벌써 오래전 배우이고, 그렇게 유명하지도 않아서, 너는 이름을 모를 거야. 그 배우가 거기에 한 십 년 정도 살았나. 독신이었는데, 가정부와 둘이 살았지. 그런데 그 배우가 그 집으로 이사 온 지 몇 년쯤 지나서 눈병을 앓게 된 거야. 눈이 가물거려서 아주 가까운 것도 겨우 희미하게만 보였지. 그런데 배우이다 보니 안경을 끼고 일할 수는 없잖아. 그 시절에는 콘택트렌즈도 지금만큼 질 좋은 게 없었고, 일반적이지도 않았어. 그래서 그녀는 늘 촬영 현장의 지리를 사전에 조사했지. 여기서 몇 걸음 걸으면 뭐가 있고, 저기서 이쪽으로 몇 걸음 걸으면 뭐가 있다는 식으로 익힌 다음에 연기를 했어. 그 옛날 쇼치쿠의 홈 드라마였으니까 그렇게 해도 그럭저럭 연기를 할 수 있었지. 옛날에는 모든 게 여유로웠으니까 말이야. 그런데 어느 날, 그녀가 늘 하던 대로 현장을 사전 조사하고, 이제 문제없다고 안심하고 분장실로 돌아간 다음에, 사정을 잘 모르는 젊은 카메라맨이 세트를 이것저것 조금씩 이동시키고 말았지."

"흐음."

"그래서 그녀는 발을 헛디디는 바람에 결국 어디에서 굴러떨어져 더는 걸을 수 없게 되었어. 그런 데다 그 사고 때문이었는지 시력도 점점 나빠지고 말았지. 거의 장님에 가까울 정도로 말이야. 그 당시 아직 젊고 아름다운 사람이었는데, 딱한 일이지. 물론 영화 일도 할 수 없게 되었고. 그저 집 안에서 가만히 있을 뿐이었어. 그렇게 살아가고 있었는데, 철석같이 믿었던 가정부가 돈을 들고 남자와 도망친 거야. 은행 예금에서 주식까지 아주 싹. 참 심했지. 그래서 그녀가 어떻게 했을 것 같아?"

"얘기의 흐름으로 봐서, 어차피 결말이 밝지는 않겠죠?"

"뭐 그렇지." 하고 삼촌은 말했다. "욕실 대야에 물을 받아, 거기에 얼굴을 대고 자살했어. 너도 알겠지만, 의지가 여간 강하지 않고는 그런 식으로 죽지 못해."

"밝지 않군요."

"전혀 밝지 않지." 하고 삼촌은 말했다. "그리고 얼마 지나서, 미야와키가 그 땅을 사들였어. 환경도 좋지, 지대가 높아서 햇볕도 잘 들지, 터도 넓지, 다들 그 땅을 탐냈어. 그도 그전에 살았던 사람들의 참담한 얘기는 다 들었으니까, 아무튼 토대부터 다 허물고 집을 다시 지었어. 고사도 지냈고. 그런데 그렇게 했어도 소용이 없었던 모양이야. 거기 산 사람들, 좋은 일은 하나도 없었어. 세상에는 그런 땅이 있어. 거저 준다고 해도 나는 사양할 거야."

동네 슈퍼마켓에서 장을 본 다음, 나는 저녁 반찬거리를 다듬었다. 빨래를 걷어 들이고 개서 서랍에 넣었다. 부엌에 가서 커피를 끓여 마셨다. 전화벨이 한 번도 울리지 않은 평온한 하루였다. 나는 소파에 드러누워 책을 읽었다. 독서를 방해하는 사람은 아무도 없었다. 간간이 마당에서 태엽 감는 새가 울었다. 그 외에 소리다운 소리는 없었다.

4시쯤에 누군가가 현관벨을 눌렀다. 집배원이었다. 그는 등기라고 하면서 내게 두툼한 봉투를 내밀었다. 나는 인수증에 도장을 찍고 봉투를 받아 들었다.

고급한 화지 봉투에는 내 이름과 주소가 붓으로 거뭇거뭇하게 쓰여 있었다. 뒷면을 보니, 보내는 사람 이름이 '마미야 도쿠타로'였다. 주소는 히로시마현 — 군이었다. 마미야 도쿠타로라는 이름도, 히로시마현에 있는 모처의 주소도 전혀 기억에 없었다. 붓으로 쓴 필체로 봐서, 마미야 도쿠타로는 나이가 꽤 있는 사람인 듯했다.

나는 소파에 앉아, 가위로 봉투를 잘랐다. 고풍스러운 두루마리 화지에 역시 붓으로 술술 써 내려간 편지였다. 교양 있는 사람인지 글자가 상당히 유려했지만, 내게 그런 유의 교양이 없는 탓에 읽기가 몹시 힘들었다. 문체도 상당히 고풍스럽고 정중했다. 그러나 시간을 두고 꼼꼼하게 읽어 나가자, 거기 쓰인 내용을 대충은 이해할 수 있었다. 그 편지에 따르면, 우리가 오래전에 찾아뵙곤 했던 점쟁이 혼다 씨가 이 주일 전에 메구로의 자택에서 운명했다고 한다. 심장 발작이었다. 의사 말이, 별 고통 없이 짧은 시간에 숨을 거뒀을 것이라고 한다. 혼자 사는 몸이었으니, 그나마 불행 중 다행이었다고 해야 하겠지요, 하고 편지에는 쓰여 있었다. 아침에 가사 도우미가 청소를 하러 왔다가, 고타쓰에 엎드려 죽은 그를 발견했다. 마미야 도쿠타로 씨는 전쟁 중에 육군 중위로 만주에 주둔했고, 작전 중에 묘한 우연으로 혼다 하사와 생사를 함께한 적이 있다. 그리고 이번에 혼다 오이시 씨의 죽음에 임해, 고인의 강

212

경한 유지를 따라 유족을 대신해서 고인의 유품을 배분하는 역할을 맡게 되었다. 고인은 유품의 배분에 대해서 아주 상세한 지시를 남겼다. '그것은 마치 본인이 다가올 자신의 죽음을 예견하고 있었던 것처럼, 상세하며 면밀한 유서였습니다. 그리고 오카다 도오루 씨에 대해서도, 어떤 기념품을 받아 주었으면 매우 고맙겠다는 뜻을 유서에 밝혔습니다.' 하고 편지에 쓰여 있었다. '다망하실 줄은 아오나, 고인의 유지를 헤아려 주시고, 고인을 추억할 수 있는 조촐한 기념품으로 이를 간직해 주신다면 역시 앞날이 오래지 않은 한 전우로서 더없는 기쁨이겠습니다.' 편지의 마지막에는 도쿄에서 묵고 있는 장소가 적혀 있었다. '분쿄구 혼고 2로 — 마미야 모모'라고 쓰여 있었다. 친척 집에 머물고 있는 모양이었다.

나는 부엌 식탁에서 답장을 썼다. 일단은 엽서에 용건만 간단하게 적어서 보내려 했는데, 막상 펜을 들고 보니 적절한 말이 떠오르지 않았다. 고인과는 인연이 있어 생전에 신세를 많이 졌습니다. 혼다 씨가 세상을 떠나셨다고 하니, 몇 가지 추억이 뇌리를 오가는군요. 나이 차도 많은 어르신이었던 데다, 불과 일 년 남짓 드나들었을 뿐이었지만, 고인에게는 뭐랄까, 사람의 마음을 뒤흔드는 것이 있다고 느꼈습니다. 혼다 씨가 저 같은 사람에게 이름까지 지목해서 유품을 남기실 줄은, 솔직히 말씀드려서 전혀 예상치 못했습니다. 그리고 또 저에게 그런 유품을 받을 자격이 있는지도 의문스럽습니다. 그러나 고인의 뜻이 그러하다면, 물론 기꺼이 받겠습니다. 사정이 허락하실 때 연락 주시면 감사하겠습니다.

나는 그렇게 쓴 엽서를 동네 우편함에 넣었다.

"죽어야 삶도 있으니, 노몬한."―나는 그렇게 중얼거렸다.

그날 밤 구미코는 10시가 가까워서야 돌아왔다. 그녀는 6시 전에 전화를 걸어서, 오늘도 일찍 들어갈 수 없을 것 같으니 먼저 저녁을 먹어라, 자신은 밖에서 적당히 해결하겠다, 하고 말했다. 알았어 하고 나는 말했다. 그리고 저녁을 간단히 만들어 혼자 먹었다. 그 후에는 다시 책을 읽었다. 구미코가 돌아와 맥주를 조금 마시고 싶다고 해서, 우리는 작은 병맥주 하나를 절반씩 나눠 마셨다. 그녀는 피곤한 것처럼 보였다. 부엌 식탁에 턱을 괴고, 내가 뭐라 말을 걸어도 별 대꾸가 없었다. 무슨 다른 생각을 하고 있는 눈치였다. 나는 혼다 씨가 죽었다는 얘기를 했다. 어머나, 혼다 씨가 돌아가셨어 하며 그녀는 한숨을 쉬었다. 하기야 나이가 나이인 데다, 귀도 잘 들리지 않았지 하고 그녀는 말했다. 그런데 그가 내게 유품을 남겼다고 말하자, 그녀는 마치 공중에서 갑자기 뭐가 툭 떨어지기라도 한 것처럼 놀랐다.

"당신에게 유품을 남겼대, 그 사람이?"

"응. 왜 내게 그런 걸 남겼는지, 이유는 전혀 모르겠지만."

구미코는 눈살을 찌푸리고 잠시 생각에 잠겼다.

"혹시 당신이 마음에 들었나."

"하지만 나와 그 사람은, 얘기다운 얘기 한번 한 적이 없다고." 하고 나는 말했다. "적어도 나는 거의 말을 하지 않았어. 뭐라고 말을 해 봐야 그쪽은 잘 들리지도 않는데, 뭐. 한 달에 한 번, 당신과 둘이 그 사람 앞에 가만히 앉아서 애기를 들었을 뿐이잖아. 그것도 거의 노몬한 전쟁 애기였고. 화염병을 던지면 어떤 전차는 불탔지만 어떤 전차는 타지 않았다느니, 전부 그런 애기였어."

"모르겠네. 아무튼 당신의 뭔가가 그 사람 마음에 들었던 거겠지. 그런 사람의 생각을 내가 어떻게 알겠어."

그리고 그녀는 또 침묵했다. 왠지 어색한 침묵이었다. 나는 벽에 걸린 달력을 보았다. 생리를 하려면 아직 날짜가 남아 있었다. 회사에서 무슨 짜증나는 일이 있었는지도 모르지 하고 나는 상상했다.

"일이 굉장히 바쁜 거야?" 하고 나는 물어보았다.

"좀." 구미코는 한 모금 마시고는 그대로 남긴 맥주잔을 바라보면서 말했다. 그녀 말투에는 도전적인 울림이 약간 섞여 있었다. "늦게 들어와서 미안해. 잡지 일이다 보니, 바쁜 시기도 있어. 하지만 이렇게 늦는 일이 종종 있는 건 아니잖아? 그래도 나 억지를 부려서 야근을 덜 하는 편이야. 가정이 있다는 이유로."

나는 고개를 끄덕였다. "일을 하다 보면 늦게 끝나는 경우도 있겠지. 그런 건 전혀 상관없어. 난 당신이 피곤하지 않은지 염려했을 뿐이야."

그녀는 욕실에 들어가 오래 샤워를 했다. 나는 그녀가 사들고 온 주간지를 읽으면서 맥주를 마셨다.

불현듯 바지 주머니에 손을 넣었는데, 거기에 아르바이트를 하고 받은 돈이 그대로 들어 있었다. 나는 그 돈을 봉투에서 꺼내지도 않았다. 그리고 나는 아르바이트를 했다는 얘기를 구미코에게 하지 않았다. 딱히 숨길 생각은 없었지만, 얘기할 기회를 놓쳐 어영부영 그렇게 되고 말았다. 그리고 시간이 경과하자 나는 이상하게도 그 말을 하기가 어려워지고 말았다. 근처에 사는 열여섯 살짜리 묘한 여자애를 알게 되었고, 둘이 같이 가발 회사 아르바이트를 다녀왔어, 뭘 조사하는 일이었어, 시급이 생각보다 나쁘지 않았어, 하고 말하면 그만이었다. 구미코가 "어머, 그랬어, 잘했네." 하고 말하면, 그것으로 얘기는 끝났을지도 모른다. 그러나 어쩌면 그녀는 가사하라 메이에 대해서 궁금해할지도 몰랐다. 내가 열여섯 살짜리 여자애와 알게 된 것에 신경을 쓸지도 몰랐다. 그렇게 되면 나는 가사하라 메이가 어떤 여자애고, 내가 언제 어디서 어떻게 그녀를 알게 되었는지 처음부터 일일이 설명해야 할지도 모른다. 나는 무슨 일이든 순서에 따라 타인에게 설명하는 일에 그다지 능숙하지 않다.

나는 돈을 꺼내 지갑에 넣고, 봉투는 둘둘 말아 쓰레기통에 버렸다. 이렇게 해서 사람은 조금씩 비밀을 쌓게 되는구나 하고 나는 생각했다. 딱히 의식적으로 구미코에게 비밀로 하려던 것은 아니었다. 애당초 그렇게 중요한 일도 아니고, 말을 하든 안 하든 어느 쪽이든 무관한 일이었다. 그런데도 어떤 미묘한 수로를 통과하면서, 처음 생각이 어떠했든, 결국 비밀이라는 불투명한 옷을 뒤집어쓰게 된다. 가노 크레타 일만 해도 그렇다. 나는 가노 마르타의 여동생이 집에 왔다는 얘기는 아내에게 했다. 그녀의 이름은 가노 크레타야, 1960년대 초반 분위기의 차림이었어, 우리 수돗물을 채취하러 온 거였어 하고 말했다. 하지만 그녀가 그 후에 불쑥 영문을 알 수 없는 얘기를 털어놓기 시작했고, 그 얘기를 하는 도중에 아무 말 없이 사라졌다는 얘기는 하지 않았다. 가노 크레타가 한 얘기는 너무도 엉뚱했고, 그 세밀한 뉘앙스까지 재현해서 아내에게 전달하기는 거의 불가능했기 때문이다. 어쩌면 구미코는 가노 크레타가 용건이 끝난 후에도 장시간 우리 집에 있으면서 내게 복잡한 개인사를 털어놓았다는 사실을 달가워하지 않을지도 몰랐다. 그리고 그 일도 내게는 사소한 비밀이 되고 말았다.

구미코 역시 내게 말하지 않은, 이와 비슷한 비밀을 갖고 있는지도 모르지 하고 나는 생각했다. 하지만 만약 그렇다 해도, 나는 그녀를 비난할 수 없다. 누구든 그 정도의 비밀을 갖고 있는 법이다. 그러나 아마, 그녀보다는 내가 그런 비밀을 지니는 경향이 크리라. 구미코는 자기 생각을 말로 표현하는 성격이다. 얘기를 하면서 사고를 정리하는 타입이다. 하지만 나는 그렇지 않다.

나는 왠지 불안해져, 세면실에 갔다. 세면실 문은 활짝 열려 있었다. 나는 문 앞에 서서, 아내의 뒷모습을 바라보았다. 그녀는 파란 민무늬 잠옷으로 갈아입고, 거울 앞에 서서 수건으로 머리를 닦고 있었다.

"여보, 내 일 말인데." 하고 나는 아내에게 말했다. "나름대로 이래저래 생각은 하고 있어. 친구에게 말도 해 놨고. 나 자신도 여기저기 조사해 봤어. 일이 없지는 않아. 그러니까 일을 하려고 하면 언제든 할 수는 있어. 마음만 정하면, 내일부터라도 일할 수 있어. 그런데 말이지, 왜 그런지 마음이 딱 정해지지 않아. 나도 잘 모르겠어. 그런 식으로 적당히 일을 결정해도 좋은 건지."

"그러니까 내가 전에도 말했잖아. 당신 하고 싶은 대로 하면 된다고." 하고 그녀는 거울에 비친 내 얼굴을 보면서 말했다. "굳이 오늘내일 사이에 일자리를 결정해야 되는 건 아니야. 만약 당신이 경제적인 게 마음에 걸린다면, 그건 걱정하지 않아도 돼. 하지만 만약 당신이 일을 하지 않아서 정신적으로 불안하다면, 나 혼자 밖에 나가 일하고 당신은 집안일을 하는 게 부담스럽게 느껴진다면, 뭐라도 할 일을 찾으면 되잖아. 나는 어느 쪽이든 괜찮아."

"물론 언젠가는 할 일을 찾아야겠지. 그건 알고 있어. 평생 이렇게 건들거리며 살 수는 없으니까. 아무튼 일자리는 찾을 거야. 그런데 솔직히 말해서, 어떤 일을 하면 좋을지 지금은 잘 모르겠어. 일을 그만두고 한동안은, 법률에 관계된 일을 다시 하면 된다고 마음 편하게 생각했어. 그쪽 인맥이 조금은 있으니까. 그런데 지금은 그게 영 내키지 않아. 그 일에서 떠나 시간이 흐르면 흐를수록, 법률이란 것에 관심이 점점 없어졌어. 나를 위한 일이 아닌 듯한 기분도 들고."

아내는 거울 속의 내 얼굴을 보았다.

"그렇다고 하고 싶은 일이 있느냐 하면, 그렇지도 않아. 하고 싶은 일이 없어. 하라고 하면 대개는 할 수 있을 듯해. 그런데 딱 이 일을 하고 싶다는 이미지가 없어. 지금 내게는 그게 문제야. 이미지가 없다는 게."

"여보." 하고 그녀는 수건을 내려놓고 내 쪽을 돌아보며 말했다. "만약 법률이 싫어졌다면, 법률관계 일을 하지 않으면 되잖아. 사시도 깨끗하게 잊어버리면 되잖아. 서둘러 일자리를 찾을 이유도 없는데, 이미지가 없으면 이미지가 떠오를 때까지 기다려. 그럼 됐지?"

나는 고개를 끄덕였다. "일단 당신에게 설명하고 싶었어. 내 생각이 어떤지를."

"그래." 하고 그녀는 말했다.

나는 부엌에 가서 잔을 씻었다. 아내는 세면실에서 나와 부엌 식탁에 앉았다.

"여보, 실은 오늘 오후에 오빠에게 전화가 왔었어." 하고 그녀는 말했다.

"웬일로."

"오빠가 아무래도 이번 선거에 출마를 고려하고 있는 것 같아. 아니지, 거의 나가기로 결정한 것 같았지만."

"선거?" 하고 나는 놀라서 말했다. 나는 정말, 잠시 말이 나오지 않을 정도로 놀랐다. "선거라고 하면, 혹시 국회의원?"

"응. 니가타의 큰아버지 선거구에서 다음 선거에 입후보하지 않겠냐는 제안이 있었대."

"그 선거구에는 큰아버지의 아들이 후계자로 나서기로 하지 않았나? 광고 회사 덴쓰에서 디렉터인가 뭔가로 일한다는 당신 사촌이 퇴직해서 니가타로 돌아가기로 말이야."

그녀는 면봉을 꺼내 와 귀 청소를 시작했다. "일단은 그럴 예정이었는데, 그 사촌이 역시 싫다고 해서. 도쿄에서 가족과 함께 살면서 즐겁게 일하고 있는데, 지금 와서 니가타로 돌아가 국회의원 같은 거 하고 싶지 않대. 부인이 그가 선거에 출마하는 걸 결사반대하는 것도 큰 이유야. 요컨대 가정을 희생하고 싶지 않다는 거지."

구미코 아버지의 큰형은 니가타 선거구에서 4선인가 5선을 지낸 중의원 의원이다. 중량급이라고는 할 수 없지만 그런대로 경력이 화려한 사람으로, 그리 중요하지 않은 장관 자리에 있었던 적도 있다. 그러나 이제 나이가 많은 데다 심장병도 있고 해서 다음 선거에는 출마가 어렵다. 따라서 누군가가 그 선거구의 기반을 물려받아야 한다. 그 큰아버지에게는 아들이 둘 있는데, 큰아들은 처음부터 정치가가 될 생각이 전혀 없었기 때문에 작은 아들을 꼽게 된 것이었다.

"게다가 선거구 쪽에서는 어떻게든 오빠가 필요하지. 젊고, 머리도 잘 돌아가고, 정열적으로 일할 사람을 원한다고. 앞으로 몇 선이든 의원으로 일한 다음에 중앙에 진출해서 실력자가 될 수 있는 인재를. 오빠는 인지도가 높아서 젊은 사람들의 표를 모을 수 있을 테니, 더할 나위 없다고 해. 하기야 그 사람이 선거를 위해 그 지역에 가서 활동할 리는 없겠지만, 그런 건 그 막강한 후원회에서 알아서 도맡겠대. 도쿄에 그냥 살고 싶으면 그래도 상관없다고, 맨몸으로 선거에 나와 주기만 하면 된다고 했다네."

나는 국회의원이 된 와타야 노보루의 모습을 상상할 수 없었다. "그래서, 당신은 어떻게 생각하는데?"

"내가 그 사람이랑 무슨 상관이게. 국회의원이 되든 우주비

행사가 되든, 되고 싶으면 되는 거지."

"그런데 왜 당신에게 굳이 그 일을 의논했을까?"

"설마, 의논은." 하고 그녀가 밋밋한 목소리로 말했다. "의논을 한 게 아니야. 그 사람이 내게 의논 같은 걸 할 리가 없잖아. 그냥 이런 일이 있다고 통보한 거야. 가족의 일원으로."

"흠." 하고 나는 말했다. "이혼 경력도 있고 독신인데, 국회의원 후보자로 문제가 되지 않을까?"

"글쎄." 하고 구미코는 말했다. "정치나 선거 같은 거, 난 잘 알지도 못하고 관심도 없어. 하지만 문제가 되든 안 되든, 그 사람은 두 번 다시 결혼하지 않을 거야. 아무와도. 애당초 결혼을 하지 말았어야 했어. 그 사람이 추구하는 건, 좀 더 다른 거라고. 당신이나 내가 추구하는 것과는 전혀 다른 무엇이야. 나는 그렇다는 걸 잘 알아."

"호오." 하고 나는 말했다.

구미코는 면봉 두 개를 화장지에 돌돌 말아 쓰레기통에 버렸다. 그리고 얼굴을 들고 나를 지그시 보았다. "옛날에 나, 오빠가 자위하는 거 본 적이 있어. 아무도 없는 줄 알고 문을 열었는데, 오빠가 있었어."

"자위는 누구든 하는 거잖아." 하고 나는 말했다.

"그런 말이 아니야." 하고 그녀는 말했다. 그리고 한숨을 쉬었다. "언니가 죽은 지 삼 년쯤 되었을 때였을 거야. 오빠는 대학생이고, 나는 초등학교 4학년이나, 그 정도였어. 엄마가 죽은 언니의 옷을 처분해 버릴까 어쩔까 고민하다가, 결국 보관하기로 했어. 내가 커서 입을지도 모른다고 생각해서. 옷들을 전부 종이 상자에 담아서 벽장에 넣어 두었어. 그런데 오빠는 그 옷을 꺼내서, 냄새를 맡으면서 그걸 하고 있었어."

나는 대꾸하지 않았다.

"그때는 아직 어려서 성에 대해서 아무것도 몰랐으니까, 오빠가 거기서 뭘 하는 건지 정확하게는 이해하지 못했어. 하지만 봐서는 안 되는 비뚠 행위라는 것은 이해할 수 있었어. 그리고 그게 그냥 보이는 것보다는 훨씬 깊은 행위라는 것도." 구미코는 그렇게 말하고는 조용히 고개를 저었다.

"와타야 노보루는 당신이 봤다는 걸 알았어?"

"그럼, 눈이 마주쳤는걸."

나는 고개를 끄덕였다.

"그래서 그 옷은 결국 어떻게 되었는데? 당신이 커서, 언니 옷을 입었어?"

"설마." 하고 그녀는 말했다.

"그가 당신 언니를 좋아했어?"

"글쎄." 하고 구미코는 말했다. "언니에게 성적 관심이 있었는지 어땠는지, 거기까지는 잘 모르겠지만 틀림없이 뭔가가 있었어. 아마 그는 그 뭔가에서 벗어날 수 없지 않을까 싶어. 결혼을 하지 말았어야 한다는 내 말은, 그런 뜻이야."

그리고 구미코는 한참이나 침묵했다. 나도 아무 말 하지 않았다.

"그런 의미에서, 그 사람은 아주 심각한 정신적인 문제를 안고 있어. 물론 우리도 많든 적든 정신적인 문제를 안고 있지. 하지만 그 사람이 안고 있는 문제는 나나 당신이 안고 있는 것과는 종류가 달라. 훨씬 더 깊고 견고하다고. 그리고 그 사람은 그런 상처나 나약함을, 무슨 일이 있어도 절대 타인에게는 드러내지 않아. 내 말을 이해하겠어? 이번 선거에 대해서도, 나는 그게 좀 걱정이야."

"걱정이라고, 뭐가?"

"모르겠어. 뭔가야." 하고 그녀는 말했다. "아, 피곤하다. 이 이상은 생각을 못 하겠네. 오늘은 그만 자자."

나는 세면실에 가서 이를 닦으며 자신의 얼굴을 바라보았다. 나는 일을 그만둔 후로 석 달 동안, 거의 바깥세상에 나가지 않았다. 한동네에 있는 가게와 구립 수영장과 이 집 사이를 오갔을 뿐이었다. 긴자의 와코 백화점 앞과 시나가와의 호텔을 제외하면, 내가 집에서 가장 멀리 간 지점은 역 앞에 있는 세탁소였다. 그동안 나는 사람도 거의 만나지 않았다. 석 달 동안에 내가 '만났다'라고 할 수 있는 상대는, 아내를 제외하면 가노 마르타와 크레타 자매와 가사하라 메이뿐이었다. 그것은 정말 좁은 세계였다. 그리고 거의 걸음을 멈춘 세계였다. 그러나 나를 포함하고 있는 세계가 그렇게 좁아지면 좁아질수록, 그것이 움직임을 멈추면 멈출수록, 그 세계가 기묘한 일들과 기묘한 사람들로 넘쳐 나는 것처럼 생각되었다. 마치 그들이 내가 걸음을 멈추기를 어딘가에 숨어 지긋하게 기다렸던 것처럼. 그리고 마당에 태엽 감는 새가 날아와 태엽을 감을 때마다, 세계의 혼미는 점점 더 깊어져 간다.

나는 입안을 헹구고, 그러고도 잠시 내 얼굴을 보고 있었다.

이미지가 없어, 하고 나는 자신을 향해 말했다. 나는 서른 살이고, 걸음을 멈췄고, 이제는 이미지도 없다.

세면실에서 나와 침실로 갔을 때, 구미코는 벌써 잠들어 있었다.

11
마미야 중위의 등장,
따뜻한 진흙 속에서 나온 것,
향수

사흘 후에 마미야 도쿠타로 씨로부터 전화가 걸려 왔다. 아침 7시 반이었고, 나는 아내와 함께 아침을 먹는 중이었다.

"이른 아침부터 전화를 드려서 송구합니다. 주무시는데 깨운 것이 아니면 좋겠습니다만." 하고 마미야 씨는 정말 미안하다는 듯이 말했다.

늘 아침 6시 조금 넘어 일어나니 괜찮습니다, 하고 나는 말했다.

그는 엽서를 보내 준 데에 대한 예를 표하고, 내가 직장에 나가기 전에 꼭 연락을 하고 싶었다고 했다. 그리고 오늘 점심 시간에 잠깐만이라도 만날 수 있다면 정말 고맙겠다고 말했다. 그가 그렇게 말한 것은 가능하면 오늘 저녁에 신칸센을 타고 히로시마로 돌아가고 싶기 때문이었다. 원래는 좀 더 느긋하게 만날 수 있었는데, 급한 볼일이 생겨서 오늘내일 중에 돌아가야 한다는 것이었다.

나는 그에게 현재 일을 하고 있지 않으며, 종일 시간이 있으니 아침이든 낮이든 오후든 마미야 씨가 편한 시간에 만날 수 있다고 말했다.

"무슨 일정이 있는 것은 아니신지요?" 그가 정중하게 물었다.

일정은 아무것도 없다고 나는 대답했다.

"그러시다면, 오늘 오전 10시에 댁으로 찾아뵈어도 되겠습니까?"

"괜찮습니다."

"그럼 그때 뵙겠습니다." 하고 그는 전화를 끊었다.

전화를 끊은 후에, 역에서 집까지 오는 길을 깜박 잊고 설명하지 않았다는 것을 알았다. 어떻게든 되겠지 하고 나는 생각했다. 주소를 알고 있으니, 마음만 먹으면 어떻게든 여기까지 찾아올 수 있을 것이다.

"누구야?" 하고 구미코가 물었다.

"혼다 씨의 유품을 전달하는 사람이야. 오늘 오전에, 우리 집까지 와서 그걸 전하겠다는군."

"호오." 하고 그녀는 말했다. 그리고 커피를 마시고, 토스트에 버터를 발랐다. "꽤나 친절한 사람이네."

"그러게 말이야."

"여보, 혼다 씨 영정 앞에 향이라도 피우러 가는 게 좋지 않을까. 당신이라도."

"그렇군. 그것도 좀 물어볼게." 하고 나는 말했다.

출근하기 전에 구미코는 내게 다가와 원피스의 지퍼를 올려 달라고 했다. 몸에 딱 맞는 원피스라 지퍼를 올리기가 조금 힘들었다. 그녀의 귀 뒤에서 아주 좋은 냄새가 났다. 여름 아침에 무척이나 어울리는 냄새였다. "새 향수야?" 하고 나는 물어보았다. 하지만 그녀는 대답하지 않았다. 얼른 손목시계를 보고는, 손을 뻗어 머리를 다듬었다. "그만 가야겠네." 하고 그녀는 말하고, 식탁에 놓인 핸드백을 들었다.

구미코가 업무용으로 사용하는 작은 방을 정리하고, 쓰레기를 치우려다가 나는 쓰레기통 속에서 버려진 노란 리본을 발견했다. 리본은 쓰다 버린 이백 자 원고지와 광고 우편 밑에 가려 거의 보이지 않았다. 내가 그 리본을 발견한 것은, 그것이 아주 선명하고 빛나는 노란색이기 때문이었다. 흔히 선물용 포장에 사용되는 리본이 꽃잎 모양으로 빙글빙글 말려 있었다. 나는 쓰레기통에서 그걸 꺼내 쳐다보았다. 리본과 함께 마쓰야 백화점의 포장지도 버려져 있었다. 포장지 밑에는 크리스티앙 디오르 로고가 찍힌 상자도 있었다. 상자를 열어 보니, 병의 형태를 따라 움푹 파여 있었다. 상자만 봐도, 그 내용물이 상당히 고가품이라는 것을 알 수 있었다. 나는 그 상자를 들고 세면실에 가서, 구미코의 화장품 선반을 열어 보았다. 그리고 그 안에서 거의 사용하지 않은 크리스티앙 디오르 향수병을 발견했다. 그 병은 상자의 파인 홈에 쏙 들어갔다. 나는 병의 금색 뚜껑을 열어 보았다. 조금 전, 구미코의 귀 뒤에서 맡았던 것과 똑같은 냄새가 났다.

나는 소파에 앉아 아침에 마시다 만 커피를 마시면서, 머릿

속을 정리해 보았다. 누군가가 구미코에게 향수를 선물했을 것이다. 그것도 상당히 비싼 것이다. 마쓰야 백화점에서 그걸 사고, 선물용 포장을 했다. 만약 남자가 선물한 것이라면, 그 상대는 구미코와 꽤 친한 사이일 것이다. 남자는 그렇게 친한 사이도 아닌 여자에게(특히 기혼 여성에게) 향수를 선물하지 않는다. 만약 여자 친구가 준 선물이라면…… 과연 여자가 여자 친구에게 향수를 선물할까? 나로서는 잘 알 수 없었다. 내가 아는 것은 이 시기에 구미코는 타인에게 선물을 받을 이유가 딱히 없다는 것뿐이었다. 그녀의 생일은 5월이다. 우리의 결혼기념일도 5월이다. 어쩌면 그녀가 제 손으로 향수를 사서 포장을 하면서 예쁜 리본으로 묶어 달라고 했을지도 모른다. 그렇다면 무엇 때문에?

나는 한숨을 쉬고 천장을 바라보았다.

구미코에게 직접 물어봐야 할까? 그 향수를 누구에게 받았느냐, 하고. 그녀는 이런 식으로 대답할지도 모른다. 아아, 그거, 같이 일하는 여자의 개인적인 일을 좀 대신해 줬어. 전후 사정을 설명하자면 길어지는데, 아무튼 그녀가 몹시 난감해해서 호의로 해 줬지 뭐. 그래서 그녀가 선물해 준 거야. 향이 참 좋지. 꽤 비싼 거야.

오케이, 앞뒤가 맞는 대답이다. 그렇게 상황은 마무리된다. 그러나 나는 왜 그런 질문을 꼭 해야 하는가. 왜 그런 일에 신경을 써야 하는가.

하지만 아무래도 뭔가가 찜찜했다. 그녀는 그 향수에 대해서 내게 뭐라고 한마디 할 수도 있었다. 집에 돌아와, 자기 방에 가서, 혼자 리본을 풀고 포장지를 벗기고 상자를 연 다음, 그것들을 전부 쓰레기통에 버리고 병만 세면실 화장품 선반에 넣을 틈이 있었다면, "있지, 오늘 같이 일하는 여자에게 이거 선물받았다." 하고 내게 말할 수도 있었다. 그러나 그녀는 한마디도 하지 않았다. 굳이 말해야 할 정도의 일은 아니라고 생각했을지도 모른다. 그러나 만약 그렇다 해도, 지금 그것은 역시 '비밀'이라는 이름의 얇은 옷을 입고 말았다. 나는 그게 마음에 걸렸다.

나는 오래도록 멍하니 천장을 바라보았다. 다른 생각을 하려고 했지만, 무슨 생각을 해도 머리가 잘 돌아가지 않았다. 나는 원피스 지퍼를 올릴 때 보았던 구미코의 매끈하고 하얀 등과 귀 뒤에서 나던 냄새를 떠올렸다. 오랜만에 담배를 피우고 싶었다. 담배를 입에 물고 그 끝에 불을 붙여, 연기를 폐 속까지 한껏 빨아들이고 싶었다. 그러면 기분이 조금은 진정될 텐데 하고 나는 생각했다. 하지만 담배가 없었다. 할 수 없이 레몬 사탕을 입에 물었다.

9시 50분에 전화벨이 울렸다. 마미야 중위이겠거니 생각했다. 내가 사는 집은 상당히 복잡한 곳에 있다. 몇 번 와 본 적이 있는 사람조차 간혹 길을 헤맬 정도다. 그런데 마미야 중위가 아니었다. 수화기 속에서 흘러나온 것은 얼마 전에 영문 모를 전화를 걸었던 수수께끼의 여자 목소리였다.

"안녕, 오랜만이네." 하고 그 여자는 말했다. "어땠어, 전에는 좋았어? 조금은 느꼈나 모르겠네. 그런데 왜 도중에 전화를 끊었어. 마침 좋을 참이었는데."

나는 순간적으로 그녀가 하는 말이, 가노 크레타가 등장했던 예의 몽정을 뜻한다고 착각했다. 하지만 그것은 물론 다른 얘기였다. 그녀는 전에 스파게티 전화 얘기를 하는 것이었다.

"이봐, 미안하지만 지금 좀 바빠." 하고 나는 말했다. "10분 후에 손님이 올 거라서, 여러 가지로 준비를 해야 한다고."

"일도 안 하면서 매일 꽤나 바쁘네." 하고 그녀는 비아냥조로 말했다. 지난번과 똑같다. 그리고 목소리 톤이 확 바뀌었다. "스파게티도 삶고, 손님도 기다리고. 하지만 괜찮아, 십 분이면 충분하니까. 둘이 십 분만 얘기하자. 손님이 오면 그때 끊으면 되잖아."

나는 아무 말 않고 그냥 전화를 끊고 싶었다. 그러나 그러지 못했다. 나는 아내의 향수 때문에 조금 혼란스러웠고, 상대가 누구라도 좋으니, 얘기를 하고 싶었던 거라고 생각한다.

"당신이 누구인지 모르겠는데." 나는 전화기 옆에 놓인 연필을 들고, 손가락 사이에서 빙빙 돌리면서 말했다. "내가 당신을 정말 아는 건가?"

"물론이지. 나는 당신을 알고, 당신은 나를 알아. 그런 일로 왜 거짓말을 하겠어. 나도 알지도 못하는 사람에게 전화를 걸 만큼 한가하지 않아. 당신의 기억에 사각지대 같은 게 있는 거야."

"나는 잘 모르겠는데, 그러니까 —"

"그만, 됐어." 하고 여자는 내 말을 딱 자르듯이 말했다. "이것저것 생각할 거 없어. 당신은 나를 알고, 나는 당신을 알아. 중요한 건 — 아주 잘해 줄게. 당신은 아무것도 안 해도 돼. 멋지지 않아. 당신은 아무것도 안 해도 되고, 아무런 책임을 지지 않아도 돼, 내가 전부 해 줄게. 전부. 어때, 그런 거 정말 엄청나지 않아? 어려운 생각은 그만하고, 텅 비면 되는 거야. 따스한 봄날 오후에 부드러운 진흙에 벌렁 누워 있는 것처럼.”

나는 잠자코 있었다.

“잠자는 것처럼, 꿈을 꾸는 것처럼, 따뜻한 진흙에서 뒹구는 것처럼……. 부인도 잊어. 실업 중이라는 것도, 앞날에 대해서도 다 잊어. 모든 걸 다 잊어. 우리는 모두 따뜻한 진흙 속에서 나왔고, 언젠가 다시 따뜻한 진흙 속으로 돌아갈 거야. 요컨대 ─ 오카다 씨, 당신, 부인과 마지막 섹스를 언제 했는지 기억해? 혹시 아주 오래전 아닌가 모르겠네. 아, 두 주 전쯤 아닌가?”

“미안하지만, 곧 손님이 올 거야.” 하고 나는 말했다.

“아아, 사실은 훨씬 더 오래전이구나. 목소리로 알겠네. 삼주쯤 되었으려나?”

나는 아무 말 하지 않았다.

“아무튼 그건 그렇다 치고.” 하고 여자는 말했다. 마치 블라인드에 쌓인 먼지를 조그만 빗자루로 살살 털어 내는 듯한 느낌의 목소리였다. “그건 당신과 부인 사이의 문제니까. 하지만 나는 당신이 원하는 건 뭐든 줄 수 있어. 그리고 당신은 전혀 책임을 지지 않아도 돼, 오카다 씨. 모퉁이를 하나 돌면, 그런 장소가 있어. 거기에는 당신이 본 적 없는 세계가 펼쳐져 있다고. 당신에게는 사각지대가 있다고 내가 말했지. 당신은 아직 그걸 몰라.”

나는 수화기를 든 채 아무 말 않고 있었다.

"당신 주위를 돌아봐." 하고 여자가 말했다. "그리고 내게 가르쳐 줘. 거기에 뭐가 있어? 뭐가 보여?"

그때 현관 벨이 울렸다. 안도한 나는, 아무 말 않고 전화를 끊었다.

마미야 중위는 머리가 완벽하게 벗어지고 키가 큰 노인으로, 금테 안경을 끼고 있었다. 적당히 육체노동을 하는 사람인지, 피부는 가뭇가뭇하고 혈색도 무척 좋았다. 군살도 없었다. 두 눈 옆에 깊은 주름이 정확하게 세 줄씩 나 있어, 눈이 부셔서 금방이라도 눈을 찌푸리려는 듯한 인상을 주었다. 나이는 가늠하기 어려웠지만, 일흔은 틀림없이 넘었을 것이다. 좋은 자세와 군더더기 없는 동작으로 보아 젊은 시절에는 꽤 건장했을 것 같았다. 태도와 말투도 무척 정중했지만, 거기에는 꾸밈없는 확실함 같은 게 있었다. 마미야 중위는 자기 힘으로 모든 것을 판단하고, 혼자 책임지는 것이 몸에 밴 사람처럼 보였다. 그는 별 특징 없는 옅은 회색 양복에 하얀 와이셔츠를 받쳐 입고, 회색과 검정 줄무늬 넥타이를 매고 있었다. 그 고지식한 차림의 양복은 7월의 후덥지근한 아침에 입기에는 다소 감이 두꺼워 보였지만, 그는 땀을 한 방울도 흘리지 않고 있었다. 그리고 왼손은 의수였다. 그는 그 의수 위에 양복 색과 똑같은 옅은 회색의 얇은 장갑을 끼고 있었다. 햇볕에 그은 털 많은 오른 손등에 비하면, 그 회색 장갑에 싸인 손은 필요 이상 차갑고 무기질적으로 보였다.

나는 그를 거실 소파에 앉으라고 권하고, 차를 대접했다.

그는 명함이 없다고 사과했다. "히로시마의 시골 현립 고등 학교에서 사회 선생 노릇을 하다가 정년을 맞아 퇴직했는데, 그 후에는 아무 일도 하지 않고 있습니다. 밭뙈기를 얼마간 갖고 있어서, 취미 삼아 손쉬운 농작물을 키우고 있을 뿐이지 요. 그렇다 보니 명함이란 것을 갖고 있지 않아, 죄송합니다."

나 역시 명함이 없었다.

"실례지만, 오카다 씨는 나이가 어떻게 되십니까?"

"서른입니다." 하고 나는 말했다.

그는 고개를 끄덕였다. 그리고 차를 마셨다. 내가 서른 살 이라는 사실이 그에게 어떤 느낌을 주었는지는 알 수 없었다. "아주 한적한 주택에 살고 계시는군요." 하고 그는 화제를 바 꾸듯 말했다.

나는 그 집을 삼촌에게서 싼값에 빌려 살고 있다고 얘기했 다. 우리 수입으로는 보통 이 절반 크기의 집에서도 살 수 없 다고 나는 말했다. 그는 고개를 끄덕이면서 잠시 집 안을 조심 스럽게 돌아보았다. 나도 덩달아 주위를 돌아보았다. 조금 전, 그 여자는 당신 주위를 돌아봐, 하고 말했다. 새삼스럽게 돌아 보니, 어딘가 모르게 서먹한 분위기가 떠다니는 것처럼 느껴 졌다.

"도쿄에는 이 주일 정도 머물렀습니다." 하고 마미야 중위는 말했다. "오카다 씨가 이번 유품 배달의 마지막 순서여서, 이 제 안심하고 히로시마로 돌아갈 수 있게 되었어요."

"혼다 씨 댁을 찾아가서 향이라도 올릴까 하는데요."

"그 뜻은 정말 고맙습니다만, 혼다 씨의 고향이 홋카이도의 아사히카와여서 산소도 거기 있습니다. 이번에 가족이 아사히카와에서 도쿄로 올라와 짐을 전부 정리하고 집에서 이미 퇴거했습니다."

"그렇군요." 하고 나는 말했다. "그럼 혼다 씨는 가족과 떨어져서 혼자 도쿄에 사셨던 거군요."

"네. 아사히카와에 사는 장남이 당신 혼자 도쿄에 사는 게 걱정스럽고 남 보기도 민망한 터라 같이 살자고 한 모양입니다만, 본인이 한사코 싫다 하셔서."

"아드님이 계셨군요." 하고 나는 약간 놀라 말했다. 왠지 혼다 씨는 천애 고독한 신세일 듯이 느껴졌었다. "그럼 사모님도 이미 돌아가셨나요?"

"그게 사정이 좀 복잡합니다. 혼다 씨의 부인은 전쟁이 끝나고 얼마 후에 다른 남자와 동반 자살을 하고 말았습니다. 1950년인가 51년의 일이었을 겁니다. 그때의 자세한 경위는 저도 잘 모릅니다. 혼다 씨도 자세한 말은 하지 않았고, 저 역시 캐묻지 않았습니다."

나는 고개를 끄덕였다.

"그 후에 혼다 씨는 홀로 아들과 딸을 키우셨는데, 자녀분들이 각자 독립하자 혼자 도쿄로 올라와, 당신도 아시다시피 점을 치는 일을 시작하셨던 겁니다."

"아사히카와에서는 어떤 일을 하셨는데요?"

"형님과 함께 인쇄소를 공동 운영하셨습니다."

나는 작업복을 입은 혼다 씨가 인쇄기 앞에 서서, 인쇄물의 상태를 점검하는 모습을 상상해 보았다. 하지만 내게 혼다 씨는, 더러운 옷을 입고 허리에는 잠옷 끈 같은 것을 감고, 여름에나 겨울에나 고타쓰 앞에 앉아 대나무 패를 만지작거리는 너저분한 노인이었다.

그리고 마미야 중위는 손에 들고 온 보자기 꾸러미를 한 손으로 쓱쓱 풀어, 조그만 과자 상자 같은 것을 꺼냈다. 시멘트 부대 종이로 둘둘 싸인 그 상자는 끈으로 몇 번이나 단단히 묶여 있었다. 그는 그것을 테이블에 놓고, 내 쪽으로 밀었다.

"이것이, 제가 혼다 씨로부터 오카다 씨에게 전할 유품입니다." 하고 마미야 중위는 말했다.

나는 그것을 받아 손에 들어 보았다. 거의 무게가 없었다. 그 안에 뭐가 들어 있는지는 도통 짐작이 가지 않았다.

"지금 여기서 풀어 봐도 될까요?"

마미야 중위는 고개를 저었다. "죄송하지만, 아무쪼록 혼자 계실 때 풀어 보라는 고인의 지시가 있었습니다."

나는 고개를 끄덕이고, 그 상자를 테이블에 내려놓았다.

"실은." 하고 마미야 중위가 말을 꺼냈다. "제가 혼다 씨의 편지를 받은 것은, 그가 숨을 거두기 딱 하루 전이었습니다. 그 편지에는 자신은 이제 곧 죽을 것이라고 쓰여 있었습니다. 죽는 것은 조금도 두렵지 않다. 이것이 자신의 천명이다. 천명에 따를 뿐이다. 그러나 내게는 미처 다 하지 못한 일이 남아 있다. 실은 내 집 벽장에 이러저러한 물건이 들어 있다. 자신이 늘 여러 사람에게 전해서 남기고자 했던 것들이다. 그러나 이제 내 손으로 그럴 여유는 없을 듯하다. 따라서 당신의 손을 빌려 다른 종이에 쓰여 있는 대로 유품이 각자에게 전달되기를 바란다. 뻔뻔한 부탁이라는 것은 충분히 알고 있다. 그러나 이를 나의 마지막 부탁이라 여기고, 수고해 줄 수는 없을까 — 그렇게 쓰여 있었습니다. 저는 놀라서 — 그게 저는 혼다 씨와 벌써 육칠 년이나 소식을 주고받지 않았는데 갑작스럽게 그런 편지를 받은 터라 — 혼다 씨에게 바로 편지를 보냈습니다. 그런데 거의 동시에 아드님으로부터 혼다 씨가 돌아가셨다는 부음을 받았습니다."

그는 찻잔으로 손을 내밀어, 차를 한 모금 마셨다.

"그 사람은, 자신이 언제 죽을지를 알고 계셨어요. 저 같은 사람은 절대 미치지 못할 경지에 올랐던 것이겠지요. 오카다 씨도 엽서에 쓰셨지만, 그 사람에게는 사람의 마음을 흔드는 무언가가 분명 있었습니다. 저는 1938년 봄에 그 사람을 처음 만났을 때부터 그걸 느끼고 있었어요."

"마미야 씨는 노몬한 전쟁 당시 혼다 씨와 같은 부대에 계셨나요?"

"아닙니다." 마미야 중위는 그렇게 말하고서 가볍게 입술을 깨물었다. "그렇지 않아요. 저와 그 사람은 다른 부대, 다른 사단에 속해 있었습니다. 우리가 함께 행동한 것은 노몬한 전쟁에 앞선 어느 소규모 작전 때였어요. 혼다 하사는 그 후의 노몬한 전투에서 부상을 입어 본국으로 송환되었습니다. 저는 노몬한 전투에는 참가하지 않았습니다. 제가 —" 하고서 마미야 중위는 장갑 긴 왼손을 위로 들었다. "이 왼손을 잃은 것은, 1945년 8월 소련군 침공 당시였습니다. 한참 대전차전이 벌어지고 있는 중 어깨에 중기관총을 맞고 일시적으로 기절한 사이에, 소련군 전차의 캐터필러[9]에 깔리고 말았어요. 그 후에 저는 소련군 포로로 잡혀 치타에 있는 병원에서 응급처치를 받은 후에 시베리아 수용소로 보내졌고, 결국 1949년까지 거기에 억류되어 있었습니다. 1937년에 만주로 보내진 후로 합해서 십이 년을 대륙에 있었던 겁니다. 그동안에 단 한 번도 본국의 흙을 밟지 못하고 말입니다. 친족들은 제가 소련군과의 전투에서 전사한 것으로 여기고 있었어요. 고향의 묘소에는 제 무덤도 있습니다. 일본을 떠나기 전에, 막연하게나마 언약을 나눴던 여자도 있었는데, 그 사람도 이미 다른 남자와 결혼했더군요. 어쩔 수 없는 일이죠. 십이 년은 긴 세월입니다."

나는 고개를 끄덕였다.

"오카다 씨처럼 젊은 분에게는 이런 옛날이야기가 별 재미 없으시겠지요." 하고 그는 말했다. "다만 한 가지 제가 말씀드리고 싶은 것은, 저희 역시 오카다 씨 같은 아주 평범한 청년이었다는 사실입니다. 저는 군인이 되고 싶어 한 적은 단 한 번도 없었어요. 저는 선생이 되고 싶었습니다. 그런데 대학을 졸업하자마자 징집되어 거의 반 강제로 간부 후보생이 되었고, 그런 다음에는 본국으로 돌아오지 못한 채 끝나고 말았습니다. 저의 인생은 허망한 꿈같은 것이었어요." 마미야 중위는 한참이나 침묵을 지켰다.

"만약 괜찮으시다면, 마미야 씨와 혼다 씨가 서로 알게 된

---

9) 차바퀴 둘레에 벨트를 장착한 장치로 무한궤도라 한다.

경위를 들려주실 수 있을까요." 하고 나는 말해 보았다. 나는 정말 알고 싶었다. 혼다 씨라는 사람이 과거에 어떤 인물이었는지를.

마미야 중위는 두 손을 반듯하게 무릎에 올려놓은 채, 잠시 생각에 잠겼다. 어떻게 할까 망설이는 것은 아니었다. 다만 무언가를 생각하고 있었다.

"얘기가 길어질지도 모르는데요."

"괜찮습니다." 하고 나는 말했다.

"이 얘기는 지금까지 누구에게도 한 적이 없습니다." 하고 그는 말했다. "혼다 씨 역시 아무에게도 얘기하지 않았을 겁니다. 왜냐하면 우리가…… 이 일만은 누구에게도 얘기하지 말자고 맹세했기 때문이에요. 그러나 혼다 씨도 이제 고인이 되셨으니. 남은 사람은 저 하나입니다. 이제는 얘기해도 누군가에게 누가 되지 않겠지요."

그리고 마미야 중위는 얘기를 시작했다.

12
마미야 중위의
긴 이야기 1

"제가 만주로 건너간 때가 1937년 초였습니다." 하고 마미야 중위는 서두를 꺼냈다. "저는 소위 계급장을 달고 신징에 있는 관동군 참모 본부에 부임했습니다. 대학에서 지리학을 전공한 터라, 지도를 전문으로 하는 병요지지반이라는 부서에 소속하게 되었지요. 저로서는 더없이 다행스러운 일이었습니다. 왜냐하면 제가 근무할 곳이, 솔직히 말씀드려서, 군대로서는 상당히 편한 부류에 속하기 때문이었어요.

게다가 당시 만주국 상황이 비교적 평온했다고 할까, 그런 대로 안정적이었습니다. 중일 전쟁의 발발로 전쟁의 무대는 만주에서 이미 중국 본토로 옮겨 갔고, 전투에 임하는 부대도 관동군에서 중국 파견군으로 바뀌었어요. 반일 게릴라 침투전은 여전히 계속되었지만, 그것도 비교적 오지에서의 일이라 전체적으로는 일단 고비를 넘긴 상태였습니다. 관동군은 그 강력한 군대를 만주국에 주둔시키고, 북방에 주의를 기울이면서 독립이 머지않은 만주국의 안정과 치안 유지에 힘썼지요.

평온하다고는 해도 전시이다 보니 물론 툭하면 훈련이 있었습니다. 그러나 저는 그런 훈련에 참가할 필요가 없었지요. 이것도 참 고마운 일이었어요. 영하 40도, 50도로 내려가는 겨울의 혹한 속에서 시행되는 훈련은, 말이 훈련이지 까딱 잘못하면 목숨을 잃을 만큼 혹독했으니까요. 한 차례 훈련이 있을 때마다 몇백에 이르는 병사가 동상을 입어 입원하거나 치료를 위해 온천 지대로 보내지곤 했습니다. 신징 시가지는 당연히 대도시라 할 만큼 번듯한 곳은 아니었지만, 그래도 이국 정서가 있는 흥미로운 장소였고, 놀자고 생각하면 제법 흥청거리며 놀 수도 있었어요. 게다가 저 같은 신임 독신 장교는 병영이 아니라 하숙집 같은 곳에 모여서 생활했던 터라, 연장된 학창 시절을 보내는 것처럼 부담이 없었습니다. 이대로 계속 평화로운 나날이 계속되다 별일 없이 병역이 끝나면 더할 나위 없겠는데, 할 만큼 저는 마음 편하게 생각하고 있었습니다.

그러나 물론 그것은 표면적인 평화에 지나지 않았습니다. 그 양지 바로 밖에서는 치열한 전쟁이 계속되었어요. 중국 전쟁이 빼도 박도 못 하는 아수라장으로 변하리라는 것은 일본 사람도 대부분 알았을 겁니다. 정신이 똑바로 박힌 일본인이라면 그렇다는 말이지요. 설사 몇 군데 국지전에서 승리했다 하더라도, 일본이 그렇게 거대한 나라를 장기간에 걸쳐 점령하고 통치할 수 있겠습니까, 어디. 냉철하게 생각해 보면 알 수 있는 일이잖아요. 아니나 다를까 전쟁이 장기화되면서 전사자와 부상자의 수는 점점 늘어났습니다. 그리고 대미 관계는 마치 내리막길에서 굴러떨어지는 것처럼 급격하게 악화되었지요. 본국에서도, 전운이 점차 짙어지는 것을 알 수 있었어요. 1937년, 38년은 그렇게 암울한 시대였습니다. 그런데 신징에서 장교로 태평하게 생활하다 보니, 솔직히 말씀드려서, 대체 전쟁을 어디서 누가 치르고 있나 싶은 기분이었습니다. 우리는 거의 매일 밤 모여서 술을 마시고, 농담을 지껄이며 흥청거리고, 러시아 아가씨가 있는 카페로 몰려가 놀기도 했습니다.

그러던 어느 날, 1938년 4월이 끝나 갈 무렵이었는데, 저는 참모 본부의 상관에게 불려가 야마모토라는 사복 차림의 남자를 만나게 되었습니다. 머리는 짧은데 수염을 기른 남자였습니다. 키는 그렇게 크지 않았어요. 나이는 삼십 대 중반쯤이었을 겁니다. 목덜미에 칼에 찔린 흉터 같은 것이 있었지요. 상관이 이렇게 말하더군요. 야마모토 씨는 민간인으로, 군의 의뢰를 받아 만주 국내에 사는 몽골인의 생활과 풍속을 조사하고 있다. 그리고 이번에 후룬베이얼 초원에 있는 만주와 외몽골의 국경 지대를 조사하게 되었다. 군은 그 조사에 경호병 몇 명을 동행토록 할 것이다. 귀관도 그 일원이다. 하지만 저는 그 얘기를 믿지 않았습니다. 야마모토라는 남자는 비록 사복 차림이었지만, 어느 모로 보나 직업 군인이었기 때문이지요. 그 정도는 눈초리와 말투와 자세를 보면 알 수 있어요. 저는 상급 장교, 그것도 정보 계통일 것이라고 짐작했습니다. 아마 맡은 임무의 성격상, 군인이라는 것을 밝힐 수 없는 거겠지요. 그 자리에 뭔가 모르게 불길한 예감 같은 것이 감돌았습니다.

야마모토와 동행하는 병사는 저를 포함해서 전부 세 명이었습니다. 경호병의 수로는 너무 적지만, 수가 많으면 그만큼 국경 부근을 지키고 있는 외몽골 부대의 주의를 끌게 됩니다. 소수정예라고 하고 싶지만, 실제로는 그렇지 않았습니다. 유일한 장교인 저만 해도, 실전 경험이 거의 없는 군인이었으니까요. 전투력을 갖고 있는 사람은 하마노라는 중사뿐이었습니다. 하마노는 참모 본부 소속의 병사로, 저도 잘 아는 사내였어요. 산전수전 다 겪어 터프한 부사관이지요. 중국에서 벌어진 전투에서 공훈도 세웠습니다. 덩치가 크고 배짱도 두둑하고, 긴급한 상황에서 신뢰할 수 있는 남자였습니다. 그런데 다른 한 명인 혼다라는 하사가 무슨 이유로 경호병에 포함되었는지, 저로서는 이해할 수 없었습니다. 혼다는 저처럼 본국에서 온 지 얼마 되지 않은 데다, 당연히 실전 경험도 없는 군인입니다. 얌전하고 말수가 적은 남자여서, 전투가 벌어졌을 때 별 도움이 될 것 같지 않았어요. 게다가 그는 제7사단 소속이었습니다. 다시 말하면, 이번 임무를 위해서 참모 본부가 제7사단에서 일부러 차출한 사람이었던 것이지요. 그럴 만한 가치 있는 군인이라는 뜻입니다. 그 이유가 밝혀진 것은 시간이 한참 흐른 후였어요.

제가 경호병 지휘 장교로 발탁된 것은, 주로 만주국 서부 국경, 할하강 유역 방면의 지형을 담당했기 때문이었습니다. 그 방면의 지도를 더 충실하게 만드는 것이 저의 주된 일이었어요. 비행기를 타고 몇 번 그 주변 상공을 난 적도 있었습니다. 그러니 제가 동행하면 편리할 거라는 뜻이었죠. 더불어 제게 부과된 또 한 가지 임무는, 경호를 하는 한편 해당 지역의 지형 정보를 면밀하게 수집해서, 지도의 정밀도 향상에 기여하는 것이었습니다. 말하자면 일거양득을 기하는 것이지요. 우리가 당시 갖고 있던 후룬베이얼 초원의 외몽골 국경 지대 지도는, 솔직히 말씀드려서 상당히 부실했습니다. 청나라 시대의 지도를 약간 손질한 정도에 지나지 않았지요. 관동군은 만주국 건설 후로 조사와 측량을 거듭하면서 정확한 지도를 제작하려고 했으나, 땅덩이가 그렇게 넓다 보니 용이치 않았던 것이지요. 만주의 서부는 사막 같은 황야가 끝없이 펼쳐지는 곳이라, 국경선 따위는 있어도 없는 것이나 다름없습니다. 게다가 원래 그곳에 살던 사람들은 몽골의 유목민이었습니다. 몇천 년을 살아오면서 국경선을 필요로 하지 않았던 그들이다 보니 그런 개념조차 갖고 있지 않았지요.

그리고 정치적인 사정도 정확한 지도 제작을 지연시키는 요인이었어요. 그 말은, 이쪽에서 멋대로 국경선을 설정해 정식 지도를 만들면, 그 때문에 대대적인 분쟁이 일어날 수도 있다는 겁니다. 만주국과 국경이 맞닿은 소련과 외몽골은 국경선 침범에 몹시 예민했고, 전에도 국경선을 놓고 격렬한 전투를 벌인 적이 있었습니다. 그 시점에 육군은 소련과의 전쟁을 환영하지 않았어요. 육군은 중국에서 벌어지는 전쟁에 주력군을 투입한 상태였기 때문에, 대대적인 소련전에 할애할 여분의 병력이 전혀 없었기 때문입니다. 사단의 수도 부족하고, 전차, 중포, 항공기도 모자란 상황이었지요. 그리고 건국한 지 오래지 않은 만주국의 안정을 꾀하는 것이 먼저 해결해야 할 문제였어요. 북부와 북서부의 국경선은 그 후에 확실하게 결정해도 늦지 않다는 것이 군의 생각이었습니다. 일단은 불확실한 채로 놔두고 시간을 벌자는 속셈이었지요. 강력한 관동군도 대략 그 견해를 존중해서 지켜보자는 태도였습니다. 그런 식으로 모든 것이 애매한 채로 보류되었어요.

그러나 생각이야 어떻든, 어쩌다 잘못해서 전쟁이 발발하면 (실제로 그 이듬해 노몬한에서 발발하고 말았습니다만) 우리는 지도 없이는 싸울 수 없습니다. 그것도 민간인의 지도가 아니라, 전투용 전문 지도가 필요하지요. 어디에 어떤 진지를 구축하면 좋을지, 중포는 어디에 설치하는 것이 가장 효과적인지, 보병 부대가 도보로 그곳에 도착하려면 며칠이 걸리는지, 물은 어디에서 구할 수 있는지, 마필의 양식은 어느 정도 필요한지, 그런 세세한 정보를 담은 지도가 전쟁에는 반드시 필요합니다. 그 같은 지도 없이 근대전을 치르는 것은 불가능하지요. 따라서 우리 일은 정보부의 일과 겹치는 부분이 많아, 관동군 정보부나 하이라얼에 있는 특무기관과 자주 정보를 교환했습니다. 서로의 면면도 대충은 알고 있었지요. 그러나 야마모토라는 남자를 본 것은 그때가 처음이었습니다.

닷새 동안 준비를 마친 우리는 신징에서 기차를 타고 하이라얼로 향했습니다. 그리고 하이라얼에서 트럭을 타고 캉두르 묘라는 라마교의 절이 있는 장소를 거쳐, 할하강변에 있는 만주군의 국경 감시소에 도착했지요. 정확한 숫자는 기억하지 못하지만, 거리로 치면 300에서 350킬로미터 정도 되지 않았을까 합니다. 정말 끝이 보이지 않을 만큼 황량한 벌판이었어요. 저는 하는 일이 그렇다 보니 트럭 위에서 줄곧 지도와 지형을 대조했습니다. 그러나 대조를 하고 자시고 할 것도 없었습니다. 표지라 할 만한 게 전혀 없었으니까요. 그저 무성하게 자란 잡풀만 뒤엉킨 낮은 구릉이 저 멀리 지평선까지 계속되고, 하늘에는 구름이 떠 있을 뿐이었습니다. 지도상으로는 우리가 현재 어디 있는지도 정확하게 알 길이 없었습니다. 걸린 시간을 계산해서, 대략 이 부근일 것이라고 추측하는 도리밖에 없었지요.

그렇게 황량한 풍경 속을 묵묵히 가다 보면, 때로 자신이라는 인간이 해체되어 점차 흩어지는 듯한 착각에 사로잡힐 때가 있었습니다. 주위 공간이 너무 넓어서, 자기 존재의 균형을 잡기가 어려워지는 것이죠. 이해가 가시는지요? 풍경과 함께 의식만 점점 확대되고 확산돼서, 자신의 육체에 붙잡아 둘 수 없어집니다. 몽골 평원 한가운데에서 나는 그런 걸 느꼈습니다. 그 광활함을 뭐라 표현할 수 있을지. 황야가 아니라 오히려 바다에 가깝지 않나 하는 느낌이 들었습니다. 태양이 동쪽 지평선에서 떠올라, 천천히 하늘을 가로질러, 서쪽 지평선으로 가라앉았습니다. 우리 주위에서 눈에 보이는 변화라고는, 그저 태양의 움직임뿐이었지요. 그 움직임 속에서 뭐라 말할 수 없이 거대한, 우주적인 자애로움을 느꼈습니다.

만주군 감시소에서, 우리는 트럭에서 내려 말로 갈아탔습니다. 우리가 탈 말 네 필 외에 식량과 물과 장비를 운반하는 두 필도 준비되어 있었습니다. 우리의 장비는 비교적 가벼웠습니다. 저와 야마모토라는 남자는 권총만 지니고 있었어요.

하마노와 혼다는 권총 외에 38식 보병총과 각자 수류탄 두 개를 소지하고 있었습니다.

우리를 실질적으로 지휘한 사람은 야마모토였습니다. 그가 모든 것을 결정해서 우리에게 지시를 내렸지요. 그는 표면상 민간인이었으니, 군의 규칙으로 하면 제가 지휘관으로 행동해야 했지만, 야마모토가 지휘하는 것에 아무도 이의를 제기하지 않았습니다. 왜냐하면 그는 누가 봐도 지휘에 적합한 남자였고, 저는 계급만 소위였지 실제로는 실전 경험이 없는 사무직에 지나지 않았기 때문이지요. 군인은 그런 실력을 정확하게 헤아릴뿐더러, 힘이 있는 자를 절로 따르는 법입니다. 게다가 저는 출발 전에 상관으로부터 야마모토의 지시를 절대적으로 존중하라는 언질을 받았습니다. 요컨대 군의 규칙과 무관하게 무조건 야마모토의 명령에 복종하라는 뜻이었지요.

할하강에 도착한 우리는 강을 따라 남쪽으로 내려갔습니다. 눈이 녹아 강물이 많이 불어 있더군요. 강에 커다란 물고기의 모습도 보였습니다. 간혹 저 멀리서 늑대의 모습이 보이는 일도 있었습니다. 순전한 늑대가 아니라 들개와 혼혈종이었을지도 모르겠군요. 뭐가 되었든 위험한 것은 마찬가지지요. 밤이 되면 우리는 늑대의 습격에서 말을 지키기 위해 보초를 서야 했습니다. 날아가는 새들도 많이 보았지요. 대부분이 시베리아로 돌아가는 철새였습니다. 저와 야마모토는 지형에 대해서 여러 가지 얘기를 나눴습니다. 우리는 지도로 지금까지 지나온 길을 확인하면서, 눈에 들어오는 자잘한 정보를 일일이 공책에 기록했습니다. 그러나 그런 전문적인 정보 교환을 제외하면, 저와 야마모토는 거의 대화를 나누지 않았습니다. 그는 묵묵히 말을 몰았고, 혼자 떨어져 식사를 했고, 그리고 아무 말 없이 잠들었습니다. 저는 그가 이 부근에 처음 오는 게 아닌 듯하다는 인상을 받았습니다. 그는 그 부근의 지형과 방향에 대해서, 놀라우리만큼 정확한 지식을 갖고 있었어요.

이틀간은 별다른 일 없이 남쪽으로 내려갔는데, 야마모토가 저를 불러, 내일 새벽에 할하강을 건너게 될 것이라고 하더군요. 충격적인 말이었지요. 할하강을 건너면 외몽골 영토입니다. 우리가 지금 있는 할하강 우안 역시 위험하기 짝이 없는 국경 분쟁 지역입니다. 외몽골과 만주국이 서로 자국 영토라고 주장하는 탓에 무력 충돌이 빈발하는 그런 곳입니다. 우리가 가령 그곳에서 외몽군에게 붙잡혀도, 이는 양국의 견해차에 따른 문제이기 때문에 우안에 있는 한은 변명의 여지가 있어요. 또 눈이 녹는 시기라 이쪽으로 도하하는 외몽군 부대는 별로 없기 때문에, 그들과 조우할 위험도 현실적으로는 적습니다. 그런데 할하강 좌안에 있으면 얘기가 전혀 달라지거든요. 거기에는 외몽군 정찰대가 있습니다. 우리가 그쪽에서 붙잡히면 변명이고 뭐고 통하지 않아요. 명백하게 국경을 침범한 것이니 잘못하면 정치 문제로 불거질 수도 있습니다. 그 자리에서 총살을 당해도 뭐라 반발할 말이 없지요. 게다가 저는 국경을 넘어도 좋다는 상관의 허락을 받지 않았습니다. 야마모토의 지시를 따르라는 지시는 받았지요. 그러나 그 지시가 국경 침범 같은 중대한 행위까지 포함하는지, 저는 판단할 수 없었습니다. 그리고 또 이 시기의 할하강은, 조금 전에도 말씀드렸다시피 수량이 엄청나게 불고 물살도 상당히 빨라 건너기가 용이치 않습니다. 게다가 눈이 녹은 물이라 뼈가 시리도록 차갑겠죠. 유목민들조차 이 시기에는 강을 건너려 하지 않습니다. 그들은 보통 결빙기나 물살이 다소 잔잔해지고 수온도 오르는 여름에 강을 건넙니다.

제가 그렇게 말하자, 야마모토는 제 얼굴을 한참이나 빤히 쳐다보더군요. 그리고 몇 번 고개를 끄덕였습니다. '국경 침범에 대해 귀관이 우려하는 것은 잘 안다.' 그가 똑바로 들으라는 듯이 그렇게 말했습니다. '인솔을 맡고 있는 지휘 장교이니, 귀관이 책임 소재 운운하는 것은 당연한 일이지. 부하의 목숨을 의미 없는 위험에 처하도록 하고 싶지도 않겠고. 그러나 이 일은 내게 맡겨 주었으면 좋겠군. 본 건에 관해서는 내가 모든 책임을 지지. 나도 입장이 있어 귀관에게 많은 것을 알려 줄 수는 없지만, 군의 최고위급 선까지 얘기가 다 된 일이야. 도하에 기술적인 문제는 없어. 도하가 가능한 지점이 숨겨져 있거든. 외몽군은 그런 지점을 몇 군데 확보하고 있어. 그건 귀관도 알고 있겠지. 나는 전에도 몇 번 그곳을 건넌 적이 있어. 작년 이 시기에도, 같은 장소에서 외몽골로 들어갔지. 그러니 걱정하지 않아도 돼.'

아닌 게 아니라 이 부근 지리에 정통한 외몽군은 눈이 녹는 이 시기에도 할하강 우안으로 전투 병력을 투입했습니다. 물론 많은 수는 아니었지요. 할하강에 그들이 마음만 먹으면 부대 단위로 도하할 수 있는 지점이 있는 것도 맞습니다. 그리고 그들이 그곳으로 강을 건넜다면, 야마모토도 건널 수 있을 것이고, 우리 또한 불가능하지는 않겠지요.

그것은 외몽군이 만든 것으로 추측되는 비밀 도하 지점이었습니다. 교묘하게 위장되어 있어, 그냥 봐서는 도하 지점이라는 것을 알 수 없지요. 이쪽과 저쪽의 얕은 물 사이에 널다리가 잠겨 있고, 급류에 떠내려가지 않도록 로프를 쳐 놓았어요. 강의 수위가 좀 내려가면, 병력 수송차와 장갑차, 전차도 수월하게 건널 수 있습니다. 수중에 있는 다리라서, 정찰 항공기에서는 소재가 확인되지 않지요. 우리는 그 로프를 잡고 흐름을 가로질렀습니다. 먼저 야마모토 혼자 강을 건너, 외몽군의 정찰병이 없는 것을 확인한 다음 우리가 건너갔습니다. 다리의 감각이 없어질 만큼 물이 차가웠지만, 그래도 우리는 말과 함께 무사히 할하강 좌안에 도착했습니다. 좌안은 우안보다 지대가 훨씬 높아서, 우안에 펼쳐지는 사막이 저 멀리까지 보입니다. 노몬한 전투에서 소련군이 시종 우위에 설 수 있었던 이유 중의 하나가 바로 그 지대의 높이 차이였어요. 고도 차는 착탄의 정밀도에 큰 차이를 낳습니다. 아무튼 그건 그렇고, 강의 이쪽과 저쪽 경치가 참 다르다고 생각했던 기억이 나는군요. 얼음처럼 차가운 강물에 젖은 몸은 신경이 마비되어 한참이나 풀리지 않았습니다. 얼마간은 목소리조차 마음대로 나오지 않을 정도였죠. 그러나 지금 적진에 있다고 생각하니 솔직히, 그 긴장감 때문에 추위를 잊고 말았습니다.

그다음 우리는 또 강을 따라 남하했습니다. 할하강은 우리의 왼쪽 아래를 뱀처럼 구불구불 흘러갔습니다. 그리고 얼마 후 야마모토가 우리에게, 계급장을 모두 떼는 게 좋겠다고 했어요. 우리는 그가 하라는 대로 했습니다. 적에게 붙잡혔을 때 계급이 알려지면 곤란하기 때문일 것이라고 생각했습니다. 같은 이유로 저는 장교용 장화를 벗고 대신 각반을 착용했습니다.

할하강을 건넌 그날 저녁, 우리가 야영 준비를 하고 있는데 한 남자가 찾아왔습니다. 몽골인이었어요. 몽골 사람은 일반적인 안장보다 높은 것을 사용해 말을 타기 때문에, 멀리서 봐도 금방 구별할 수 있습니다. 하마노 중사가 그의 모습을 보고 소총을 겨누자, 야마모토는 하마노에게 쏘지 말라고 했습니다. 하마노는 아무 말 않고 소총을 천천히 내렸죠. 우리 넷은 가만히 그 자리에 선 채, 말 탄 남자가 다가오기를 기다렸습니다. 남자는 등 뒤와 허리에 소련제 소총과 마우저 권총을 차고 있었습니다. 얼굴은 수염으로 덥수룩하고, 귀마개가 달린 모자를 쓰고 있었어요. 남자는 유목민처럼 더러운 옷을 걸치고 있었지만, 직업 군인이라는 것은 행동거지를 보고 바로 알 수 있었습니다.

남자는 말에서 내리자, 야마모토에게 뭐라고 말을 건넸습니다. 아마 몽골어였을 겁니다. 저는 러시아어와 중국어를 어느 정도 아는데, 그가 하는 말은 어느 쪽도 아니었습니다. 그래서 틀림없는 몽골어라고 생각했어요. 야마모토도 그 남자에게 몽골어로 말했습니다. 그래서 저는 야마모토는 역시 정보부 장교라고 확신하게 되었습니다.

'마미야 중위, 이 남자와 함께 어디를 좀 다녀와야겠어.' 하고 야마모토가 말하더군요. '시간이 어느 정도 걸릴지는 알 수 없지만, 여기서 대기하고 있도록. 말할 필요도 없겠지만, 항상 보초를 세우도록 하고. 삼십육 시간이 지나도 돌아오지 않으면, 그 상황을 사령부에게 보고해. 누구 한 사람을 강 건너 만주군 감시소로 보내.' 알겠습니다, 하고 저는 대답했어요. 야마모토는 말을 타고, 그 몽골 사람과 함께 서쪽으로 사라졌습니다.

남은 셋은 야영 준비를 하고, 간단하게 저녁을 먹었습니다. 밥을 지을 수도, 모닥불을 피울 수도 없었지요. 낮은 구릉 말고는 우리를 가려 줄 게 전혀 없는 허허벌판이었으니, 연기가 오르면 그 즉시 적에게 붙잡히고 맙니다. 우리는 사구 아래에 텐트를 낮게 치고, 거기에 숨어서 건빵을 먹고, 차가운 통조림 고기를 먹었습니다. 태양이 지평선으로 떨어지자, 바로 어둠이 사방을 덮어 버리고, 하늘에는 무수한 별이 반짝였습니다. 할하강이 콸콸 흐르는 소리에 섞여, 어디선가 늑대 울음소리가 들렸습니다. 우리는 모래에 누워 낮의 피로를 풀었습니다.

'소위님.' 하고 하마노 중사가 제게 말을 걸었습니다. '아무래도 상황이 위험해질 것 같습니다.'

'그래.' 하고 저는 대답했습니다.

그 무렵 저와 하마노 중사와 혼다 하사의 관계는 상당히 돈독했습니다. 원래 같으면 하마노 같은 역전의 부사관은 군력이 거의 없는 신임 장교인 저를 푸대접하거나 바보 취급하는 게 보통인데, 그와 제 경우는 그러지 않았지요. 제가 대학에서 전문 교육을 받은 장교라서 그런지 그도 제게 일종의 경의를 품고 있었고, 저도 계급에 상관없이 그의 실전 경험과 현실적인 판단력을 최대한 인정하려고 했습니다. 게다가 그는 야마구치 출신이고, 저는 히로시마에서도 야마구치에 가까운 지역 출신이라 얘기도 잘 통하고 친밀감도 생겨났던 것이지요. 그는 제게 중국에서 치른 전쟁 얘기를 해 주었습니다. 그는 소학교를 나왔을 뿐 천생이 군인인 사람이었지만, 중국 대륙에서 언제 끝날지 모르게 계속되고 있는 무모한 전쟁에는 나름 의문을 품고 있었고, 그 심정을 솔직하게 털어놓기도 했습니다. 자신은 군인이니 전쟁에 몸담는 것은 당연하다고 그는 말했어요. 나라를 위해 죽는 것도 괜찮습니다. 그게 제 직업이니까. 그러나 지금 우리가 벌이고 있는 전쟁은, 어느 모로 보나 정상적인 전쟁이 아닙니다, 소위님. 전선이 있고, 적과 대치해서 결전을 치르는 그런 전쟁이 아니란 말입니다. 우리는 앞으로 나아가죠. 적은 거의 싸우지도 않고 도망칩니다. 그리고 패주하는 중국군은 군복을 벗고 민중 속으로 파고들어갑니다. 그러면 우리는 누가 적인지조차 분간할 수 없어요. 그래서 우리는 도적 떼 사냥, 패잔병 소탕이라는 명분으로 죄 없는 무수한 사람을 죽였고, 식량을 약탈했습니다. 전선은 점점 전진하는데, 보급이 뒤따라오지 못하니 약탈할 수밖에 없는 겁니다. 또 포로를 수용할 장소도 그들을 위한 식량도 없으니, 죽일 수밖에 없는 겁니다. 이건 잘못된 일이에요. 난징에서도 몹쓸 짓을 참 많이 했습니다. 우리 부대도 마찬가지였어요. 수십 명을 우물에 던져 넣고, 위에서 수류탄 몇 발을 던집니다. 그 외에도 말로 다 할 수 없는 짓을 했어요. 소위님, 이 전쟁에 대의 따위는 없습니다. 이건 그저 살육이에요. 그리고 짓밟히고 죽는 것은 결국 가난한 농민들입니다. 그들에게는 사상도 아무것도 없어요. 국민당도 장쉐량도 팔로군도 일본군도 없습니다. 굶주리지만 않으면 아무 상관 없다고요. 저는 가난한 어부의 자식이라서, 가난한 백성의 심정을 잘 압니다. 서민은 아침부터 밤까지 기를 쓰고 일해야 겨우 입에 풀칠이나 할 정도의 벌이밖에 없습니다, 소위님. 그런 사람들을 아무 의미 없이 죽이는 게 일본을 위한 일이 되겠냐고요.

그에 비하면, 혼다 하사는 자신에 대해 많은 말을 하지 않았습니다. 늘 말수가 없는 남자였고, 무슨 말을 하기보다는 우리말을 귀 기울여 들어 주었습니다. 말수가 적다고 해서 음울했다는 뜻은 아닙니다. 자기가 먼저 말하지 않을 뿐이었지요. 말이 없어, 무슨 생각을 하는지 알 수 없는 일은 종종 있었지만, 그래도 불쾌한 느낌은 없었어요. 그의 그 같은 고요함 속에는, 오히려 사람의 마음을 편안하게 하는 것이 있었습니다. 담담하고 차분하다고 할까, 무슨 일이 있어도 거의 얼굴색 하나 변하지 않았어요. 그는 아사히카와 출신으로, 아버지는 고향에서 인쇄소를 경영하고 있다고 했습니다. 나이는 저보다 두 살 아래였는데, 중학교를 졸업한 후로는 형과 함께 아버지 일을 도왔다고 했어요. 세 형제의 막내였지만, 큰형은 이 년 전에 중국에서 전사했습니다. 책 읽기를 좋아해서, 잠시라도 자유 시간이 생기면 아무 데나 드러누워 불교 관련 책을 읽었지요.

말씀드렸다시피, 혼다는 본토에서 일 년 교육을 받았을 뿐 실전 경험은 없었지만, 그래도 우수한 병사였습니다. 어느 소대에나 하나둘은 반드시 있는 그런 병사였지요. 그들은 인내심이 강하고, 불평하지 않으며, 자신에게 주어진 의무를 하나하나 꼼꼼하게 완수합니다. 체력도 있고, 감각도 좋지요. 가르쳐 주면 바로 이해하고, 그걸 적확하게 응용할 줄도 압니다. 그는 그런 병사 중 한 명이었어요. 또 기병 훈련도 받았기 때문에 우리 중에서 가장 말에 대해 잘 알았어요. 우리의 말 여섯 필을 그가 모두 돌봤습니다. 그것도 그냥 슬렁슬렁 돌보는 게 아니었어요. 우리는 그가 말의 기분을 세세한 부분까지 다 아는 게 아닐까 하고 생각했을 정도였습니다. 하마노 중사도 혼다 하사의 능력을 바로 인정하고, 여러 가지 일을 안심하고 맡기게 되었어요.

그렇다 보니, 본의 아니게 행동을 같이하게 된 분대였지만 우리의 의사소통은 아주 원활했습니다. 정규 분대가 아닌 만큼, 규칙의 엄격함이 없었던 것이지요. 다시 말해서, 옷깃만 스쳐도 인연이라는…… 그런 식의 편안함이 있었어요. 그래서 하마노 중사도 제게, 부사관과 장교라는 틀을 넘어서 속내를 드러낼 수 있었던 겁니다.

'소위님은 그 야마모토라는 사내를 어떻게 생각합니까?' 하고 하마노가 물었어요.

'아마 특무기관 소속이겠지.' 하고 저는 대답했습니다. '몽골어를 할 줄 아는 걸 보면 상당한 전문가야. 이 일대의 사정에 대해서도 자세하게 잘 알고 있어.'

'제 생각도 그렇습니다. 처음에는 군의 높으신 양반에게 아부하는 한탕주의 마적이거나 대륙 낭인인가 보다고 생각했는데, 그렇지가 않더군요. 그놈들에 대해서는 저도 잘 압니다. 있는 것 없는 것 말로만 주절대는 놈들이죠. 그리고 툭하면 권총을 곡예를 하듯 마구 쏘아 대고 말이죠. 그런데 저 야마모토라는 남자는 그런 경박한 구석이 없어요. 상당히 대담해 보이기도 하고 말이죠. 상급 장교 냄새가 납니다. 제가 얼핏 들은 소리가 있는데, 군에서 이번에 만주 흥안군 출신의 몽골인을 모집해서 모략 부대를 만드는 것 같습니다. 그 때문에 일본계 군관 중에서 모략 전문가를 몇 명 불러들인 것 같습니다. 어쩌면 그 계통 사람인지도 모르겠어요.'

혼다 하사는 조금 떨어진 곳에서 소총을 들고 감시를 맡고 있었습니다. 저는 언제든 집어 들 수 있도록 브라우닝 권총을 가까이에 두고 있었지요. 하마노 중사는 각반을 풀고 다리를 주무르고 있었습니다.

'이건 어디까지나 제 추측인데 말입니다.' 하고 하마노가 말을 계속했습니다. '어쩌면 그 몽골인은 일본군과 내통하는 반소련파 외몽군의 장교가 아닐까 싶습니다.'

'가능한 일이지.' 하고 저는 말했습니다. '그러나 밖에서는 최대한 불필요한 말은 하지 않는 게 좋아. 목이 날아갈 수도 있으니 말이지.'

'저도 그렇게 바보는 아닙니다. 우리끼리니까 하는 말이죠.' 싱글싱글 웃으면서 하마노는 그렇게 말했습니다. 그러다 심각한 표정을 짓더니, '그러나 소위님, 만약 그렇다면, 이거' 정말 위험한 거 아닙니까. 자칫하다가 전쟁으로 번질 수도 있는데.'

저는 고개를 끄덕였습니다. 외몽골은 독립국이기는 해도, 소련이 숨통을 쥐고 있는 위성국가나 다름없으니까요. 그 점에서는 일본군이 실권을 쥐고 있는 만주국과 비슷한 신세지요. 그러나 그런 상황에서도 반소련파가 암약하고 있다는 것은 잘 알려져 있었습니다. 반소련파는 만주국의 일본군과 내통해서 몇 번이나 반란을 일으켰습니다. 반란분자의 중핵은 소련군의 횡포에 반감을 품은 몽골 군인과, 강제적인 농업 집중화에 반항하는 지주 계급, 10만이 넘는 라마교 승려들이었지요. 그런 반소련파가 의지할 수 있는 외부 세력은 만주에 주둔한 일본군뿐이었습니다. 또 그들은 러시아인보다는 같은 아시아인인 일본인에게 친근감을 갖고 있는 듯했습니다. 그 전해인 1936년에는 수도 울란바토르에서 대규모 반란 계획이 들통나, 대대적인 숙청이 있었습니다. 몇천에 이르는 군인과 라마교 승려가 일본군과 내통한 반혁명 분자로 처형을 당했지만, 그런데도 반소련파는 사라지지 않고 온갖 곳에서 소극적이나마 반항을 계속하고 있었지요. 그러니 일본 정보 장교가 할하강을 건너가, 반소련파 외몽골 장교와 은밀하게 연락을 취한 것은 이상한 일이 아니었습니다. 외몽군도 그 점을 경계해 수시로 경비대가 순찰을 돌았고, 만주국 국경선에서 10킬로미터 내지 20킬로미터 지역에 출입을 금지하고 있었지만, 국경 지대가 워낙 넓다 보니 감시의 눈이 구석구석 미칠 수가 없었지요.

그러나 만약 그들의 반란이 성공했다 해도, 소련군이 즉시 개입해서 그 반혁명을 압살하리란 것은 뻔한 일이었습니다. 그리고 소련이 개입하면, 반란군은 일본군에게 반드시 원조를 요청하겠지요. 그렇게 되면 관동군으로서는 군사 개입의 명분이 생기게 됩니다. 외몽골과의 결탁은 소련의 시베리아 정책의 옆구리에 칼을 들이대는 것이나 다름없는 일이기 때문이죠. 본토의 대본영[10]이 제지를 가하고 있기는 하나, 이렇게 좋은 기회를 야심에 찬 관동군 참모진들이 뒷짐 지고 놓칠 리가 없습니다. 그렇게 되면, 국경 분쟁이 아니라 소련과 일본의 본격적인 전쟁으로 번집니다. 만주와 소련 국경에서 일본과 소련의 본격적인 무력 충돌이 시작되면, 히틀러도 덩달아 폴란드나 체코를 침공할지 모릅니다. 하마노 중사가 하고 싶었던 말은 바로 그런 것이었어요.

날이 밝아도 야마모토는 돌아오지 않았습니다. 마지막 보초는 제가 섰습니다. 저는 하마노 중사의 소총을 들고, 약간 높은 사구에 올라가 밝아 오는 동쪽 하늘을 가만히 바라보고 있었습니다. 몽골의 아침은 정말 장관이었습니다. 어느 순간 어둠 속에서 가늘고 희미한 지평선이 떠오르고, 그 선이 위쪽으로 쓱 끌려 올라갑니다. 마치 하늘에서 커다란 손이 뻗어 나와 밤의 장막을 지표에서 천천히 걷어 내는 것처럼 말이죠. 정말 웅장한 광경이었습니다. 그 웅장함은, 아까도 말씀드렸지만, 저 같은 인간의 의식을 한참이나 뛰어넘는 영역의 웅장함이었습니다. 그 광경을 보면서 저는, 생명이 그대로 조금씩 꺼져 가는 듯한 기분마저 느꼈습니다. 거기에는 삶의 영위 같은 하찮은 것은 조금도 포함되어 있지 않았습니다. 생명이 하나도 존재하지 않았던 태곳적부터, 수억 번, 몇십억 번 되풀이된

---

10) 태평양 전쟁 때 일본 천황의 직속으로 군대를 통솔하던 최고 통수부.

똑같은 광경이었죠. 저는 보초를 서고 있다는 것도 잊은 채, 그 새벽녘의 광경을 그저 망연히 바라보고 있었습니다.

태양이 지평선 위로 완전히 올라오자, 저는 담배에 불을 붙이고, 수통의 물을 마시고, 소변을 보았습니다. 그리고 일본을 떠올렸습니다. 5월 초의 고향 경치를 떠올렸습니다. 꽃향기와 졸졸 흐르는 시냇물과 하늘에 뜬 구름을 생각했습니다. 옛 친구와 가족을 생각했습니다. 그리고 달달하고 동글동글한, 떡갈나무 잎에 싼 찹쌀 경단을 생각했습니다. 저는 단것을 그리 좋아하지 않는데, 그때는 찹쌀 경단이 먹고 싶어 죽을 지경이었던 기억이 나는군요. 만약 여기에서 찹쌀 경단을 먹을 수 있다면, 반년치 월급을 선뜻 지불해도 좋다고 생각했을 정도였습니다. 일본을 생각하면 자신이 어째 세계의 끝에 홀로 남겨진 듯한 기분이 들었습니다. 왜 이렇게 마르고 더러운 풀과 빈대만 버글거리는 광활한 토지를 놓고, 군사적으로나 산업적으로나 거의 아무런 가치가 없는 불모의 땅을 놓고, 목숨 걸고 싸워야만 하는지 저는 이해할 수 없었지요. 고향 땅을 지키기 위해서라면, 저 또한 목숨을 버려 가면서 싸울 수 있습니다. 그러나 이렇게 곡물 한 포기 자라지 않는 허허벌판을 위해 하나밖에 없는 목숨을 버리다니, 정말 어처구니없는 일이죠.

야마모토는 다음 날 새벽에야 돌아왔습니다. 그날 새벽에도 저는 마지막 보초를 서고 있었습니다. 그때 저는 멍하니 강을 바라보고 있었는데, 말 울음소리가 들린 듯해서 얼른 돌아보았습니다. 그러나 아무것도 없었어요. 저는 말 울음소리가 들린 방향을 향해 소총을 겨누고 꼼짝 않고 있었습니다. 침을 삼키자, 꿀꺽 하는 커다란 소리가 났습니다. 스스로도 소스라칠 만큼 거대한 소리였죠. 방아쇠에 건 손가락이 바들바들 떨렸습니다. 저는 그때껏 누군가를 향해 총을 쏴 본 적이 단 한 번도 없었어요.

그러나 그 몇 초 후에, 터벅터벅 사구를 넘어 나타난 것은 말에 탄 야마모토의 모습이었습니다. 저는 방아쇠에 손가락을 건 채로 사방을 돌아보았습니다만, 야마모토 외에 다른 사람은 보이지 않았습니다. 그를 데리러 왔던 몽골인의 모습도 보이지 않고, 적병의 모습도 보이지 않았습니다. 하얗고 둥그런 달이 불길한 거석처럼 동쪽 하늘에 떠 있을 뿐이었지요. 그는 왼쪽 팔에 부상을 입은 듯했습니다. 팔을 묶은 손수건이 벌겋게 물들어 있었어요. 저는 혼다 하사를 깨워, 야마모토가 타고 온 말을 돌봐 주도록 지시했습니다. 먼 거리를 달려왔는지, 말은 숨을 헐떡이며 땀을 흘리고 있었습니다. 하마노가 저와 교대해 보초를 서고, 저는 의약품 상자를 꺼내 와 야마모토의 부상을 치료했습니다.

'총알은 빠져나갔고, 출혈도 멈췄어.' 하고 야마모토는 말했습니다. 아닌 게 아니라 총알이 아주 깔끔하게 팔을 관통해, 그 부분의 살이 패어 있을 뿐이었습니다. 저는 붕대 대신 감은 손수건을 걷어 내고, 상처를 알코올로 소독한 다음 새 붕대를 감았습니다. 그동안 그는 얼굴 한번 찡그리지 않았습니다. 코 밑에 땀방울이 송송 돋았을 뿐입니다. 그는 수통의 물로 목을 적신 후 담배에 불을 붙이고, 그 연기를 맛있다는 듯이 가슴 깊이 빨아들였습니다. 그리고 브라우닝 권총을 옆구리에 끼고 카트리지를 뽑고는 한 손으로 총알을 세 발 장전했습니다. '마미야 중위, 지금 바로 여기서 철수한다. 할하강을 건너 만군의 감시소로 갈 것이다.'

우리는 거의 아무 말도 나누지 않은 채 서둘러 말을 타고 그곳을 떠나, 도하 지점을 향했습니다. 대체 어디서 무슨 일이 있었는지, 누구에게 총을 맞았는지, 저는 야마모토에게 묻지 않았습니다. 저는 그에게 그런 질문을 할 수 있는 입장이 아니었고, 가령 질문할 자격이 있다 해도 그는 아마 대답하지 않았겠지요. 아무튼 그때 제 머릿속에는 한시바삐 적지를 벗어나, 할하강을 건너 비교적 안전한 우안에 도착하는 일밖에 없었습니다.

우리는 그저 묵묵히 말을 타고 초원을 달렸습니다. 누구 하나 아무 말 하지 않았지만, 모두가 같은 생각을 하고 있다는 것은 분명했습니다. 과연 무사히 강을 건널 수 있을까, 그 생각뿐이었지요. 만약 외몽군 정찰대가 우리보다 앞서 그 다리에 도착하면, 우리에게는 아무 대책이 없습니다. 우리에게는 승산이 전혀 없습니다. 겨드랑이에 땀이 그득하게 고였던 기억이 나는군요. 그 땀은 언제까지나 마르지 않았습니다.

'마미야 중위, 자네 지금까지 총에 맞아 본 적이 있나?' 하고 야마모토가 긴 침묵 뒤에 말 위에서 제게 물었습니다.

저는 없다고 대답했습니다.

'누군가를 쏘아 본 적은 있나?'

저는 없다고 똑같은 대답을 되풀이했습니다.

저의 그런 대답에 그가 어떤 느낌을 받았는지는 알 수 없었습니다. 그리고 그가 어떤 목적으로 내게 그런 질문을 했는지도 알 수 없었습니다.

'실은 군사령부에 전달해야 하는 서류를 갖고 있는데.' 하고 그가 말했습니다. 그리고 안장에 달린 주머니 위에 손을 올려놓았습니다. '만에 하나 무사히 전달할 수 없는 경우에는, 반드시 처분해야 한다. 불태워도 좋고, 땅에 묻어도 좋다. 그러나 적의 손에 넘어가서는 절대 안 된다. 무슨 일이 있어도. 그게 최우선 사항이다. 그 한 가지를 명심하기 바란다. 이건 아주 아주 중요한 일이다.'

'알겠습니다.' 하고 저는 말했습니다.

야마모토는 제 눈을 빤히 쳐다보았습니다. '그리고 만약 곤란한 사태가 발생하면, 가장 먼저 나를 쏴라. 망설이지 말고 쏴라.' 하고 그는 말했습니다. '내 손으로 쏠 수 있으면 스스로 쏠 것이다. 그러나 나는 팔에 부상을 입었으니, 경우에 따라서는 자결할 수 없을지도 모른다. 그때는 주저 말고 쏘도록. 그리고 쏘는 이상 반드시 목숨을 끊도록.'

나는 잠자코 고개를 끄덕였습니다.

해 질 무렵 우리가 도하 지점에 도착했을 때, 제가 오는 길에 품었던 의구심이 근거 없는 게 아니었음이 밝혀졌습니다. 이미 외몽군 분대가 그 지점을 지키고 있었습니다. 저와 야마모토는 야트막한 사구로 올라가 망원경을 교대로 들여다보았습니다. 외몽군의 수는 전부 여덟, 그리 많은 수는 아니었지만 국경 정찰대치고는 중장비를 갖추고 있었습니다. 경기관총을 소지한 병사가 한 명. 그리고 약간 높은 곳에 중기관총이 한 대 설치되어 있었습니다. 중기관총 주위에는 모래주머니가 쌓여 있었습니다. 그 기관총은 정확하게 강의 수면을 겨누고 있었지요. 그들은 우리가 강을 건너지 못하게 그곳을 지키는 듯했습니다. 강기슭에 천막이 쳐져 있고, 열 필 정도 되는 말의 고삐가 말뚝에 묶여 있었습니다. 우리를 포획할 때까지 거기에서 움직이지 않겠다는 뜻이지요.

'다른 도하 지점은 없는 겁니까?' 하고 저는 물어보았습니다.

야마모토는 망원경에서 눈을 떼고, 제 얼굴을 본 후에 고개를 저었습니다. '있기는 하지만, 상당히 멀다. 여기에서 말을 타고 꼬박 이틀이 걸리는데, 우리에게는 그럴 시간적 여유가 없어. 무리를 해서라도 여기서 건너는 수밖에 없다.'

'그 말은 발각되지 않도록 밤에 강을 건넌다는 뜻입니까?'

'그래. 달리 방법이 없어. 말은 여기에 두고 간다. 나머지 병사들은 잠들어 있을 테니까, 보초만 처치하면 될 거야. 강물 소리에 다른 소리도 잘 들리지 않을 테니, 걱정할 거 없어. 보초는 내가 처치한다. 그때까지 할 일이 별로 없으니, 지금 수면을 취하면서 몸을 쉬어 두는 게 좋을 거야.'

우리는 그 도하 작전의 결행 시간을 새벽 3시로 정했습니다. 혼다 하사는 말에 실려 있던 짐을 전부 내리고, 말을 멀리로 데려가 풀어 주었습니다. 여분의 식량과 탄약은 땅에 구멍을 깊게 파서 묻었습니다. 우리는 수통 한 개와 하루치 식량과 총과 소량의 탄약만 소지했습니다. 만약 화력이 압도적으로 우세한 외몽군에게 발각된다면, 탄약이 아무리 많아도 우리 쪽에는 승산이 없습니다. 우리는 그 시간이 될 때까지 잠을 청하기로 했습니다. 강을 무사히 건너면, 그 후 한동안은 눈 붙일 여유조차 없기 때문이었죠. 잘 시간은 지금밖에 없습니다. 혼다 하사가 먼저 보초를 서고, 그다음 하마노 중사가 교대하기로 했습니다.

야마모토는 텐트 안에 들어가 눕자, 바로 잠들었습니다. 그는 지금까지 거의 수면을 취하지 못한 듯했습니다. 그의 머리맡에는 그 중요하다는 서류가 든 가죽 가방이 놓여 있었습니다. 하마노도 잠이 들었습니다. 우리는 모두 지쳐 있었습니다. 그러나 저는 너무 긴장한 탓에 잠을 이루지 못했지요. 자고 싶어 죽을 지경인데, 도무지 잠이 오지 않았어요. 외몽군의 보초를 죽이고 강을 건너는 우리를 향해 중기관총이 불을 뿜어대는 장면을 상상하자 신경이 점점 곤두섰습니다. 손바닥이 땀으로 눅진해지고, 관자놀이가 욱신거렸습니다. 전투가 벌어졌을 때, 나 자신이 장교로서 부끄럽지 않게 행동할 수 있을지 자신이 없었습니다. 저는 텐트에서 나와 보초를 서고 있는 혼다 하사에게 다가가, 그 옆에 앉았습니다.

'혼다, 우리 여기서 죽을지도 몰라.' 하고 저는 말했습니다.

'그럴 수도 있죠.' 하고 혼다는 대답했습니다.

우리는 한동안 잠자코 있었습니다. 그런데 저는 '그럴 수도 있죠.'라는 그의 대답에 섞인 무언가가 마음에 들지 않았습니다. 거기에는 어떤 유의 망설임이 포함된 뉘앙스가 있었습니다. 저는 감이 좋은 편은 아닙니다. 그러나 그가 뭔가를 숨기고, 애매하게 대답했다는 것은 알 수 있었어요. 저는 캐물었습니다. 하고 싶은 말이 있으면 주저할 것 없다, 지금이 마지막일지도 모르니, 속에 있는 말을 분명하게 털어놓는 게 좋지 않겠냐 하고 말이지요.

혼다는 입술을 꾹 다문 채, 잠시 손가락으로 발밑의 모래를 이리저리 쓸었습니다. 그의 마음속에 무슨 갈등이 있는 것처럼 보였습니다. '소위님.' 하고 잠시 후 그가 말했습니다. 그는 가만히 내 얼굴을 보고 말했습니다. '소위님은 이 네 사람 중에서 가장 오래 살고, 일본에서 죽습니다. 예상하는 것보다 훨씬 오래 살 겁니다.'

이번에는 제가 그의 얼굴을 빤히 쳐다보았습니다.

'소위님은, 어떻게 그런 걸 알 수 있느냐고 의문스러워하겠죠. 그러나 그건 저도 설명할 수 없습니다. 저는 다만 알 뿐입니다.'

'무슨 영감 같은 것인가?'

'어쩌면 그럴지도 모르죠. 하지만 영감이라는 말이 제 심정에 딱 와닿지는 않습니다. 그렇게 대단한 게 아니에요. 아까도 말했지만, 저는 그저 알 뿐입니다. 그게 다예요.'

'혹시 그런 재주가 있는 건가, 옛날부터?'

'그렇습니다.' 하고 그는 분명한 목소리로 말했습니다. '그러나 철이 들고부터는, 남이 알지 못하게 줄곧 숨겨 왔습니다. 지금은 생사의 기로에 놓여 있기 때문에, 그리고 상대가 소위님이라서 말씀드린 겁니다.'

'그럼 다른 사람들은? 그것도 알 수 있나?'

그는 고개를 저었습니다. '알 수 있는 사람도 있고, 알 수 없는 사람도 있습니다. 그러나 소위님은 모르는 편이 좋겠죠. 대학을 나온 소위님에게, 저 같은 인간이 뭐라도 된 것처럼 이렇게 말하는 것은 주제넘은 일일지 모르겠지만, 인간의 운명은 그것이 지나간 다음에 돌아보는 것입니다. 앞서 보는 것이 아닙니다. 저는 그렇게 해야 한다는 것에 어느 정도 익숙하지만, 소위님은 전혀 그렇지 못합니다.'

'아무튼 나는 여기서 죽지 않는다는 말인가?'

그는 발밑의 모래를 떠서 손가락 사이로 스르륵 떨어뜨렸습니다. '이거 하나는 말할 수 있습니다. 소위님이 이 중국 대륙에서 죽는 일은 없습니다.'

저는 좀 더 얘기를 하고 싶었는데, 혼다 하사는 그렇게만 말하고는 입을 다물어 버렸습니다. 사색에 잠기거나 혹은 명상에 들어간 듯 보였지요. 그는 소총을 든 채로 허허벌판을 지그시 노려보았습니다. 그 이상 제가 무슨 말을 해도, 그의 귀에는 들리지 않을 것 같았습니다.

저는 사구 밑에 낮게 친 텐트로 돌아가 하마노 옆에 누워서, 눈을 감았습니다. 그제야 겨우 잠이 왔습니다. 마치 발목을 잡혀 망망대해 속으로 끌려 들어가듯이 깊은 잠이었습니다."

13
마미야 중위의 긴 이야기 2

　"저를 깨운 것은 라이플의 안전장치를 푸는, 찰칵 하는 금속 소리였습니다. 전쟁터에 있는 병사라면, 아무리 깊게 잠들었어도 그 소리를 놓치지 않습니다. 그건 뭐랄까요, 특별한 소리입니다. 그 소리는 죽음 자체처럼 무겁고, 차갑습니다. 저는 거의 반사적으로 머리맡에 놓아둔 브라우닝 권총으로 손을 뻗었습니다만, 누군가가 구둣발로 관자놀이 부근을 걷어차, 그 충격으로 잠시 앞이 보이지 않았습니다. 숨을 고른 후에 눈을 살짝 떠 보니, 나를 걷어찬 인간이 몸을 구부리고 브라우닝을 집어 드는 모습이 보였습니다. 천천히 얼굴을 들자, 라이플 두 정의 총구가 제 머리를 겨누고 있더군요. 그 총구 너머로는 몽골 병사의 모습이 보였습니다.

　잠이 든 곳은 분명히 텐트 안이었는데, 언제 걷었는지 머리 위 온 하늘에서 별이 빛나고 있었습니다. 다른 몽골 병사는 옆에 있는 야마모토의 머리에 경기관총을 겨누고 있었습니다. 야마모토는 저항해 봐야 소용없다고 여겼는지, 마치 에너지를 절약하는 것처럼 조용히 누워 있었습니다. 몽골 병사는 모두 긴 외투를 걸치고, 전투용 헬멧을 쓰고 있었습니다. 두 병사가 대형 손전등을 손에 들고, 저와 야마모토의 모습을 비추고 있었습니다. 처음에 저는 대체 뭐가 절 깨웠는지, 상황 파악이 안 되었습니다. 너무 깊게 잠들었고, 받은 충격이 너무 컸기 때문이라고 생각합니다. 그런데 몽골 병사의 모습을 보고, 야마모토의 얼굴을 보고서야 겨우 사태를 이해하게 되었어요. 우리가 도하를 시도하기 전에 그들 쪽에서 먼저 우리 텐트를 발견한 것이었지요.

그다음 제 머리에 떠오른 것은 혼다와 하마노는 어떻게 되었을까 하는 것이었어요. 저는 천천히 고개를 비틀어 주변을 살펴보았지만, 둘의 모습은 어디에도 없었습니다. 그들이 벌써 몽골 병사에게 살해당했는지 아니면 용케 도망쳤는지, 알 수 없었습니다.

그들은 아까 도하 지점에서 봤던 정찰대인 듯했습니다. 그렇게 많은 수는 아니었습니다. 장비는 경기관총 하나와 소총 정도입니다. 지휘는 덩치 큰 하사관이 맡고 있고, 그 혼자만 제대로 된 장화를 신고 있었지요. 처음에 내 머리를 걷어찬 남자입니다. 그는 몸을 굽혀 야마모토의 머리맡에 놓인 가죽 가방을 집어 들더니, 열어서 안을 들여다보았습니다. 그리고 거꾸로 들어 휙휙 흔들었습니다. 그러나 땅에 떨어진 것은 담배 한 갑뿐이었습니다. 저는 놀랐습니다. 야마모토가 그 가방 안에 서류를 넣는 걸 제가 두 눈으로 봤기 때문이었어요. 그는 안장에 달린 주머니에서 서류를 꺼내, 가방에 넣고 틀림 없이 머리맡에 두었습니다. 야마모토 역시 태연한 표정을 지으려 애쓰고 있었지만, 그 표정이 순간적으로 흐려지는 게 제 눈에는 똑똑히 보였습니다. 그 서류가 언제, 어떻게 사라졌는지, 그 역시 전혀 모르는 눈치였습니다. 그러나 오히려 그에게는 잘된 일이었을 겁니다. 그 자신이 제게 말했듯이, 그 서류가 적에게 넘어가지 않도록 하는 것이 우리에게는 최우선 사항이었으니까요.

병사들은 우리 짐을 일일이 뒤집어 가면서 샅샅이 점검했습니다. 그러나 중요한 것은 뭐 하나 나오지 않았습니다. 그다음 그들은 우리 옷을 전부 벗기고, 그 주머니 하나하나도 뒤졌습니다. 그들은 총검으로 옷과 배낭을 찢었습니다. 그러나 서류는 어디에서도 나오지 않았습니다. 그들은 우리가 소지한 담배와 펜과 지갑과 공책과 시계를 압수해 자기들 주머니에 넣었습니다. 우리 구두를 번갈아 신어 보고는 사이즈가 맞으면 자기 것인 양 신었습니다. 누가 뭘 가질지를 놓고 병사들 사이에서 격한 입씨름이 있었지만, 하사관은 모르는 척했습니다. 몽골에서는 포로나 적의 전사자의 소유물을 갈취하는 것이 당연한 일이겠지요. 하사관은 자기 것으로는 야마모토의 시계 하나만 가졌을 뿐, 나머지는 병사들 멋대로 하게 내버려 두었습니다. 그 외의 군장비, 즉 권총과 탄약과 지도와 자석, 망원경 같은 것은 한꺼번에 부대 자루에 담았습니다. 그것들은 아마 울란바토르에 있는 사령부로 보내지겠지요.

그리고 그들은 벌거벗은 우리를 가늘고 튼튼한 끈으로 단단히 묶었습니다. 가까이 다가온 몽골 병사들 몸에서는 마치 오래도록 청소하지 않은 가축우리 같은 냄새가 풍겼습니다. 먼지에 뒤덮인 허름한 군복에는 군데군데 흙탕과 음식 얼룩 같은 것이 묻어 있었습니다. 군복이 원래 어떤 색이었는지조차 거의 알 수 없을 정도였습니다. 여기저기 구멍이 뚫려 너덜너덜한 구두는 금방이라도 찢겨 나갈 것처럼 보였습니다. 그러니 우리 구두를 탐내는 것도 무리는 아니었지요. 그들은 거친 얼굴에 이는 더럽고 수염은 멋대로 자라 있었습니다. 그들은 병사라기보다 마적이나 도적 떼처럼 보였지만, 그들이 소지한 소련제 무기와 별 달린 계급장은 그들이 몽골 인민공화국의 정규 군인이라는 것을 알려 주고 있었습니다. 하기야 제 눈에는 단결력이나 사기가 그리 높은 집단으로는 보이지 않았습니다. 몽골군은 보통 인내심이 강하고 상당히 거칩니다. 그러나 그런 성질은 집단으로 싸우는 근대전에는 그리 적합하지 않습니다.

얼어붙을 것처럼 추운 밤, 어둠 속에 하얗게 피어올랐다가 사라지는 그들의 입김을 보고 있으려니, 마치 무슨 착오가 있어 악몽 속 풍경의 일부에 발을 잘못 들여놓은 듯한 느낌이 들었지요. 저는 제 눈앞에서 벌어지고 있는 일들이 현실이라는 것을 받아들이지 못했던 겁니다. 정말 악몽이었습니다. 하지만, 이는 물론 나중에 안 것이지만, 그것은 거대한 악몽의 시작에 지나지 않았습니다.

그들 중 한 병사가 어둠 속에서 뭔가를 질질 끌고 왔습니다. 그리고 히죽 웃은 다음 그것을 우리 옆에 휙 내던졌습니다. 하마노의 시신이었습니다. 하마노의 구두는 이미 그들 수중에 넘어갔는지, 그는 맨발이었습니다. 그들은 하마노의 시신에서도 옷을 벗겨, 주머니에 든 것을 전부 점검했습니다. 손목시계와 지갑과 담배를 챙기고, 다 같이 담배를 나눠 피우면서 지갑을 뒤졌습니다. 지갑 안에는 만주국 지폐 몇 장과, 그의 어머니인 듯한 여성의 사진이 들어 있었습니다. 지휘를 맡고 있는 하사관이 뭐라고 말하면서 지폐를 꺼내 갔습니다. 어머니 사진은 땅에 버려졌습니다.

하마노는 보초를 서고 있을 때, 뒤에서 살금살금 다가온 몽골 병사의 칼에 목이 찢겨 나간 듯했어요. 우리가 하려던 행위를 그들이 먼저 한 셈입니다. 쩍 갈라진 상처에서 시뻘건 피가 흐르고 있었지요. 그러나 피도 어언 다 흐르고 말았는지, 상처의 크기에 비해서 흐르는 피의 양은 그렇게 많지 않았습니다. 한 병사가 허리에 찬 칼집에서 길이 15센티미터 정도 되는 휜 칼을 꺼내 제게 보였습니다. 그렇게 기묘한 형태의 칼은 처음 보았습니다. 특수한 용도로 사용하는 칼 같더군요. 그 병사는 그 칼로 목을 긋는 시늉을 하며 '쉬익' 하는 소리를 냈습니다. 몇몇 병사가 웃었습니다. 그 칼은 군의 지급품이 아니라 그의 개인 소지품인 듯했습니다. 모두 허리에 긴 총검을 차고 있었는데, 그 혼자만 휜 칼을 허리에 차고 있었기 때문이죠. 그가 그 칼로 하마노의 목을 그은 것 같았습니다. 그는 손 안에서 그 칼을 휘릭휘릭 돌린 후에 칼집에 다시 꽂았습니다.

야마모토는 아무 말 없이 눈만 움직여 제 쪽을 힐금 보았습니다. 아주 순간적인 일이었지만, 저는 그가 무슨 말을 하려 한다는 것을 바로 이해했습니다. 그의 눈은 '혼다가 안 보이는데, 무사히 도망을 친 건가.' 하고 말하고 있었습니다. 그리고 그 혼란과 공포 속에서 저 역시 그와 같은 생각을 하고 있었습니다. '혼다 하사는 대체 어디로 간 거지.' 하고 말이지요. 만약 그가 외몽군의 급습에서 제대로 도망쳤다면, 우리에게 아직 기회가 있을지도 모릅니다. 물론 허망한 기회일지도 모르지요. 혼다 혼자 뭘 할 수 있을지를 생각하면 그저 암담할 따름이었습니다. 그래도 기회는 기회입니다. 아무 기회가 없는 것보다는 낫지요.

우리는 단단히 묶인 채, 날이 밝을 때까지 모래 위에 누워 있었습니다. 경기관총을 지닌 병사와 소총을 지닌 병사가 우리를 감시하고 있었지만, 다른 병사들은 우리를 포획하고 안심했는지 조금 떨어진 곳에 모여 담배를 피우면서 떠들고 웃고 있었습니다. 저와 야마모토는 한마디도 하지 않았습니다. 5월이지만, 새벽에는 온도가 영하까지 떨어집니다. 벌거벗은 우리는 이대로 얼어 죽는 게 아닐까 하는 생각까지 했습니다. 그러나 그 추위도, 그때 제가 느낀 공포에 비하면 아무것도 아니었습니다. 우리 앞에 어떤 위험이 도사리고 있는지, 저는 상상도 할 수 없었습니다. 그들은 정찰대에 불과하니, 우리를 자신들의 판단으로 처분할 수는 없을 겁니다. 윗선의 명령을 기다릴 수밖에 없습니다. 그러니 한동안 죽임을 당하는 일은 없겠지요. 그러나 그 앞의 일은 전혀 예측할 수 없습니다. 야마모토는 보나마나 스파이일 테고, 저는 그와 함께 붙잡혔으니 자연히 그 협력자라고 치부될 것입니다. 아무튼, 일이 간단히 끝날 리는 없었습니다.

날이 밝고 얼마 후, 하늘에서 비행기 폭음인 듯한 소리가 들려왔습니다. 그리고 마침내 은색 기체가 시야에 들어왔습니다. 외몽군 마크가 찍힌 소련제 정찰기였습니다. 정찰기가 우리 머리 위를 몇 번 선회했습니다. 병사들이 모두 손을 흔들었습니다. 비행기는 날개를 몇 번 오르내려, 우리 쪽으로 신호를 보냈습니다. 그다음 비행기가 근처에 있는 사방이 탁 트인 장소에 모래먼지를 일으키며 착륙했습니다. 이 부근은 지반이 단단하고 장애물이 거의 없어서, 활주로 없이도 비교적 수월하게 이착륙이 가능합니다. 어쩌면 그들은 같은 장소를 전에도 몇 번이나 비행장 대신 사용했는지도 모릅니다. 병사 하나가 말에 올라타, 두 필의 예비 말을 끌고 그쪽으로 달려갔습니다.

병사가 고급 장교인 듯한 남자 둘을 데리고 돌아오더군요. 말에 탄 그들 중 하나는 러시아 사람이고 하나는 몽골인이었습니다. 우리를 붙잡았다고 정찰대 하사관이 사령부에 무선으로 보고했기 때문에 두 장교가 울란바토르에서 일부러 여기까지 온 것이리라고 나는 추측했습니다. 우리를 신문할 장교는 보나마나 정보부 소속이겠지요. 몇 해 전 반정부파에 대한 대숙청 당시에도 뒤에서 조종한 것은 GPU[11]였다는 얘기를 들었으니까요.

---

11) KGB의 전신인 소련 비밀 경찰.

두 장교는 청결한 군복 차림에 수염도 깔끔하게 깎은 모습이었습니다. 러시아 사람은 허리에 벨트가 달린 트렌치코트 같은 외투를 입고 있었습니다. 코트 아래 신은 장화 역시 반짝거리고, 얼룩 하나 없었어요. 러시아 사람치고는 키가 그렇게 크지 않고, 말랐습니다. 나이는 삼십 대 초반쯤일까요. 이마가 넓고, 코는 뾰족하고, 피부 빛은 엷은 분홍색에 가깝고, 금속테 안경을 끼고 있었습니다. 전체적으로 인상이라 할 만한 인상이 없는 얼굴이었습니다. 외몽군 장교는 러시아 사람과는 반대로 거뭇거뭇한 피부에 체구가 단단하고 땅딸한 남자로, 러시아군 옆에 서 있으니 마치 작은 곰처럼 보였습니다.

몽골인 장교는 하사관을 불러, 셋이 조금 떨어진 곳에 서서 무슨 얘기를 나눴습니다. 아마 자세한 보고를 듣고 있는 거겠지 싶었습니다. 하사관은 우리에게 빼앗은 것을 담은 부대 자루를 들고 와 내용물을 그들에게 보였습니다. 러시아 장교가 그것들 하나하나를 꼼꼼하게 조사하고는 전부 다시 부대 자루에 집어넣더군요. 러시아 사람이 몽골인 장교에게 뭐라고 말하자, 장교는 하사관에게 또 뭐라 말했습니다. 그리고 러시아 사람은 가슴 주머니에서 담뱃갑을 꺼내, 외몽골 장교와 하사관에게 권했습니다. 셋은 담배를 피우면서 대화를 나누었습니다. 러시아 사람은 오른손 주먹으로 왼손바닥을 몇 번이나 치면서 두 사람에게 말했습니다. 다소 짜증이 난 듯한 행동이었어요. 몽골인 장교는 찡그린 얼굴로 팔짱을 끼고만 있었고, 하사관은 몇 번 고개를 저었습니다.

그리고 장교는 우리가 있는 곳으로 천천히 걸어와 저와 야마모토 앞에 섰습니다. '담배 피우겠나?' 하고 그가 우리에게 러시아 말로 물었습니다. 저는 대학에서 러시아 말을 배웠기 때문에, 아까도 말씀드렸다시피 대충은 알아들을 수 있습니다. 그러나 골치 아픈 일에 휘말리고 싶지 않아, 전혀 모르는 척했습니다. '고마워. 그러나 필요없어.' 하고 야마모토가 러시아 말로 대답했습니다. 꽤 유창한 어투였습니다.

'좋아.' 하고 소련군 장교가 말했습니다. '러시아 말로 대화할 수 있으니, 말이 금방 통하겠군.'

그는 장갑을 벗어, 코트 주머니에 넣었습니다. 왼손 약지에 낀 조그만 금반지가 보였습니다. '당신도 잘 알겠지만, 우리는 어떤 물건을 찾고 있어. 그것도 아주 필사적으로. 그리고 우리는 당신이 그걸 갖고 있다는 걸 알아. 어떻게 아느냐는 질문은 하지 않도록. 아무튼 알고 있어. 그런데 당신은 지금 그걸 갖고 있지 않아. 논리적으로 생각해 보면, 잡히기 전에 당신이 그걸 어딘가에 숨겼다는 뜻이 되지. 아직 저쪽으로 ─ ' 하고 말한 다음 그가 할하강 쪽을 가리켰습니다. '넘어가지 않았어. 아무도 아직은 할하강을 건너지 않았으니까. 서간은 강의 이쪽 어딘가에 숨겨져 있을 거야. 내 말을 이해했나?'

야마모토는 고개를 끄덕였습니다. '당신이 한 말은 모두 이해했다. 그러나 그 서간에 대해서 우리는 아는 바가 없다.'

'좋아.' 하고 러시아 사람은 무표정하게 말했습니다. '그럼 한 가지 간단한 질문을 하지. 당신들은 여기서 대체 뭘 하고 있었나? 여기는 당신들도 잘 알다시피, 몽골 인민공화국 영토야. 당신들은 무슨 목적으로 남의 나라 영토에 들어온 것이지? 그 이

유를 듣고 싶군.'

우리는 지도를 작성하고 있었다, 하고 야마모토는 설명했습니다. 나는 지도 회사에서 일하는 민간인으로, 여기 있는 이 사람과 죽은 사람은 나를 호위하기 위해 따라왔다. 강의 이쪽이 제군의 영토라는 것은 알고 있고, 국경을 넘은 점에 대해서는 미안하게 생각한다. 그러나 우리는 영토를 침범했다는 의식이 전혀 없었다. 우리는 강의 이쪽 높은 지대에서 지형을 보고 싶었을 뿐이다, 하고.

러시아 장교는 야마모토가 하는 말이 마음에 들지 않는다는 듯이 얇은 입술을 비틀고 웃었습니다. '미안하게 생각한다.' 하고 그는 야마모토의 말을 천천히 되풀이했습니다. '그렇군. 높은 지대에서 지형을 보고 싶었다고. 흠, 그렇지. 높은 곳에 올라가면 사방이 잘 보이기는 하지. 일리가 있는 말이야.'

그는 잠시, 아무 말 않고 하늘에 뜬 구름을 바라보았습니다. 그리고 야마모토에게로 시선을 돌리고는, 천천히 고개를 저으면서 한숨을 쉬었습니다.

'당신이 하는 말을 믿을 수 있다면 참 좋겠군. 당신 어깨를 툭 치면서 '알았어. 자, 강을 건너 저쪽으로 돌아가라고. 다음부터는 주의하고.' 그렇게 말할 수 있다면 얼마나 좋겠나. 거짓말이 아니야. 정말 그렇게 생각해. 그러나 안타깝게도, 나는 그럴 수가 없군. 왜냐, 나는 당신이 누군지를 잘 알고 있기 때문이지. 당신이 여기서 뭘 했는지도 잘 알고 있어. 우리는 하이라얼에 친구가 몇 명 있어. 당신이 울란바토르에 친구가 몇 명 있는 것처럼 말이지.'

러시아 사람은 주머니에서 장갑을 꺼내 탁탁 접은 후, 다시 주머니에 집어넣었습니다. '솔직히 말해서, 나 개인적으로는 당신들을 고문하거나 죽이는 데 별 관심이 없어. 서간만 내게 넘겨주면, 당신들에게 더 이상 볼일이 없다고. 나의 재량으로 당신들을 이 자리에서 바로 풀어 줄 수도 있어. 그럼 그대로 강을 건너 저쪽으로 돌아갈 수 있지. 그건 나의 명예를 걸고 약속해. 그다음 일은 우리의 국내 문제야. 당신들은 관계없어.'

동쪽에서 비치는 태양 빛이 이제야 제 몸을 따스하게 데우기 시작했습니다. 바람은 불지 않고, 하늘에는 하얗고 딱딱한 구름이 점점이 떠 있었습니다.

긴 침묵이 이어졌습니다. 누가 하나 입을 열지 않았습니다. 러시아 장교도, 몽골인 장교도, 정찰대 병사들도, 야마모토도, 모두 침묵을 지켰습니다. 야마모토는 붙잡힌 순간부터 이미 죽음을 각오했는지, 얼굴에 표정다운 표정이 전혀 어려 있지 않았습니다.

'그러지 않으면 당신들, 둘 다, 여기서, 죽게, 될 거야.' 하고 러시아 장교가 말을 한 마디 한 마디씩 잘라 가며, 마치 어린애에게 들려주듯 천천히 말했습니다. '그것도 상당히 고통스러운 죽음을 당하게 될 거야. 그들은 ─' 러시아 장교는 그렇게 말하고, 몽골 병사 쪽을 보았습니다. 경기관총을 겨누고 있는 덩치 큰 병사가 제 얼굴을 보고서, 더러운 이를 드러내며 히죽 웃었습니다. '그들은, 정교하고 복잡하게 죽이는 것을 아주 좋아하지. 그 방면에서는 고수들이야. 몽골 사람들은 칭기즈칸 시대부터 사람을 아주 잔인하게 죽이는 행위를 즐겨 왔고, 그 방법도 잘 알아. 우리 러시아 사람들은 그 사실을 지겹도록 잘 알지. 학교에서 역사 시간에 배우거든. 과거에 몽골 사람들이 러시아에서 무슨 짓을 했는지 말이야. 그들이 러시아에 침입했을 때, 백만 명을 죽였어. 아무 의미 없이 죽였지. 키예프에서 포로가 된 러시아 귀족들을 몇백 명이나 한꺼번에 죽인 얘기를 아나 모르겠군. 그들은 넓적하고 두꺼운 판을 만들어서, 그 밑에 귀족들을 죽 깔아 놓고 그 판 위에서 축연을 벌였어. 그 무게로 짓눌러 죽였지. 보통 사람은 그런 발상을 잘 못해. 안 그런가? 시간도 걸리고, 준비하기도 힘들고 말이야. 귀찮기만 할 뿐이잖아. 그런데도 그들은 굳이 그런 짓을 하지. 왜냐, 그게 그들의 즐거움이기 때문이야. 그들은 지금도, 그런 짓거리를 하고 있어. 난 전에 한번 내 눈으로 본 적이 있어. 난 그때껏 꽤 험악한 광경을 많이 봐 왔다 여겼는데, 그날 밤에는 식욕도 없었던 기억이 나는군. 내가 무슨 말을 하는지 전해졌는지 모르겠군. 내 말투가 너무 빠르지 않나?'

야마모토는 고개를 저었습니다.

'좋아.' 하고 그는 말했습니다. 그리고 한 번 헛기침을 하면서 틈을 두었습니다. '이번이 두 번째니까, 잘하면 저녁때까지 식욕이 돌아올지도 모르지. 그러나 나로서는, 가능하면 불필요한 살생은 피하고 싶군.'

러시아 사람은 뒷짐을 지고, 잠시 하늘을 올려다보았습니다. 그리고 장갑을 꺼내 들고, 비행기 쪽을 보았습니다. '날씨가 좋군.' 하고 그가 말했습니다. '봄이야. 아직 조금 춥지만, 이 정도가 딱 좋지. 더워지면 모기가 생기잖아. 끔찍한 모기.

여름보다, 봄이 훨씬 좋아.' 그는 또 담뱃갑을 꺼내 한 개비를 입에 물고 성냥을 그어 불을 붙였습니다. 그리고 천천히 연기를 빨아들이고, 천천히 토해 냈습니다. '다시 한번 묻는데, 정말 시간에 대해서 모른다는 거지?'

'니예트.'[12] 하고 야마모토는 짧게 대답했습니다.

'좋아.' 하고 러시아 사람은 말했습니다. '좋아', 그리고 그는 몽골인 장교에게 몽골 말로 뭐라 말했습니다. 장교는 고개를 끄덕인 다음, 병사들에게 명령을 전했습니다. 병사들이 어디선가 통나무를 가져오더니 총검으로 그 끝을 뾰족하게 깎아 말뚝 네 개를 만들었습니다. 그리고 필요한 거리를 보폭으로 재어, 말뚝 네 개가 거의 사각을 이루도록 지면에 돌로 쾅쾅 박았습니다. 그 준비를 하는 데 한 이십 분 정도가 걸렸을 겁니다. 앞으로 무슨 일이 시작될지, 저는 짐작조차 할 수 없었습니다.

'그들에게 멋진 살육이란, 멋진 요리 같은 것이다.' 하고 러시아 사람은 말했습니다. '준비하는 데 걸리는 시간이 길면 길수록, 그 기쁨도 크지. 죽이기만 하는 거라면 총 한 발을 땅 쏘면 그만이야. 한순간에 끝나지. 그러나 그래서는 ─ ' 그는 손가락 끝으로 매끈한 턱을 천천히 쓰다듬었습니다. ' ─ 재미가 없어.'

그들은 야마모토를 묶은 끈을 풀고, 그를 그 말뚝 박힌 곳으로 데려갔습니다. 그는 알몸인 채로 말뚝에 손발이 묶였습

---

12) nyet. 러시아어로 영어의 No와 같다.

니다. 큰 대자로 눕혀진 그의 몸 군데군데 상처가 보였습니다. 모두 생생한 상처였습니다.

'당신들도 알겠지만, 그들은 유목민이야.' 하고 장교가 말했습니다. '유목민은 양을 키워 그 고기를 먹고, 털을 깎아 내고, 가죽을 벗기지. 양은 그들에게 완전한 동물이야. 그들은 양과 함께 생활하고, 양과 함께 살아. 그들은 아주 능숙하게 양의 가죽을 벗기지. 그리고 그 가죽으로 텐트를 짓고, 옷을 만들어. 당신, 그들이 양의 가죽을 벗기는 거 본 적이 있나?'

'죽일 거면 빨리 죽이지그래.' 하고 야마모토가 말했습니다.

러시아 사람은 손바닥을 마주 대고 천천히 비비면서, 고개를 끄덕였습니다. '걱정 마, 반드시 죽여 줄 테니까. 걱정할 거 없어. 전혀, 걱정할 거 없어. 시간이 조금 걸리겠지만, 반드시 죽을 거니까 걱정 말라고. 서두를 게 뭐 있나. 이곳은 사방에 아무것도 없는 황야야. 시간은 얼마든지 있어. 게다가, 나는 얘기하고 싶은 게 여러 가지로 많거든. 그래서 말인데, 그 가죽을 벗기는 작업 말이야, 어느 집단에도 가죽을 벗기는 전문가가 한 명은 있어. 프로페셔널이야. 그들은 정말 멋지게 가죽을 벗기지. 거의 기적적이라고 해도 좋을 정도야. 예술이지. 정말 순식간에 벗겨내거든. 산 채로 가죽을 벗기는데, 벗겨지고 있다는 걸 인식하지 못하는 게 아닐까 싶을 정도로 신속하게 벗겨 내. 그러나 ― ' 하고서 그는 가슴 주머니에서 담뱃갑을 꺼내, 그걸 왼손에 들고 오른손가락으로 톡톡 쳤다. ' ― 물론 인식하지 못할 리가 없지. 산 채로 가죽을 벗기면, 벗겨지는 쪽은 엄청 아프거든. 상상할 수 없을 정도로 아파. 그리고 죽는

데도 시간이 엄청 걸리고. 출혈 과다로 죽게 되는데, 그게 시간이 좀 많이 걸려야지.'

그는 손가락으로 딱 소리를 냈습니다. 그러자 그와 비행기를 타고 같이 온 몽골인 장교가 앞으로 나왔습니다. 그가 코트 주머니에서 칼집에 든 칼을 꺼냈습니다. 아까 목을 긋는 흉내를 냈던 병사가 갖고 있던 것과 똑같은 모양의 칼이었어요. 그는 칼집에서 칼을 꺼내 들고 공중을 획획 그었습니다. 아침 햇살에 그 무쇠 칼날이 희뿌옇게 빛났습니다.

'이 남자가 그런 전문가 중의 한 사람이야.' 하고 러시아 장교가 말했습니다. 이 칼을 잘 보라고. 이건 가죽을 벗기는 전용 칼이야. 정말 잘 만들어졌어. 날이 면도날처럼 얇고, 날카롭지. 그리고 그들의 기술은 수준이 아주 높아. 그게, 그렇지 않겠나. 몇천 년 동안 동물의 가죽을 계속 벗겨 온 민족이니 말이지. 그들은 정말, 복숭아 껍질을 벗기듯 사람의 거죽을 벗기지. 아주 정교하게, 깔끔하게, 상처 하나 내지 않고. 내 말이 너무 빠른가?'

야마모토는 아무 말도 하지 않았습니다.

'조금씩 벗겨.' 하고 러시아 장교가 말했습니다. '거죽에 상처 하나 내지 않고 벗기려면, 천천히 하는 게 최선이니까. 만약 도중에 무슨 말이 하고 싶어지면 그렇다고 말해, 바로 중단할 테니까. 그러면 죽지 않을 수 있어. 그는 지금까지 몇 번 사람의 거죽을 벗겼는데, 끝까지 입을 열지 않은 인간은 단 한 명도 없었어. 그거 하나는 기억해 두라고. 중단은 최대한 빠른 편이 좋겠지. 그래야 피차 편하니까.'

칼을 쥔 그 곰 같은 장교는 야마모토 쪽을 보고 히죽 웃었습니다. 저는 그 웃음을 지금도 기억하고 있어요. 지금도 꿈에도 봅니다. 저는 그 웃음을 도저히 잊을 수가 없어요. 그리고 그는 작업에 들어갔습니다. 병사들은 손과 무릎으로 야마모토의 몸을 누르고, 장교는 그 칼로 야마모토의 거죽을 정교하게 벗겨 나갔습니다. 정말 그는 복숭아 껍질이라도 벗기듯, 야마모토의 거죽을 벗겼습니다. 나는 똑바로 쳐다볼 수가 없었어요. 저는 눈을 감았습니다. 제가 눈을 감자, 몽골인 병사가 개머리로 저를 쳤습니다. 제가 눈을 뜰 때까지, 그는 저를 마구 쳤습니다. 그러나 눈을 뜨나 감으나, 야마모토의 목소리는 들리지 않았습니다. 그는 처음에는 꿈쩍 않고 꾹 참았습니다. 그러나 도중에 비명을 지르기 시작했습니다. 그것은 이 세상에는 없을 듯한 소리였습니다. 남자는 칼로 우선 야마모토의 오른쪽 어깨를 좍 그었습니다. 그리고 위에서부터 오른팔의 거죽을 벗겨 냈습니다. 그는 정말 소중하다는 듯이, 천천히 꼼꼼하게 팔의 거죽을 벗겼습니다. 러시아 장교가 말했던 대로, 그것은 예술이라고 해도 좋을 솜씨였습니다. 만약 비명이 들리지 않았다면, 아무런 아픔도 느끼지 않는 게 아닐까 하는 생각마저 들지 않았을까 싶군요. 그러나 그 비명은, 그에 부수되는 아픔의 크기를 말해 주고 있었습니다.

마침내 오른팔의 거죽이 완전히 벗겨져 떨어져 나왔습니다. 마치 얇은 시트 한 장 같았습니다. 거죽을 벗긴 장교는 그것을 옆에 있는 병사에게 건넸습니다. 병사는 그걸 손가락으로 잡아 펼쳐서, 모두에게 보여 주었습니다. 그 거죽에서는 아직도 피가 뚝뚝 떨어졌습니다. 몽골인 장교가 왼팔로 옮겨갔습니다. 같은 일이 반복되었습니다. 그는 양팔의 거죽을 벗기고, 성기와 고환과 귀를 잘라 냈습니다. 그리고 머리 거죽을 벗기고, 얼굴을 벗기고, 마침내 전부 벗기고 말았습니다. 야마모토는 정신을 잃었다가는 되찾고, 그러고는 또 잃었습니다. 정신을 잃으면 소리가 사라지고, 정신이 돌아오면 비명이 계속되었습니다. 그러나 그 목소리도 점차 약해지고, 끝내는 사라졌습니다. 그동안 러시아 장교는 장화 굽으로 지면에 의미 없는 도형을 그리고 있었습니다. 몽골인 병사들은 하나같이 입을 다물고, 그 작업을 지그시 바라보았습니다. 그들은 모두 표정이 없었습니다. 혐오감도 없거니와, 감동도 경악도 엿볼 수 없었습니다. 그들은 마치 우리가 산책하는 길에 무슨 공사 현장을 구경할 때 같은 표정으로, 야마모토의 거죽이 한 장 한 장 벗겨져 나가는 과정을 지켜보았습니다.

저는 그사이에 몇 번이나 토악질을 했습니다. 끝에는 더 이상 토할 것이 없는데도, 계속 토해 댔습니다. 곰 같은 몽골인 장교는 마지막으로 완전히 벗겨 낸 야마모토의 몸통 거죽을 펼쳤습니다. 거기에는 젖꼭지까지 붙어 있었습니다. 그렇게 끔찍한 것을, 저는 그 전후를 막론하고 한 번도 본 적이 없습니다. 누군가가 그것을 받아들고, 시트라도 말리듯 말렸습니다. 그 자리에는 거죽이 완전히 벗겨져, 뻘건 피투성이 살덩이가 된 야마모토의 시신이 나뒹굴고 있을 뿐이었습니다. 가장 끔찍한 것은 그 얼굴이었습니다. 뻘건 살 속에 허옇고 커다란 안구가, 눈을 부릅뜬 것처럼 박혀 있었습니다. 이가 드러나 보이는 입은 무슨 소리를 외치듯 쩍 벌어져 있었습니다. 코가 잘려 나간 자리에는 조그만 구멍이 남아 있을 뿐이었습니다. 지면은 온통 피바다였습니다.

러시아 장교는 지면에 침을 툇 뱉고, 제 얼굴을 보았습니다. 그리고 주머니에서 손수건을 꺼내 입가를 닦았습니다. '아무래도 저 남자가 정말 몰랐던 모양이군.' 하고 그는 말했습니다. 그리고 손수건을 다시 주머니에 넣었습니다. 그의 목소리가 조금 전보다 다소 건조했습니다. '알고 있었다면 틀림없이 실토했을 텐데. 딱하게 되었군. 그러나 그 역시 전문가니까, 언젠가는 원치 않는 죽음을 당했을 거야. 뭐, 그건 그렇고, 그가 몰랐다면, 자네가 뭘 알고 있을 리도 없겠지.'

러시아 장교는 담배를 입에 물고, 성냥을 그었습니다.

'그 얘기는, 자네에게 이제 이용 가치가 없다는 뜻인데. 고문을 해서 입을 열게 할 가치도 없고, 포로로 삼아 살려 둘 가치도 없고. 사실 우리는, 이번 사건을 아주 내밀하게 처리하고 싶거든. 시끄럽게 만들고 싶지 않아. 그러니 자네를 울란바토르로 데려가면 일이 좀 귀찮아질 거야. 가장 좋은 건, 지금 당장 자네 머리에 총알을 박아 어디에다 묻든지, 태워서 할하강에 내던지든지 하는 건데. 그러면 모든 게 간단히 끝나지. 그렇지 않나?' 그는 그렇게 말하고 내 얼굴을 빤히 들여다보았습니다. 저는 그가 무슨 말을 하는지 전혀 이해하지 못하는 척했습니다. '자네는 러시아 말을 모르는 것 같으니, 이런 말을 일일이 해 봐야 시간 낭비겠지만, 아무튼 좋아. 이건 내가 혼자 중얼거리는 말이라 해 두지. 그렇게 여기고 들으라고. 자네에게 좋은 소식이 하나 있어. 나는 자네를 죽이지 않기로 했어. 이건 자네 친구를, 본의 아니게 쓸데없이 죽여 버린 것에 대한, 나의 사죄의 마음이라고 해석해도 좋아. 오늘은 아침부터 다 같이 살인을 마음껏 만끽했어. 이런 일은 하루에 한 번이면 족하지. 그러니까 자네는 죽이지 않을 거야. 죽이는 대신, 살아남을 기회를 주지. 잘하면 — 살 수 있을 거야. 가능성이 그리 높지는 않아. 거의 없다고 해도 좋지. 그러나 기회는 기회잖아. 적어도, 거죽이 벗겨 나가는 것보다는 낫겠지. 안 그런가?'

그가 손을 들어 몽골인 장교를 불렀습니다. 그는 거죽을 벗긴 칼을 수통의 물로 애지중지 씻어, 조그만 숫돌에 막 다 간 참이었습니다. 몽골인 병사들은 야마모토의 몸에서 벗겨 낸 거죽을 펼쳐, 그 앞에서 뭐라고 옥신각신하고 있었습니다. 보아하니 그 세부적인 기술에 대해 의견을 교환하고 있는 듯했습니다. 몽골인 장교는 칼을 칼집에 꽂고, 그걸 코트 주머니에 넣은 후에 이쪽으로 걸어왔습니다. 그는 내 얼굴을 잠시 바라본 다음, 러시아 장교 쪽을 돌아보았습니다. 러시아 장교가 그에게 몽골 말로 몇 마디 하자, 몽골인 장교는 무표정하게 고개를 끄덕였습니다. 병사가 그들을 위해 말 두 필을 끌고 왔습니다.

'우리는 이제 비행기를 타고 울란바토르로 돌아갈 것이다.' 하고 러시아 장교가 말했습니다. '빈손으로 돌아가게 되어 아쉽지만, 어쩔 수 없지. 잘 풀리는 경우도 있고, 잘 안 풀리는 경우도 있는 법. 저녁때까지 식욕이 돌아오면 좋겠는데, 그다지 자신이 없군.'

그리고 그들은 말을 타고 떠났습니다. 이륙한 비행기가 조그만 은색 점이 되어 서쪽 하늘로 사라지자, 뒤에는 저와 몽골 병사와 말만 남았습니다.

　몽골 병사들은 저를 말 안장에 단단히 묶고, 대열을 맞춰 북쪽을 향해 출발했습니다. 제 바로 앞에 있는 몽골 병사가 조그맣고 낮은 목소리로, 단조로운 멜로디의 노래를 불렀습니다. 그 외에 들리는 소리라고는, 말발굽이 모래를 사륵사륵 쳐내는 마른 소리뿐이었습니다. 그들이 저를 어디로 데려가고 있는지, 그리고 자신이 앞으로 어떤 꼴을 당할지, 저는 알 수 없었습니다. 제가 아는 것은, 저라는 인간이 그들에게 아무런 가치도 없는 불필요한 존재라는 사실뿐이었습니다. 저는 그 러시아 장교가 했던 말을 머릿속에서 몇 번이나 곱씹어 보았습니다. 그는 저를 죽이지 않겠다고 했습니다. 죽이지는 않겠다 — 그러나 살아남을 기회는 거의 없을 것이다라고 했습니다. 그 말이 구체적으로 뭘 의미하는지, 저는 몰랐습니다. 그의 말은 너무도 막연했습니다. 어쩌면 저를 끔찍한 트릭이 담긴 게임 같은 것에 사용하려는 것인지도 모릅니다. 깔끔하게 죽이지 않고, 천천히 그 트릭을 즐기려는 속셈인지도 모릅니다.

　말은 이렇게 하고 있지만, 저는 그 자리에서 깔끔하게 죽임을 당하지 않은 것에, 특히 야마모토처럼 산 채로 거죽이 벗겨지지 않은 것에 안도의 한숨을 내쉬었습니다. 이렇게 된 이상, 언젠가 어쩔 수 없이 죽는다 해도, 그렇게 끔찍하게 죽고 싶지는 않았습니다. 게다가 뭐가 어찌 되었든, 적어도 저는 아직 이렇게 살아 있고, 숨을 쉬고 있습니다. 그리고 러시아 장교가 한 말을 그대로 믿는다면, 저는 당장은 죽지 않을 겁니다. 죽을 때까지 시간 여유가 있다는 것은, 그만큼 살아남을 가능성도 있다는 뜻입니다. 그게 미미한 가능성일지언정, 저는 그 가능성에 매달릴 수밖에 없었습니다.

그리고 혼다 하사의 말이 문득 저의 뇌리를 스쳤습니다. 제가 중국 대륙에서 죽는 일은 없을 거라던 기묘한 예언 말입니다. 저는 말 안장에 묶여 끌려가면서, 사막을 달구는 태양이 벌거벗은 등을 빠직빠직 태우는 가운데, 그가 했던 말 하나하나를 수도 없이 반추했습니다. 그의 그때 표정과 억양과 말의 울림을 시간을 두고 떠올렸습니다. 그리고 그 예언을 믿기로 했습니다. 그래, 나는 이런 곳에서 덧없이 죽지 않을 거야, 반드시 여기서 빠져나가 살아서 고향 땅을 밟을 거야, 저는 마음속으로 그렇게 단단히 다짐했습니다.

두 시간이나 세 시간쯤, 그들은 북쪽으로 계속 올라갔습니다. 그리고 라마교의 석탑이 있는 곳에서 멈췄습니다. 오보라고 하는 석탑들입니다. 석탑은 일종의 장승 같은 것으로, 사막에서 귀중한 표식 역할도 합니다. 오보 앞에서 말에서 내리자 그들은 저를 묶은 끈을 풀었습니다. 그리고 두 병사가 저의 몸을 양옆에서 부축하듯 끼고서 조금 떨어진 곳으로 데려갔습니다. 여기에서 죽이려나 보다고 저는 생각했습니다. 그들이 저를 데리고 간 곳은, 땅을 파서 만든 우물이었습니다. 우물 주변에는 약 1미터 높이의 석벽이 빙 둘러 있었습니다. 그들은 저를 그 우물가에 무릎 꿇게 하고, 목 뒤를 잡고 우물 안을 들여다보게 했습니다. 우물이 상당히 깊은지, 안은 캄캄해서 아무것도 보이지 않았습니다. 장화를 신은 하사관이 주먹만 한 크기의 돌을 가져와, 우물 안으로 던졌습니다. 잠시 후에 퍽 하는 마른 소리가 들렸습니다. 마른 우물 같았습니다. 옛날에는 사막에서 우물 역할을 했지만, 지하 수맥의 이동으로 오래전에 말라 버린 것이겠죠. 돌이 바닥에 닿은 시간을 보면, 깊이가 상당할 듯했습니다.

하사관이 제 얼굴을 보면서 키들키들 웃었습니다. 그리고 그는 벨트에 달린 가죽 색에서 커다란 자동 권총을 꺼냈습니다. 그는 안전장치를 풀고, 총알을 약실로 밀어 넣었습니다. 찰칵하는 소리가 나더니, 그가 내 머리에 총구를 들이댔습니다.

그러나 그는 한참이나 방아쇠를 당기지 않았습니다. 그는 총신을 천천히 아래로 내렸습니다. 그리고 왼손을 들고 제 등 뒤에 있는 우물을 가리켰습니다. 저는 혀로 마른 입술을 핥으면서, 가만히 그의 권총을 쳐다보았습니다. 요컨대 이런 뜻이었지요. 저는 둘 중에서 하나의 운명을 선택할 수 있습니다. 한 가지는, 지금 당장 그의 총에 맞는 것입니다. 저는 깔끔하게 죽습니다. 다른 한 가지는 스스로 우물에 뛰어드는 것입니다. 우물이 깊으니, 잘못 떨어져 부딪치면 죽을 수도 있습니다. 그러지 않으면, 저는 그 캄캄한 우물 속에서 조금씩 죽어 가게 됩니다. 저는 그제야 겨우 이해했습니다. 그것이 바로 러시아 장교가 말했던 기회였던 것이지요. 그리고 하사관은 지금은 그의 소유가 된 야마모토의 손목시계를 가리키며, 손가락 다섯 개를 세웠습니다. 생각할 시간을 오 초 주겠다는 뜻입니다. 저는 그가 셋을 셀 때, 석벽에 다리를 올리고, 과감하게 우물 속으로 뛰어들었습니다. 달리 제가 선택할 수 있는 길은 없었습니다. 저는 우물 벽을 잡고, 돌을 타고 내려가려고 생각했지만 실제로는 그럴 여유가 없었습니다. 손이 미처 벽을 잡지 못해, 그대로 바닥으로 떨어지고 말았습니다.

정말 깊은 우물이었습니다. 제 몸이 바닥에 닿을 때까지 꽤 긴 시간이 걸렸던 것 같습니다. 물론 실제로는 기껏해야 몇 초였지, '긴 시간'이라고 할 만한 시간이 아니었겠지요. 그러나 어둠 속에서 떨어지는 동안, 저는 실로 많은 생각을 했던 것으로 기억합니다. 저는 먼 고향을 생각했습니다. 제가 출정하기 전에 딱 한 번 품었던 여인을 생각했습니다. 부모님을 생각했습니다. 저는 제게 남동생이 아니라 여동생이 있다는 것을 다행스러워했습니다. 제가 여기서 죽더라도, 적어도 그녀만은 징집되는 일 없이 부모님 곁에 남을 수 있습니다. 저는 찹쌀 경단을 생각했습니다. 그리고 제 몸이 마른 땅에 부딪혔을 때, 저는 그 충격으로 잠시 정신을 잃었습니다. 마치 온몸의 공기가 다 빠져나간 듯한 기분이었습니다. 제 몸은 모래주머니처럼 우물 바닥에 픽 부딪쳤습니다.

그러나 충격으로 정신을 잃은 시간은 아주 잠깐이었을 겁니다. 제가 의식을 되찾았을 때, 무슨 물방울 같은 것이 제 몸에 떨어지고 있었습니다. 처음에는 비가 내리는 줄 알았지요. 하지만 비가 아니었어요. 그것은 소변이었습니다. 몽골 병사들이 우물 바닥에 떨어진 저를 향해 오줌을 누고 있었습니다. 저 위를 올려다보니, 그들이 둥그런 구멍 가에 서서 번갈아 오줌을 누는 모습이 그림자처럼 조그맣게 떠 있었습니다. 뭐랄까, 아주 비현실적인 광경이었어요. 그것은 마치, 마약을 먹었을 때 생기는 환각 현상처럼 느껴졌습니다. 하지만 현실이었죠. 저는 우물 바닥에 있고, 그들은 저를 향해 진짜 오줌을 누고 있었습니다. 볼일을 다 보자, 누군가가 손전등으로 제 모습을 비췄습니다. 웃는 소리가 들렸습니다. 그리고 그들 모습이 구멍 가에서 사라졌습니다. 그들이 가 버리자, 모든 것이 깊은 침묵 속에 잠겼습니다.

저는 한동안 고개를 푹 숙인 채, 그들이 다시 돌아오는지 움직임을 살피기로 했습니다. 그러나 이십 분이 지나고 삼십 분이 지나도(물론 시계가 없으니, 대략 그 정도 시간일 거라고 생각했습니다만) 그들은 돌아오지 않았습니다. 그들은 완전히 물러간 듯했습니다. 저는 거기에, 사막 한가운데에 있는 우물 바닥에, 홀로 남겨졌습니다. 그들이 돌아오지 않는다고 판단되자, 저는 우선 제 몸이 어떤지를 점검했습니다. 어둠 속에서 자신의 몸 상태를 알아보는 것은 몹시 힘든 일입니다. 제 몸을 볼 수가 없습니다. 어떤 상태에 있는지 눈으로 확인할 수 없습니다. 자신이 느끼는 감각만으로, 그 상태를 가늠해야 합니다. 그러나 깊은 어둠 속에 있자니, 자신이 지금 느끼는 감각이 정말 옳은 감각인지, 그걸 잘 모르겠더군요. 왠지 몰라도 자신이 무언가에 현혹되어, 착각하고 있는 듯한 느낌마저 들었습니다. 정말 기묘한 느낌이었지요.

그러나 저는 조금씩, 그리고 주의 깊게, 자신이 놓인 상태를 하나하나 장악해 갔습니다. 제일 먼저 알았고 더불어 행운이었던 것은, 우물 바닥이 비교적 부드러운 모래땅이라는 점이었습니다. 만약 그렇지 않았다면, 우물의 깊이로 봐서 제 뼈는 충돌 당시에 다 부서지든 부러지든 했겠지요. 저는 크게 심호흡을 한 번 한 후에, 몸을 움직여 보기로 했습니다. 우선 손가락을 움직여 보았습니다. 손가락은, 다소 뻑뻑했지만 그런대로 움직였지요. 그다음 몸을 땅에서 일으켜 보려고 했습니다. 그러나 저는 제 몸을 일으킬 수 없었습니다. 몸이 모든 감각을 잃어버린 듯 느껴졌어요. 의식은 분명히 있습니다. 그러나 그 의식과 육체가 제대로 이어지지 않았어요. 제가 뭔가를 하려고 해도, 그 생각이 근육의 움직임으로 전환되지 않았습니다. 저는 그만 포기하고 어둠 속에서 한동안 조용히 누워 있었습니다.

얼마나 그렇게 꼼짝 않고 있었는지는 모릅니다. 그러다 감각이 조금씩 되살아났지요. 그러나 감각의 회복과 동시에, 당연한 결과지만 통증도 밀려왔습니다. 상당히 심한 아픔이었습니다. 다리뼈가 부러졌나 하고 저는 생각했습니다. 어깨도 탈골되었을지 모릅니다. 또는, 운이 나쁘면 부러졌을지도 모릅니다.

저는 그 자세로 아픔을 견뎠습니다. 눈물이 절로 볼을 타고 흘러내렸습니다. 아픔 때문에 흐르는 눈물이기도 하지만, 절망 때문에 흐르는 절박한 눈물이기도 했습니다. 세계의 끝에 있는 사막 한가운데, 그것도 깊은 우물의 캄캄한 어둠 속에서 홀로 격한 통증에 시달리는 것이 얼마나 고독한 일인지, 얼마나 절망적인 일인지, 아마 잘 모르실 겁니다. 저는 자신이 그 하사관의 총에 맞아 깨끗하게 죽지 못한 것이 후회스러웠습니다.

제가 만약 누군가의 총에 맞아 죽었다면, 적어도 제 죽음을 그들이 감지합니다. 그러나 여기서 죽으면, 그건 정말 외로운 죽음입니다. 아무도 감지하지 못하는, 소리 없는 죽음입니다.

때로 바람 소리가 들렸습니다. 바람이 지표를 훑고 지나갈 때, 우물 입구에서 신기한 소리가 나더군요. 어딘가 먼 세계에서 여인이 한탄하며 우는 소리 같았지요. 그 어딘가 먼 세계와 이 세계가 좁은 구멍으로 연결되어 있어, 그 소리가 이쪽에 들리는 겁니다. 그러나 그 소리도 아주 간간이 들릴 뿐입니다. 저는 깊은 침묵과 깊은 어둠 속에 홀로 남겨져 있었습니다.

저는 아픔을 견디면서, 주변의 땅을 손바닥으로 더듬어 보았습니다. 우물 바닥은 평평했습니다. 그렇게 넓지는 않습니다. 지름이 1미터 60에서 70센티미터 정도 될까요. 손바닥으로 지면을 더듬고 있을 때, 딱딱하고 뾰족한 것이 만져졌습니다. 저는 놀라서 반사적으로 손을 획 당겼다가, 다시 한번 천천히 조심스럽게, 거기 있는 무언가로 손을 뻗어 보았습니다. 그리고 제 손가락이 다시 그 뾰족한 것에 닿았습니다. 처음에 저는 그게 나뭇가지인 줄 알았습니다. 그러나 곧 뼈라는 것을 알게 되었어요. 인간의 뼈가 아닙니다. 좀 더 작은 동물의 뼈입니다. 긴 시간이 흘렀는지, 또는 떨어진 제 몸에 깔린 탓인지, 조각조각 바스러져 있었습니다. 그 작은 동물의 뼈 외에 우물 바닥에는 아무것도 없었습니다. 사륵거리는 자잘한 모래가 있을 뿐입니다.

그리고 손바닥으로 벽을 더듬어 보았습니다. 얇고 평평한 돌을 쌓아 올린 벽인 듯했습니다. 한낮에는 지표가 상당히 뜨거운데 그 뜨거움이 이 지하 세계까지는 닿지 않아, 돌은 마치 얼음처럼 차가웠습니다. 저는 벽에 손을 대고, 돌과 돌 사이의 틈을 일일이 더듬어 보았습니다. 잘하면 그 틈을 발판 삼아 지상으로 올라갈 수 있을지도 모른다고 생각했습니다. 그러나 그 틈은 올라설 발판으로 삼기에는 너무 좁았고, 제가 입은 부상을 생각하면 그 틈을 딛고 올라가기란 거의 불가능에 가까웠습니다.

저는 몸을 거의 끌다시피 지면에서 일어나, 간신히 벽에 기대었습니다. 몸을 움직이자, 굵은 바늘로 무수히 찌르는 것처럼 어깨와 다리가 욱신거렸습니다. 한동안은 숨을 쉴 때마다 몸이 부서져 사방으로 흩어질 것만 같은 감각을 느꼈습니다. 어깨에 손을 대어 보니, 그 부분이 화끈거리고 퉁퉁 부어 있었습니다.

그리고 얼마나 시간이 흘렀는지 모릅니다. 그런 어느 시점에, 예상치 못한 일이 생겼습니다. 태양 빛이 무슨 계시처럼 우물 안을 환하게 비춘 겁니다. 그 한순간, 저는 제 주변에 있는 모든 것을 볼 수 있었습니다. 우물은 찬란한 빛으로 넘실거렸습니다. 빛의 홍수였어요. 저는 그 정신이 아득해질 듯한 밝음에, 숨조차 쉴 수 없었습니다. 어둠과 차가움이 순식간에 몰려가고, 따뜻한 햇살이 제 벌거벗은 몸을 부드럽게 감싸 주었습니다. 제 아픔에도 태양 빛의 축복이 내려진 것처럼 생각되었습니다. 제 옆에 작은 동물의 뼈가 있었습니다. 태양 빛은 그 하얀 뼈도 따스하게 비췄습니다. 빛 속에서, 그 불길한 뼈조차 따사로운 친구처럼 여겨졌습니다. 저는 저를 빙 두르고 있는 벽을 볼 수 있었습니다. 그 빛 속에 있는 동안, 저는 공포와 아픔은 물론 절망까지 잊을 수 있었습니다. 저는 그 눈부심 속에, 그저 멍하니 앉아 있었어요. 그러나 그 빛도 오래 머물지 않았습니다. 마침내 빛은, 다가왔을 때처럼 순식간에 싹 사라졌지요. 다시 깊은 어둠이 사방을 뒤덮었습니다. 그것은 정말 짧은 시간의 일이었어요. 시간으로 따지면 고작해야 십 초나 십오 초 정도였을 겁니다. 깊은 우물 바닥까지 태양 빛이 똑바로 비춘 것은, 아마 각도 관계로 하루에 딱 그때뿐이겠지요. 그 빛의 홍수는 제가 그 의미를 채 이해하기도 전에 사라져 버렸습니다.

태양 빛이 사라지자, 저는 한층 깊은 어둠 속에 있게 되었습니다. 저는 몸도 제대로 움직일 수 없습니다. 물 한 방울, 식량 하나 없습니다. 그리고 몸에는 실오라기 하나 걸치고 있지 않습니다. 긴 오후가 지나고, 밤이 찾아왔습니다. 밤이 되자 기온이 뚝 떨어졌습니다. 저는 거의 잠조차 잘 수 없었습니다. 몸은 잠을 요구하고 있었지만, 추위가 무수한 가시처럼 제 몸을 찔러 댔습니다. 제 생명의 심지가 딱딱해져서 조금씩 죽어가는 것처럼 느껴졌습니다. 위를 보니, 싸늘하게 빛나는 별이 있었습니다. 소스라칠 만큼 별이 많았습니다. 저는 그 별이 천천히 이동하는 모양을 멀거니 바라보았습니다. 그 이동을 따라, 저는 시간이 여전히 흐르고 있다는 것을 확인할 수 있었습니다. 저는 잠시 졸다가는 추위와 고통에 눈을 뜨고, 또 잠시 졸다가는 다시 눈을 떴습니다.

마침내 아침이 찾아왔습니다. 동그랗게 뚫린 우물 입구에서 또렷하던 별이 조금씩 엷어졌습니다. 아스라한 아침 햇살이 동그랗게 거기 떠 있었습니다. 그러나 날이 밝아도 별은 사라지지 않았습니다. 별은 희미하게, 언제까지나 거기 남아 있었습니다. 저는 석벽에 돋은 아침 이슬을 핥아 갈증을 달랬습니다. 정말 얼마 안 되는 양이었지만, 제게는 하늘의 은총처럼 여겨졌습니다. 생각해 보면 저는 꼬박 하루 이상을, 물도 마시지 못하고 뭘 먹지도 못했습니다. 그러나 저는 식욕을 전혀 느끼지 못했습니다.

저는 우물 바닥에서 꼼짝하지 않았습니다. 그 외에 제가 할 수 있는 일은 아무것도 없었기 때문이지요. 저는 뭔가를 생각할 수도 없었습니다. 그때 제가 처한 절망과 고독은, 그 정도로 깊은 것이었어요. 저는 아무 행동도, 아무 생각도 하지 않고, 그저 거기에 앉아 있었습니다. 그러나 무의식중에 한 줄기 빛을 기다렸습니다. 하루에 아주 짧은 시간, 깊은 우물 속까지 비치는 그 태양 빛을 말이지요. 원리적으로 보면, 빛이 직각으로 지표를 비치는 것은 태양이 가장 높은 하늘에 오른 때니까, 아마 정오에 가까운 시간이겠지요. 저는 그저 그 빛이 비치기를 기다렸습니다. 그 외에는 기다릴 것이 아무것도 없었으니까요.

그리고 긴 시간이 흘렀습니다. 저도 모르게 꾸벅꾸벅 졸고 말았습니다. 무슨 기척이 느껴져 퍼뜩 눈을 떴을 때, 빛은 이미 거기에 있었습니다. 압도적인 그 빛에 다시금 싸여 있다는 것을 알았습니다. 저는 거의 무의식적으로 양팔을 크게 벌리고, 그 빛을 받았습니다. 어제보다는 훨씬 강한 빛이었습니다. 그리고 더 오래 거기 머물렀습니다. 적어도 저는 그렇게 느꼈습니다. 저는 그 빛 속에서 눈물을 뚝뚝 흘렸습니다. 온몸의 체액이 눈물이 되어, 제 눈에서 넘쳐흐르는 것 같았습니다. 제 몸 자체가 녹아 액체가 되어 그대로 흘러내릴 듯한 생각마저 들었습니다. 이 찬란한 빛의 축복 속에서는 죽어도 좋다고 생각했습니다. 아니, 죽고 싶다고까지 생각했습니다. 이곳에서 지금 무언가가 완전히 하나가 되었다는 감각이 있었습니다. 압도적인 일체감이었습니다. 저는, 그래, 인생의 진정한 의의는 이 몇십 초간 지속되는 빛 속에 존재한다, 나는 여기서 이대로 죽어야 마땅하다, 하고 생각했습니다.

그러나 그 빛은 또 허망하게 사라져 버렸습니다. 정신을 차렸을 때는, 우물 바닥에 여전히 저 혼자 비참하게 남아 있었습니다. 어둠과 냉기가, 마치 그 빛이 아예 존재하지 않았던 것처럼 저를 고스란히 에워싸고 있었습니다. 그리고 오래도록 저는 거기에 쭈그려 앉아 있었습니다. 제 얼굴은 온통 눈물로 젖어 있었습니다. 마치 거대한 힘에 압도된 것처럼, 저는 아무 생각도 아무 행동도 할 수 없었습니다. 저는 제 몸을 느낄 수조차 없었습니다. 자신이 말라비틀어진 잔해나, 허물처럼 여겨졌습니다. 그리고 텅 빈 방이 된 제 머릿속에 또다시 혼다 하사의 예언이 되살아났습니다. 제가 중국 대륙에서 죽는 일은 없다고 했던 그 예언입니다. 그 빛이 찾아왔다가 사라진 지금, 저는 그의 예언을 확고하게 믿을 수 있었습니다. 왜냐하면 저는 죽어야 할 장소에서, 죽어야 할 시간에 죽지 못했기 때문입니다.

저는 거기에서 죽지 않은 게 아니라, 죽지 못한 것입니다. 아시겠는지요. 그렇게 해서 저의 은총은 상실되고 말았습니다."

마미야 중위는 거기까지 얘기하고는, 손목시계를 보았다.

"그리고 보시다시피 저는, 지금 이렇게 여기 있습니다." 하고 그는 나지막이 말했다. 그리고 눈에 보이지 않는 기억의 실을 떨쳐 내듯, 잘게 고개를 저었다. "저는 혼다 씨가 말했던 대로 중국 대륙에서는 죽지 않았습니다. 그리고 그 네 사람 중에서 가장 오래 살게 되었습니다."

나는 고개를 끄덕였다.

"죄송하군요. 얘기가 장황해졌습니다. 죽지 못해 산 노인의 옛날이야기를 듣느라, 지루하셨겠지요." 하고 마미야 중위는 말했다. 그리고 소파에 앉은 채로 자세를 고쳤다. "이 이상 오래 있으면 신칸센 출발 시간에 늦을 것 같습니다."

"아니, 잠시만요." 하고 나는 당황해서 말했다. "얘기를 그런 데서 끝내시면 안 되죠. 그다음에 어떻게 되었나요? 저는 그다음 얘기도 듣고 싶습니다."

마미야 중위는 잠시 내 얼굴을 보았다.

"그러세요. 제가 정말 시간이 없으니, 버스 정거장까지 같이 걸어가면 어떻겠습니까? 그사이에 남은 이야기를 짧게나마 해 드리죠."

나는 마미야 중위와 함께 집을 나서서, 버스 정거장까지 걸었다.

"사흘째 되는 아침에 혼다 하사가 저를 구해 주었습니다. 우리가 몽골 병사들에게 붙잡힌 날 밤, 그는 몽골 병사가 다가

오는 것을 감지하고 혼자 텐트에서 빠져나가 계속 숨어 있었다더군요. 그때 야마모토가 갖고 있던 서류도 몰래 가방에서 꺼내 갔습니다. 왜냐, 어떤 희생을 치르더라도 그 서류를 적의 손에 넘기지 않는 것이, 우리에게 부과된 최우선 사항이었기 때문이지요. 몽골 병사들이 다가오는 걸 알면서, 왜 우리를 깨워 같이 도망가지 않았느냐, 왜 혼자 도망쳤느냐, 혹시 그런 의문을 품으셨을지도 모르겠군요. 그러나 그래 봐야, 우리에게는 승산이 없었습니다. 그들은 우리가 거기 있다는 것을 알고 있었어요. 그곳은 그들의 땅이며, 병사의 수도 장비도 그들이 우세했습니다. 그들은 우리를 손쉽게 발견하고 모두 죽인 다음, 서류를 손에 넣었겠지요. 즉 그 상황에서는, 그 혼자 도망칠 필요가 있었던 것입니다. 혼다 하사가 취한 행동은 명백하게 적을 앞에 두고 도망친 것입니다. 그러나 그처럼 특수한 임무를 맡았을 때는, 임기응변이 가장 중요합니다.

그는 러시아 장교와 몽골인 장교가 찾아와 야마모토의 거죽을 벗겨 내는 장면도 다 보고 있었습니다. 그리고 몽골 병사들이 저를 데리고 가는 것도 봤습니다. 그러나 그는 말이 없어 제 뒤를 쫓아올 수 없었지요. 혼다 하사는 걸어서 저를 찾아오는 수밖에 없었습니다. 그는 땅에 묻은 장비를 다시 파내고, 거기에 서류를 묻었습니다. 그리고 제 뒤를 쫓았어요. 그가 우물까지 찾아오는 것은 쉬운 일이 아니었을 겁니다. 우리가 어느 방향으로 향했는지, 그것조차 그는 알 길이 없었으니까요."

"그럼 혼다 씨는 어떻게 우물을 발견한 거죠?" 하고 내가 물어보았다.

"그건 저도 모릅니다. 그도 그 점에 대해서는 별로 말하지 않았어요. 그냥 알았을 것이라고 생각합니다. 그는 저를 발견하자 옷을 찢어 길게 엮어서, 거의 의식을 잃은 저를 고생고생하며 우물에서 끌어올렸습니다. 그리고 어디선가 말을 끌어와 나를 태우고 사구를 넘고 강을 건너, 만주군 감시소까지 데리고 갔습니다. 거기에서 저는 상처를 치료받고, 사령부에서 보낸 트럭을 타고 하이라얼에 있는 병원으로 운송되었어요."

"그 서류인지 서간은 어떻게 되었습니까?"

"아마 지금도 할하강 근처의 땅속에 그대로 묻혀 있겠지요. 저와 혼다 하사는 그걸 파내러 갈 여유도 없었고, 굳이 파내야 할 이유도 없었으니까요. 우리는 애당초 그런 서간은 존재하지 않는 편이 좋았을 거라는 결론에 도달했습니다. 군의 취조에서도, 우리는 입을 맞춰 서류에 대해서는 전혀 들은 바가 없다고 진술했습니다. 그렇게 말하지 않으면, 우리가 그 서류를 갖고 돌아오지 않은 책임을 추궁당할 것 같아서였지요. 우리는 치료라는 명목의 엄한 감시하에 각자 병실에 격리된 채, 하루가 멀다 하고 취조를 받았습니다. 고위 장교가 여러 명찾아와, 몇 번이나 똑같은 얘기를 반복해야 했습니다. 그들의질문은 면밀하고, 또 교활했습니다. 하지만 그들은 결국 우리얘기를 믿는 듯했습니다. 저는 자신이 체험한 것을 빠짐없이자세하게 진술했습니다. 딱 한 가지, 서류 얘기만 주의 깊게 피해 갔습니다. 그들은 저의 진술을 서류로 작성한 다음, 제게이번 일은 기밀 사항이며, 군의 정식 기록에도 남지 않는다,

따라서 이에 대해 외부에 발설해서는 절대 안 된다, 만약 발설한 사실이 발각되면, 혹독한 처벌을 받게 될 것이라고 했습니다. 그리고 이 주 후에 저는 원래 부서로 돌아왔습니다. 아마 혼다 씨도 원대로 복귀했을 테지요."

"좀 이해가 안 되는데, 혼다 씨는 왜 그 부대에 차출된 것일까요?" 하고 나는 질문했다.

"혼다 씨는 거기에 대해서도 많은 말을 하지 않았어요. 아마 타인에게 발설하지 못하도록 금지되어 있었겠지요. 그리고 아무것도 모르는 편이 제게도 좋을 거라고 판단했겠지요. 그러나 그와 나눴던 대화로 상상해 보건대, 야마모토라는 남자와 혼다 씨가 개인적으로 어떤 관계가 있지 않았나 싶습니다. 그리고 그건 아마, 그의 특수한 능력 때문이었을 겁니다. 육군에는 그 같은 특수 능력을 전문으로 연구하는 부서가 있는데, 전국에서 초능력이나 염력 같은 능력을 지닌 사람들을 모아 여러 가지 실험을 하고 있다는 얘기를 종종 들었거든요. 혼다 씨도 그런 관계로 야마모토와 알게 되지 않았나 짐작합니다. 그리고 실제로도, 그에게 그 같은 능력이 없었다면 제가 있는 장소를 찾아내, 저를 만주군의 감시소까지 정확하게 데리고 가는 일은 없었겠지요. 지도나 자석 하나 없이, 그는 길 한 번 헤매지 않고 똑바로 거기에 도착했습니다. 상식적으로 생각하면 있을 수 없는 일이지요. 저는 지도 전문가입니다. 그 부근 지리도 대략은 파악하고 있었어요. 그러나 저도 그런 일은 도저히 할 수 없습니다. 아마 야마모토는 혼다 씨의 그런 능력을 기대하고 있었던 거겠지요."

정거장에 도착한 우리는 버스가 오기를 기다렸다.

"물론 수수께끼는 지금도 수수께끼인 채로 남아 있습니다." 하고 마미야 중위는 말했다. "저는 아직까지도 많은 것을 이해하지 못하고 있습니다. 거기서 우리를 기다렸던 몽골인 장교는 대체 누구였는지. 만약 우리가 그 서류를 사령부에 전달했다면 과연 어떤 일이 벌어졌을 것인지. 왜 야마모토는 우리를 할하강 우안에 남겨두고 혼자서 강을 건너지 않았는지. 그랬다면 그는 훨씬 더 가볍게 움직일 수 있었겠지요. 어쩌면 그는 우리를 미끼로 몽골군을 유인한 다음 혼자 도망치려 했는지도 모릅니다. 있을 수 있는 일이지요. 또는 혼다 하사는 그 일을 처음부터 알고 있었는지도 모릅니다. 그래서 야마모토가 죽는 광경을 지켜만 보았는지도 모르지요.

아무튼, 저와 혼다 하사는 그 후로 한 번도 얼굴을 마주한 적이 없습니다. 우리는 하이라얼에 도착하자 따로 격리되어, 만나는 것도 대화를 나누는 것도 금지되었어요. 저는 그에게 마지막으로 고맙다는 인사를 하고 싶었지만, 그조차 가능하지 않았습니다. 그리고 그는 노몬한 전투에서 부상을 입어 본국으로 송환되었고, 저는 전쟁이 끝날 때까지 만주에 남아 있다가, 시베리아로 보내졌습니다. 그가 어디 있는지를 안 것은, 제가 시베리아 억류에서 벗어나 귀국하고도 몇 년이 지난 후였습니다. 그런 다음에는 몇 번 만났고, 가끔 편지를 주고받았습니다. 그러나 혼다 씨는 그 할하강에서 있었던 일은 언급을 피하려는 눈치였고, 저 또한 그 일에 대해서는 그다지 얘기하고 싶지 않았습니다. 우리 두 사람에게는 너무도 큰 사건이었기 때문이지요. 우리는 그 일에 대해 아무 말도 하지 않는 것으로, 그 체험을 공유했던 겁니다. 이해하시겠는지요?

얘기가 무척 길어졌습니다만, 제가 오카다 씨에게 전하고 싶었던 말은, 저의 진짜 인생은 그 외몽골의 사막에 있는 깊은 우물 안에서 끝나 버렸다는 겁니다. 저는 그 우물의, 하루에 십 초에서 십오 초 정도 비추는 강렬한 빛 속에서, 생명의 핵을 전부 불태워 버렸다는 생각이 듭니다. 그 빛이 제게는 그 정도로 신비했습니다. 뭐라 잘 설명을 못하겠습니다만, 있는 그대로 솔직하게 말씀드려서, 그 이후로 저는 뭘 봐도, 어떤 경험을 해도, 마음속에 아무런 느낌이 없었습니다. 소련군의 대전차 부대와 맞닥뜨렸을 때에도, 이 왼손을 잃었을 때에도, 지옥 같은 시베리아 수용소에 있을 때조차, 저는 어떤 유의 무감각 속에 있었습니다. 좀 이상한 얘기지만, 저는 뭐가 어떻든 상관없었습니다. 제 안에 있는 무언가는 이미 죽어 있었어요. 그리고 저는 아마, 그때 느꼈던 것처럼, 그 빛 속에서 꺼져 가듯 죽었어야 했어요. 그때가 죽을 때였던 겁니다. 그러나 혼다 씨가 예언했던 대로, 저는 그곳에서 죽지 않았습니다. 죽지 못했다고 해야 하는지도 모르겠군요.

저는 한쪽 팔과 십이 년이라는 귀중한 세월을 잃은 후에야 일본으로 돌아왔습니다. 히로시마로 돌아가 보니, 부모님과 여동생은 이미 이 세상 사람이 아니더군요. 여동생은 징용되어 히로시마 시내에 있는 공장에서 일하다 원폭 투하 당시에 죽었습니다. 아버지도 그때 마침 여동생을 보러 갔다가, 역시 목숨을 잃었습니다. 어머니는 그 충격으로 자리보전을 한 끝에 1947년 세상을 등졌습니다. 아까도 말씀드렸지만, 제가 속으로 결혼을 다짐했던 여인은 다른 남자와 결혼해서, 두 아이가 있었습니다. 묘소에는 제 무덤이 있었습니다. 제게는 아무것도 남아 있지 않았어요. 저는 자신이 정말 텅 빈 껍데기가 된 기분이었습니다. 돌아오지 말았어야 했던 거지요. 그 후부터 지금까지 제가 어떻게 살아왔는지, 잘 기억이 나지 않는군요. 저는 사회 선생이 되어 고등학교에서 지리와 역사를 가르쳤습니다. 그러나 저는 진정한 의미에서는 살아 있는 게 아니었습니다. 저는 자신에게 주어진 현실적인 역할을 한 가지 한 가지 다해 왔을 뿐입니다. 저는 친구라 할 사람도 하나 없었고, 학생들과도 인간적인 교류가 없었습니다. 저는 아무도 사랑하지 않았습니다. 누군가를 사랑한다는 것이 어떤 일인지, 이제는 알 수 없었기 때문입니다. 눈을 감으면, 산 채로 거죽이 벗겨지고 있는 야마모토의 모습이 떠올랐습니다. 몇 번이나 그런 꿈도 꿨습니다. 야마모토는 제 꿈속에서, 수도 없이 거죽이 벗겨져 뻘건 살덩이로 변했습니다. 그가 내지르는 비통한 비명을 똑똑히 들을 수 있었습니다. 그리고 또 저는 우물 속에서 산 채로 썩어 가는 꿈도 몇 번이나 꾸었습니다. 때로는 꿈이 진짜 현실이고, 이렇게 살아 있는 저의 인생이 오히려 꿈이 아닐까 하고 생각했습니다.

혼다 씨가 할하강가에서, 제가 중국 대륙에서 죽는 일은 없다고 했을 때, 저는 기뻤습니다. 그 말을 믿고 안 믿고를 떠나, 그때 저는 지푸라기라도 붙잡고 싶은 심정이었어요. 아마 혼다 씨는 그런 제 심정을 알고, 저를 진정시키기 위해 가르쳐 주었던 거겠지요. 그러나 실제로는, 기쁨도 아무것도 없었습니다. 일본에 돌아온 후로, 저는 언제나 속이 텅 빈 허물처럼 살았습니다. 그렇게 허물로 오래 살아 봐야, 그건 진정으로 산 게 아닙니다. 허물이 된 마음과, 허물이 된 육체가 낳은 것은 껍데기 인생에 지나지 않습니다. 제가 오카다 씨에게 이해를 구하고 싶은 것은, 사실은 그 부분뿐입니다."

"그럼 마미야 씨는 귀국하신 후에, 한 번도 결혼을 하지 않으셨나요." 하고 나는 물어보았다.

"당연하죠." 하고 마미야 중위는 말했다. "아내도 없고, 친형제도 없습니다. 저는 홀몸이에요."

나는 조금 망설인 후에 이렇게 질문해 보았다. "혼다 씨의 그 예언 같은 말을, 듣지 않았다면 좋았겠다고 생각하시는지요?"

마미야 중위는 잠시 말이 없었다. 그리고 내 얼굴을 가만히 쳐다보았다. "어쩌면 그럴지도 모르겠군요. 혼다 씨는 그 말을 하지 말았어야 했는지도 모릅니다. 저는 그 말을 듣지 않았어야 했는지도 모르고요. 혼다 씨가 그때 말했던 것처럼, 운명이란 훗날에 돌아보는 것이지 앞서 아는 게 아니지요. 그러나 지금 와서는 어느 쪽이든 마찬가지입니다. 저는 지금은 그저 살아 있어야 하는 책무를 다하고 있을 뿐입니다."

버스가 오자, 마미야 중위는 나를 향해 머리를 깊이 숙였다. 그리고 시간을 빼앗아 미안하다고 사과했다. "그럼 이만 실례하겠습니다." 하고 마미야 중위는 말했다. "여러 가지로 고마웠습니다. 오카다 씨에게 그걸 전해 드릴 수 있어서 무엇보다 다행입니다. 이제야 저도 마무리를 지을 수 있게 되었습니다. 안심하고 집으로 돌아가겠습니다." 그는 의수와 오른손을 함께 사용해서 별 어려움 없이 동전을 꺼내 버스 요금함에 넣었다.

나는 거기에 서서, 모퉁이를 돌아 사라지는 버스를 물끄러미 바라보았다. 버스가 보이지 않자, 나는 이상할 정도로 허망한 기분이 들었다. 그것은 마치 낯선 동네에 혼자 남겨진 어린애가 느끼는 것처럼, 절박한 기분이었다.

그리고 나는 집으로 돌아가 거실 소파에 앉아서, 혼다 씨가 유품으로 내게 남긴 꾸러미를 열어 보았다. 몇 겹으로 단단히 포장된 종이를 힘겹게 벗겨 내자, 골판지로 된 딱딱한 종이 상자가 나왔다. 선물용 커티삭 상자였다. 그러나 그 내용물이 위스키가 아니라는 것은 무게로 알 수 있었다. 나는 상자를 열었다. 그리고 그 안에 아무것도 없다는 것을 발견했다. 그것은 텅 빈 상자였다. 혼다 씨가 내게 남긴 것은, 그저 텅 빈 상자였다.

(2권 「예언하는 새」로 이어짐)

참고 문헌

『노몬한 미담록 ノモンハン美談録』 忠霊顕彰會 新京 満州圖書株式會
社 昭和17(1942)年

『노몬한 공중전기 소련 공군 장교의 회상 ノモンハン空戦記 ソ連空将
の回想』 ア・ベ・ボロジェイキン 林克也・太田多耕訳 弘文堂 昭和
39(1964)年

『노몬한전 인간의 기록 ノモンハン戦 人間の記録』 御田重宝 現代史
出版会 発売徳間書店 昭和52(1977)年

『노몬한 전기 ノモンハン戦記』 小沢親光 新人物往来社 昭和49
(1974)年

『고요한 노몬한 静かなノモンハン』 伊藤桂一 講談社文庫 昭和
61(1986)年

『나와 만주국 私と満州国』 武藤富男 文藝春秋 昭和63(1988)年

『일본 군대 용어집 日本軍隊用語集』 寺田近雄 立風書房 平成4(1992)年

『노몬한 상하 ― 초원의 소일전-1939 ― ノモンハン 上下 ―草原の日ソ
戦-1939 ―』 アルヴィン・D・クックス 岩崎俊夫・吉本晋一郎訳 秦郁
彦監修 朝日新聞社 平成元(1989)年

『만주제국 満洲帝国 Ⅰ・Ⅱ・Ⅲ』 児島襄 文藝春秋 文春文庫 昭和
58(1983)年

작가 연보

1949년   일본 교토부 교토시 후시미구에서 태어나, 효고현 니시노미야시, 아시야시에서 자람.

1968년   와세다 대학교 제1문학부에 입학.

1974년   고쿠분지에 재즈 카페 '피터캣'을 열고 운영.(1977년에 센다가야로 이전.)

1975년   와세다 대학교 제1문학부를 졸업.

1979년   『바람의 노래를 들어라(風の歌を聴け)』로 제22회 군조 신인 문학상을 수상하며 작가로 데뷔.

1980년   『1973년의 핀볼(1973年のピンボール)』을 출간.

1981년   재즈 카페 '피터캣'을 양도하고 전업 소설가가 됨.

1982년   『양을 쫓는 모험(羊をめぐる冒険)』으로 제4회 노마 문예 신인상 수상.

1985년   『세계의 끝과 하드보일드 원더랜드(世界の終りとハード

ボイルド・ワンダーランド)』로 제21회 다니자키 준이치로 상 수상.

1986년   약 3년간 유럽 지역에 체류.

1987년   『노르웨이의 숲(ノルウェイの森)』을 출간하여 대형 베스트셀러가 됨.

1988년   『댄스 댄스 댄스(ダンス・ダンス・ダンス)』를 출간.

1990년   유럽에서 귀국.

1991년   미국 프린스턴 대학교에 객원 연구원으로 초빙.(객원 강사로 대학원에서 세미나를 담당.)

1993년   터프츠 대학교로 이적.

1994년   『태엽 감는 새(ねじまき鳥クロニクル)』를 출간.

1995년   여름에 약 4년간에 걸친 미국 체류를 마치고 귀국.

1996년   『태엽 감는 새』로 제47회 요미우리 문학상 수상.

1999년   『스푸트니크의 연인(スプートニクの恋人)』을 출간.『약속된 장소에서 ― 언더그라운드 2(約束された場所で―underground 2)』로 제2회 구와바라 다케오 학예상 수상.

2002년   『해변의 카프카(海辺のカフカ)』를 출간.

2005년   『해변의 카프카』 영역본이 《뉴욕 타임스》 '올해의 책'으로 선정.

2006년   『Blind Willow, Sleeping Woman(장님 버드나무와 잠자는 여자, めくらやなぎと眠る女)』(영역 단편집)으로 프랭크 오코너 국제 단편상, 프란츠 카프카 상 수상.

2007년   2006년도 아사히 상 수상. 리에주 대학교에서 명예박

사 학위를 받음. 제1회 와세다 대학교 쓰보우치 쇼요 대상 수상.

2008년   프린스턴 대학교에서 명예박사 학위(문학)를 받음. 캘리포니아 버클리 대학교에서 제1회 버클리 일본 상 수상.

2009년   예루살렘 상 수상, 수상 연설로 화제가 됨. 제63회《마이니치》출간 문화상 수상. 스페인 예술 문학 훈장을 받음.

2011년   카탈로니아 국제상 수상.

2012년   『오자와 세이지 씨와 음악에 대해 이야기하다(小澤征爾さんと、音楽について話をする)』(오자와 세이지와 공저)로 고바야시 히데오 상 수상.

2013년   『색채가 없는 다자키 쓰쿠루와 그가 순례를 떠난 해(色彩を持たない 多崎つくると、彼の巡礼の年)』출간.

2014년   독일의 유력 일간지《디 벨트》가 수여하는 '벨트 문학상' 올해의 수상자로 선정.

2016년   안데르센 문학상 수상.

2017년   『기사단장 죽이기(騎士団長殺し)』출간.

2021년   와세다 대학교 국제 문학관('무라카미 하루키 라이브러리') 개관.

2023년   『도시와 그 불확실한 벽(街とその不確かな壁)』을 출간.

세계문학전집 **372**

태엽 감는 새 연대기 1 도둑 까치

1판 1쇄 펴냄 2018년 12월 10일
2판 1쇄 펴냄 2018년 12월 13일
3판 1쇄 펴냄 2020년 12월 4일
3판 4쇄 펴냄 2024년 1월 22일

지은이 무라카미 하루키
옮긴이 김난주
발행인 박근섭, 박상준
펴낸곳 (주)민음사

출판등록 1966. 5. 19. (제 16-490호)
서울특별시 강남구 도산대로1길 62(신사동) 강남출판문화센터 5층 (우편번호 06027)
대표전화 02-515-2000 팩시밀리 02-515-2007
www.minumsa.com

ISBN 978-89-374-6372-3 04800
ISBN 978-89-374-6000-5 (세트)

* 잘못 만들어진 책은 구입처에서 교환해 드립니다.

세계문학전집 목록

세계문학전집은 계속 간행됩니다.